A REVOLUÇÃO DE ANITA

SHIRLEY LANGER

A REVOLUÇÃO DE ANITA

1ª edição
EXPRESSÃO POPULAR
São Paulo – 2020

Copyright © desta edição: 2020, Expressão Popular
Copyright © Shirley A. Langer, Anita's revolution, 2012
Título original: Anita's Revolution

Tradução: Geraldo Fontes
Revisão: Dulcineia Pavan, Lia Urbini, Cecília Luedemann e Aline Piva
Projeto gráfico e diagramação: Zap design
Capa: Gustavo Motta, a partir de fotografia não creditada, reproduzida sem
informações em Catherine Murphy e Carlos Torres Cairo, *Un año sin domingos: la imagen de la alfabetización en Cuba* (Valencia, Aurelia Ediciones, 2018), p. 63.

Dados Internacionais de Catalogação-na-Publicação (CIP)

L276r   Langer, Shirley A.
      A revolução de Anita. / Shirley A. Langer ; tradução de
   Geraldo Fontes.--1.ed.--São Paulo : Expressão Popular,
   2020.
      328 p. : fots.

      Título original: Anita's revolution.
      Indexado em GeoDados - http://www.geodados.uem.br.
      ISBN   978-65-9904-141-9

      1. Ficção cubana. 2. Literatura cubana. 3.   Cuba –
   Literatura. I. Fontes, Geraldo. II. Título.

                 CDU 860(729.1)-31
                 CDD 860-31

Catalogação na Publicação: Eliane M. S. Jovanovich   CRB 9/1250

Todos os direitos reservados.
Nenhuma parte desse livro pode ser utilizada
ou reproduzida sem a autorização da editora.

1ª edição: março de 2020

EDITORA EXPRESSÃO POPULAR
Rua Abolição, 201 – Bela Vista
CEP 01319-010 – São Paulo – SP
Tel: (11) 3112-0941 / 3105-9500
livraria@expressaopopular.com.br
www.expressaopopular.com.br
🄵 ed.expressaopopular
🄾 editoraexpressaopopular

SUMÁRIO

Nota editorial 7

Educação, Revolução e Sonhos de Futuros 9
Adelaide Gonçalves

Relato da autora sobre as traduções de *A revolução de Anita* 23

Prefácio 27

A advertência 29

Incuba-se uma ideia 47

Obstáculos no caminho 63

Invasão! 73

Começa a aventura 79

Bainoa 105

A missão 111

Lamparina 129

O perigo aparece 137

A adaptação 143

Por um triz 155

A primeira 175

Escapei por um triz 191

O grande dia 197

Pesadelo 211

Guinada 235

A segunda 243

Peixinha 261

Um presságio 273

Reflexões 281

A terceira e última 285

Comemoração e despedidas 303

A volta 315

Com as suas próprias palavras 325

NOTA EDITORIAL

Às vésperas de comemorar 40 anos, em fevereiro de 2021, o ANDES-SN (Sindicato Nacional dos Docentes das Instituições de Ensino Superior) estabelece uma parceria com a Editora Expressão Popular para fortalecer a perspectiva da produção clássica e crítica do pensamento social. O movimento docente das instituições de Ensino Superior no Brasil teve início em um ambiente hostil para a liberdade de expressão e associação do(a)s trabalhadore(a)s, pois era o período de enfrentamento à ditadura civil-militar (1964-1985). Foi nesse período que a Associação Nacional dos Docentes de Ensino Superior, a ANDES, nasceu. Um processo de criação calcado em uma firme organização na base, a partir das Associações Docentes (AD), que surgiram em várias universidades brasileiras a partir de 1976. Após a Constituição Federal de 1988, com a conquista do direito à organização sindical do funcionalismo público, a ANDES é transformada em o ANDES-SN, sindicato nacional. Toda a sua história é marcada pela luta em defesa da educação e dos direitos do conjunto da classe trabalhadora, contra os autoritarismos e os diversos e diferentes ataques à educação e à ciência e tecnologia públicas. Também é marca indelével de sua história a defesa da carreira do(a)s professore(a)s e de condições de trabalho dignas para garantir o tripé do ensino--pesquisa-extensão.

A luta da ANDES e, posteriormente do ANDES-SN, sempre foi marcada por uma leitura materialista e dialética da realidade. As análises de conjuntura que sistematicamente guiaram as ações tanto da associação quanto do sindicato sempre assumiram como base os grandes clássicos da crítica à Economia Política. Valorizá-los neste momento não é olhar ao passado, muito ao contrário, significa fortalecer as bases que nos permitem fazer prospecções sobre a conjuntura e preparar-nos para a ação vindoura.

Em tempos de obscurantismo e de ascensão da extrema-direita, de perseguição à educação pública e ao(à)s educadore(a) s, de mercantilização da educação e da ciência e tecnologia, de desvalorização do pensamento crítico, de tentativa de homogeneização da ciência e de criminalização dos que lutam, ousamos resistir, ousamos lutar, nas ruas e também na disputa de corações e mentes. Por isso, ao celebrar os 40 anos de luta do ANDES-SN, a realização dessa parceria, que divulga e revigora a contribuição de pensadore(a)s clássicos, fortalece nossa perspectiva crítica e potencializa nossas lutas.

Reafirmar nosso compromisso com a defesa intransigente da educação pública, gratuita, laica, de qualidade, socialmente referenciada, antipatriarcal, antirracista, anticapacitista, antimachista, antilgbtfóbica é uma das tarefas centrais do atual tempo histórico. Não há melhor forma de reafirmar nosso compromisso do que lançar luz às questões centrais do capitalismo dependente, dar visibilidade à luta de classes e à necessária construção de um projeto de educação emancipatório.

Boa leitura!

Diretoria Nacional do ANDES-SN (Gestão 2018-2020)

EDUCAÇÃO, REVOLUÇÃO E SONHOS DE FUTUROS

ADELAIDE GONÇALVES[*]

A autora de *A Revolução de Anita*, Shirley Langer, por um tempo viveu em Cuba e viveu Cuba. Fazer o livro certamente decorre de uma exigência ética, como expressão de intelectual empenhada e de compreensão da força subversiva da memória. Seu escrito testemunhal se cerca de conversas, entrevistas, material de campo. Leu diários de brigadistas, olhou cadernos, álbuns, viu imagens em movimento, e se pôs em escuta amorosa, por uma história de sensibilidades em revolução. Os leitores de seu livro são alcançados por uma história de plena recusa à ignorância e de celebração sobre a decisão adotada no começo de 1961 e vitoriosa em 22 de dezembro daquele ano, quando os "vivas!" multitudinários miram, na grande Praça da Revolução, a bandeira do "Território livre do analfabetismo".

Para discorrer de modo breve sobre *A Revolução de Anita* nos pareceu de interesse trazer outras histórias e reflexões que se entrelaçam ao tema central do livro em nossas mãos: o sentido da urgência histórica e o entusiasmo da juventude

---

[*] Professora da Escola Nacional Florestan Fernandes (ENFF) e do departamento de história da Universidade Federal do Ceará (UFCE).

em Cuba frente ao enorme desafio de alfabetizar centenas de milhares de homens e mulheres até então privados do acesso às mínimas letras. Vamos às histórias!

Registros do século XIX contam sugestivas histórias acerca dos modos de *leitura escutada* em Cuba. Em 22 de outubro de 1865, Saturnino Martinez, charuteiro e poeta, publica em Havana a primeira edição do jornal *La Aurora*. Surgia, em 1866, na fábrica de charutos El Figaro, a figura do *lector* em sua tribuna: um operário, remunerado pelos companheiros de trabalho, faz a leitura em voz alta do jornal (logo depois vieram os livros). O costume se disseminou em direção a outras fábricas. Tamanho é o entusiasmo com as leituras que meses depois um decreto de proibição é baixado pelo governo de Cuba. De públicas a subversivas, as leituras continuaram. Sobre a presença do *lector* nas fábricas de charuto e a prática social da *leitura escutada*, Alberto Manguel nos fala:

> Ouvir alguém lendo para eles, descobriram os charuteiros, permitia-lhes revestir a atividade de enrolar as folhas escuras do tabaco – atividade mecânica e entorpecedora da mente – com aventuras a seguir; ideias a levar em consideração, reflexões das quais se apropriar.

Vem de longa data o desejo de saber e a leitura libertadora em Cuba. Conta a história social um capítulo destacado do autoaprendizado dos trabalhadores nas fábricas de charuto em Havana. O uso da tribuna pelo *lector* para Fernando Ortiz, em *Contrapunteo Cubano*, dimensiona o significado das leituras e sua repercussão na forja da luta anticolonial entre os trabalhadores em fábricas de charuto, em Cuba, incorporando à prática do *lector* a qualidade de debatedor, polemista, orador e editor de jornais. Vários charuteiros/ leitores formaram fileiras nas lutas de independência.

Na apreciação de José Martí, os charuteiros podem ser considerados por um largo período do século XIX como os "doutores do proletariado urbano", sendo a tribuna de leitura das fábricas um palco dos precursores da luta por liberdade e lugar social onde o *lector* "recebeu seu título acadêmico". Outro capítulo dessa breve história de ler para a liberdade se encontra na trajetória de Ernesto Guevara, o Che. Ele também era um leitor de José Martí, de quem anotaria em vermelho seu legado em Nuestra América. Recitando Martí, o canto geral de Neruda, "balbuciando um verso de Sábato", Guevara diria "recitei uns pequenos versos de um encarnado profundo", enquanto lia para escrever seus apontamentos sobre "o homem novo e a nova mulher" Em sua peregrinação pelo socialismo, diria numa entrevista na Argélia: "O socialismo econômico sem moral comunista não me interessa. Lutamos contra a miséria, mas ao mesmo tempo lutamos contra a alienação". E é precisamente contra a alienação e a prática de direitos de cidadania ativa que *A Revolução de Anita é a de* milhares, é a revolução do povo como sujeito de sua história.

Em 2017, a Biblioteca Nacional da Argentina realizou uma bela exposição chamada *Che Lector*, acompanhada de um catálogo igualmente bonito. Ali as imagens e os textos nos convidam a ver os livros, muitos dos quais acompanharam Ernesto Che Guevara onde estivesse: romances, novelas de viagem, ensaios teóricos, economia política, psicologia, psicanálise, medicina social, arqueologia, biografias, fotografia, história, poesia...

Na meninice de Ernesto na Argentina, os romances favoritos de aventuras abriram as portas da imaginação para suas futuras andarilhagens em busca das revoluções. Nas casas onde passou a infância e a adolescência, às voltas com as crises de asma, encontrou nos livros a chave para correr o mundo sem sair da cama. Às leituras de iniciação, um extenso rol se juntou ao longo de sua vida breve. Tudo que estava ao alcance se tornava alvo da curiosidade leitora: volumes maçudos da Enciclopédia de História Universal, na biblioteca da família, biografias de pensadores e escritores, livros de filosofia e psicanálise, anotados à margem, e passagens transcritas num Caderno Filosófico, de sua escrita na adolescência. Tanto lia ao acaso, se deixando surpreender, como tinha método.

De seu ambiente familiar e social progressista, identificados com os republicanos da Revolução Espanhola, encontramos suas raízes antifascistas, lendo os Antonio Machado, Rafael Alberti, Federico García Lorca e os poetas latino-americanos César Vallejo, José Martí, Pablo Neruda entre outros. Desde a juventude Ernesto Guevara adquiriu um hábito dos leitores empenhados: anotava às margens e em cadernos, tanto os títulos como passagens dos livros lidos. Em destaque, sua anotação em uma edição do Manifesto Comunista:

> Este manifesto é um dos documentos fundamentais do marxismo [...] estas teses fundamentais não envelhecem e podem ser citadas hoje. É um dos escritos de agitação mais profundos e audazes que a humanidade já produziu. (Guevara, 2017, p. 71)

Che é um leitor amoroso, os livros são sua pele. Ernesto Che Guevara lê na Sierra Maestra, lê em seu gabinete no Ministério da Indústria, lê em sua casa de Havana, lê na Tanzânia, no Congo, em Praga, na Argélia, lê no alto de uma árvore na Bolívia, antes de ser assassinado, em outubro de 1967. É fecunda sua imaginação literária, como se nota ao lembrar o frustrado ataque do grupo revolucionário do Granma – pensa na dignidade de um personagem de Jack London, como se lê em seu *Passagens da guerra revolucionária*:

> Pus-me a pensar na melhor maneira de morrer naquele minuto em que tudo parecia perdido. Lembrei-me de um velho conto de Jack London, onde o protagonista, apoiado no tronco de uma árvore, se dispõe a terminar sua vida com dignidade ao saber-se condenado à morte, por congelamento, nas regiões geladas do Alaska.[*]

Já nos dias quentes que sucederam ao estalar da Revolução em Cuba, em 1959: "Em Havana, todas as quintas-feiras, lá pelas 2, 3 da madrugada, ele se reunia com um professor espanhol formado na URSS para ler e discutir esses livros", narra Santiago Allende (2017, p. 19), um dos pesquisadores/organizadores da exposição referida. Leituras fortes, contrastantes, por vezes divergentes na análise e no método, provocavam outras leituras, pediam mais leitura, inquietação e estudo.

De destaque também é sua faceta como "proto-editor, um leitor como fazedor de leituras" (Ruiz Díaz, 2017, p. 62), como se pode verificar na carta, datada da Tanzânia, em 4 de dezembro de 1965, endereçada a Armando Hart, escrevendo o esboço de um projeto editorial destinado à formação militante em chave crítica e como aspiração a uma pedagogia popular, ou como bem assinalado por Michael Löwy:

> Este testemunho da busca de Che Guevara de uma compreensão dialética do marxismo como filosofia da práxis, rompendo com o dogmatismo dos manuais soviéticos e com toda forma paralisada de pensamento socialista. (Löwy, 2017, p. 43)

Viajante e leitor imparável, fez sua rota de Nuestra América e foi juntando livros sobre os distintos países, em

---

[*] Trata-se do conto Fazer uma fogueira, publicado em *Contos: Jack London*. São Paulo: Expressão Popular, 2015, p. 121-139..

repertórios múltiplos. Ler para escrever. Cartas, diários, cadernos, recensões, poemas, cartões postais, dedicatórias, notas para discursos públicos, artigos para revistas e periódicos, apontamentos. Nas situações limite, a vida por um fio, suas Cartas recorrem à imaginação literária para dizer de si feito um Quixote, como nesta endereçada aos pais, de Cuba rumo ao Congo, em abril de 1965: "Queridos pais: mais uma vez sinto nos calcanhares as costelas do Rocinante, volto ao caminho com meu escudo no braço". Para Ricardo Piglia, em Che Guevara "[...] não se trataria apenas do quixotismo no sentido clássico, o idealista que enfrenta o real, mas do quixotismo como um modo de unir a leitura e a vida" (Piglia, 2006, p. 99). A imagem convencional do leitor solitário se esfuma ante a imagem do guerrilheiro em movimento e ao redor dos companheiros.

Na Sierra Maestra e em Vallegrande, frente à imensa pobreza dos camponeses, seu desejo é de revolução e liberdade e vislumbra um programa de reforma agrária no qual a libertação da terra e do analfabetismo andem de parelha. Em La Higuera, na Bolívia, foi capturado e assassinado. A roupa rota, as botinas viradas em tiras de couro, os pés em frangalhos. Numa velha bolsa de couro, seu diário, retratos da família e pequenos cadernos; como tão bem assinala Atílio Boron (2017) em "El Che, medio siglo después":

> Este estranho combatente, este homem de ação, lutava com as armas na mão enquanto carregava em sua mochila os poemas de León Felipe e Pablo Neruda. Em seus acampamentos na selva boliviana havia mais de uma centena de livros, muitos dos quais eram verdadeiras joias do pensamento social universal.

"Penso que, efetivamente, este homem [Che Guevara] foi não somente um intelectual, mas o homem mais completo de seu tempo", dirá Jean-Paul Sartre, em entrevista à *Prensa Latina*, em 1967. A afirmação não decorria tão somente de seu conhecimento sobre o pensamento de Guevara, mas em maior grau pela memória guardada de sua estadia em Cuba e das longas conversas com Fidel Castro, Guevara e o contato com a gente comum que sabia viver uma Revolução. No ano I da "Revolução de Anita" em ato, Simone de Beauvoir e Jean-Paul Sartre chegam a Cuba. Da breve e intensa temporada de convívio saltou um denso relato em livro, *Furacão sobre Cuba*, lançado no Brasil em 1960. Jean-Paul Sartre sublinha que a Revolução que se faz em Cuba é parte da compreensão de que "Era preciso remover o destino, esse espantalho colocado pelos ricos nos canaviais".

E desenvolve sua análise sobre uma característica peculiar do processo revolucionário em curso:

> O maior escândalo da revolução cubana não é ter desapropriado terras, mas ter posto meninos no poder [...] Em Cuba, a idade é o que salva os dirigentes. Sua juventude permite enfrentar o acontecimento revolucionário em sua austera dureza. (Sartre, 1960, p. 115)

A juventude de uma revolução em Cuba é assim percebida: "Desde que era preciso uma revolução, as circunstâncias determinaram que a juventude a levasse a efeito. Só a juventude tinha cólera e angústia suficientes para o empreendimento; pureza suficiente para vencer" (Sartre, 1960, p. 115).

Destacamos aqui as observações de Sartre sobre a interdição da ditadura de Batista aos camponeses e ao povo pobre em geral do acesso à saúde, à moradia, à escola, à vida digna:

> Os latifundiários temiam que viessem os camponeses a tornar-se mais fortes, mais conscientes de seus direitos. [...] Nesta combinação, o analfabetismo desempenha seu papel: para que o povo empobreça, enquanto os ricos se enriquecem à vontade, é preferível mantê-lo na ignorância

[...] Aprender a ler é aprender a julgar. É melhor que o povo não aprenda; para começar, não terá escolas.

Fidel Castro discorria longamente a Sartre e Simone de Beauvoir sobre o que fazer na educação, e o filósofo anota:

> a metade dos professores estava licenciada, sem vencimentos e por tempo ilimitado, devido à falta de estabelecimentos escolares. [...] Em resumo: antes de 1959 havia 45% de analfabetos e 45% de camponeses entre os cubanos – e creio que as duas percentagens, de modo geral, representavam os mesmos homens. A ignorância não era resultado da miséria; a miséria e a ignorância eram impostas ao mesmo tempo pelos donos da ilha antes da revolução.

***

Mais de uma década depois, em 1979, é o relato de Antonio Candido que nos chega aqui. Em 27 de março de 1979, tempo das odiosas ditaduras militares em Nuestra America, Candido escreve a seu amigo Ángel Rama, então exilado, contando que acabara de chegar de Havana e que

> A impressão causada por Cuba foi extraordinária. Quase um mês cheio de coisas novas e o sentimento de estar vendo o socialismo realmente se construir entre tropeços e perigos, mas indo para a frente. Espero daqui para diante ampliar o conhecimento sobre a América Latina e trabalhar um pouco, na velhice, pela aproximação cultural entre os nossos países, à qual você se dedicou desde moço. (Candido, 2018, p. 36)

No mesmo ano de 1979, Florestan Fernandes publicaria seu *Da guerrilha ao socialismo: a Revolução Cubana*, e em atualíssima notação afirma que havia acatado as opiniões favoráveis à publicação de suas originais notas de aula:

Não modifiquei os roteiros: deixei-os na forma original, como uma homenagem aos meus estudantes e também como uma evidência de que as salas de aula ainda constituem uma fronteira na luta pela liberdade e pela autonomia da cultura. [...]. Essa solidariedade mostra que não estamos sozinhos e que o trabalho intelectual também pode assumir as feições de uma guerrilha.

Sobre o livro de Florestan, Antonio Candido escreve em 1981 uma resenha com título "Uma Interpretação Exemplar", depois publicada no livro *Lembrando Florestan Fernandes* (1996), em que ressalta a extrema densidade da obra e o profundo sentido revolucionário do autor. Para o que nos interessa de perto ao que vimos falando aqui, em seus nexos com *A Revolução de Anita*, Antonio Candido sublinha, da análise de Florestan sobre a Revolução Cubana:

o admirável esforço educacional, prioritário para uma liderança de cunho largamente pedagógico. A descrição e análise do sistema educacional, que erradicou o analfabetismo, refez, ampliou e refinou os quadros técnicos e intelectuais emigrados, estendeu extraordinariamente o ensino secundário e o superior [...] deixando claro como o pressuposto fundamental da revolução cubana [...] é a mobilização intensa da sociedade, que corrige a cada instante as tendências autocráticas da burocracia e permite forjar a democracia socialista em toda a sua força de participação coletiva.

***

Tocando o final desta prosa, nossa homenagem às Anitas meninos e Anitas meninas da Revolução, em sua pedagogia da liberdade, que terão escutado por tantas milhares de vozes o "sim, eu posso" ler e escrever ao final de sua jornada de máximo empenho na vitoriosa campanha de libertação de Cuba do analfabetismo. Assim, copiando a frase na lousa do quadro da modesta escolinha em La Higuera – *Yo sé leer* –, copio também o entrecho emocionado dos *Rastros de leitura de Che Guevara*, na magistral escrita de Ricardo Piglia:

> [...] Há uma cena que funciona quase como uma alegoria: antes de ser assassinado, Guevara passa a noite anterior na escolinha de La Higuera. A única que assume uma atitude caridosa para com ele é a professora do lugar, Julia Cortés, que lhe leva um prato do guisado que sua mãe está preparando. Quando entra, encontra Che jogado no chão da sala de aula, ferido. Então Guevara mostra à professora uma frase escrita na lousa e lhe diz que a frase não está correta, que tem um erro. Com sua ênfase na perfeição, ele lhe diz: 'Falta o acento'. Faz essa pequena recomendação à professora. A pedagogia sempre, até o último momento. A frase (escrita na lousa da escolinha de La Higuera) é: 'Yo sé leer'. Que a frase seja essa, que no fim de sua vida a última coisa que ele anote seja uma frase que tem a ver com a leitura, é como um oráculo, uma cristalização quase perfeita. Morreu com dignidade, como o personagem de Jack London. Ou melhor, morreu com dignidade, como um personagem de um romance de educação perdido na história.

Referências

ALLENDE, Santiago; BOIDO, Federico. "Un itinerário de las lecturas del Che". *In*: BIBLIOTECA NACIONAL DE LA REPÚBLICA ARGENTINA. *Che Lector.* (prólogo de Alberto Manguel). Ciudad Autónoma de Buenos Aires: Biblioteca Nacional, 2017.

BIBLIOTECA NACIONAL DE LA REPÚBLICA ARGENTINA. *Che Lector.* (prólogo de Alberto Manguel). Ciudad Autónoma de Buenos Aires: Biblioteca Nacional, 2017.

BORON, Atilio. Che, medio siglo después. Disponível em: http://atilioboron.com.ar/el-che-medio-siglo-despues/. Acesso em: 15 fev. 2020.

CANDIDO, Antonio. *Lembrando Florestan Fernandes*. São Paulo: Edição Particular, 1996.

_____. *Conversa cortada*: a correspondência entre Antonio Candido e Ángel *Rama* (1960-1983); edição, prólogo e notas de Pablo Rocca; tradução dos textos em espanhol de Ernani Ssó. Rio de Janeiro: Ouro Sobre Azul; São Paulo: Edusp, 2018.

FERNANDES, Florestan. *Da Guerrilha ao Socialismo*: a Revolução *Cubana*. São Paulo: Expressão Popular, 2005.

GUEVARA, Ernesto. "Notas críticas del Che". *In*: BIBLIOTECA NACIONAL DE LA REPÚBLICA ARGENTINA. *Che Lector*. (prólogo de Alberto Manguel). Ciudad Autónoma de Buenos Aires: Biblioteca Nacional, 2017.

_____. *Auto-retrato. Deixo-vos agora comigo mesmo: aquele que fui.* (Seleção e notas de Víctor Casaus). Lisboa: Tinta da China, 2007.

_____. *Passagens da guerra revolucionária*. Congo. São Paulo: Record, 2000.

LÖWY, Michael. "Lecturas filosóficas". *In*: BIBLIOTECA NACIONAL DE LA REPÚBLICA ARGENTINA. *Che Lector*. Prólogo de Alberto Manguel. Ciudad Autónoma de Buenos Aires: Biblioteca Nacional, 2017.

PIGLIA, Ricardo. "Ernesto Guevara, rastros de leitura". *In: O último leitor*. São Paulo: Companhia das Letras, 2006.

RUIZ DÍAZ, Emiliano. "Un lector voraz". *In*: BIBLIOTECA NACIONAL DE LA REPÚBLICA ARGENTINA. *Che Lector*. (prólogo de Alberto Manguel). Ciudad Autónoma de Buenos Aires: Biblioteca Nacional, 2017.

SARTRE, Jean-Paul. *Furacão sobre Cuba*. Rio de Janeiro: Editora do Autor, 1960.

Em memória de Marjorie Moore,
cujo entusiasmo pela campanha de
alfabetização em Cuba e cujas esperanças
pelo que seria conquistado me inspiraram
a contar ao mundo sobre essa façanha
educativa.

Em memória de Armando Hart,
1930-2017, o ministro da Educação
cubano cuja visão e imaginação levaria
a Revolução a conquistar a alfabetização
universal em Cuba.

RELATO DA AUTORA SOBRE AS TRADUÇÕES DE *A REVOLUÇÃO DE ANITA*

A Revolução de Anita, uma obra de ficção histórica, conta a história de um período muito especial em Cuba. Logo após seu lançamento, no final de 2012, eu fiz uma lista de pessoas para as quais eu enviaria cópias do livro para divulgação. No topo estava a senhora Teresita Vicente Sotolongo, então embaixadora de Cuba no Canadá. Por fim, recebi uma carta de agradecimento da embaixadora, em que falava sobre o quanto havia desfrutado da leitura e também agradecia por havê-lo escrito e por contar a história da campanha nacional de alfabetização de Cuba. Pouco depois, recebi uma carta completamente inesperada de Cuba, do diretor do Instituto Cubano do Livro, me informando que Cuba gostaria de traduzir e publicar *A Revolução de Anita* e perguntando se eu teria interesse negociar um contrato com uma editora em Havana. Ao que tudo indica, a embaixadora havia contado a alguém sobre o livro e sua relevância para Cuba, e uma série de pessoas contando às outras sobre o livro fez com que essa informação chegasse aos ouvidos receptivos do diretor cubano. E claro que eu disse sim, e as coisas começaram a mover-se.

Devido às dificuldades por conta da distância, levaram três anos para que o livro fosse traduzido, editado, impresso e ficasse disponível para o público cubano. Em fevereiro de 2016, eu aceitei um convite para apresentar a recém-publicada edição em espanhol na Feira Internacional do Livro em Havana. Meu livro estava sobre uma longa mesa, em uma série de pilhas organizadas com esmero. Gradualmente, a sala foi enchendo-se e um representante da editora cubana me apresentou.

Eu falei sobre como eu, uma gringa do Canadá, havia aprendido sobre a extraordinária campanha de alfabetização de Cuba de 1961 quando vivi e trabalhei em Havana, de 1964 a 1968. Falei sobre como soube das centenas de milhares de cubanos que haviam se voluntariado para ensinar e como, em menos de um ano, haviam ensinado quase 1 milhão de adultos cubanos analfabetos a ler e escrever. O mais surpreendente foi saber que 100 mil daqueles que se voluntariaram – como "Anita", a protagonista do meu romance – eram jovens conhecidos como *"brigadistas"*, membros da brigada da juventude. Eu falei que soube que esses jovens brigadistas haviam sido liberados das aulas para ensinar e que muitos haviam deixado suas casas para morar com seus alunos enquanto os ensinavam. Eu falei sobre como isso me inspirou a aprender sobre o importante papel desses jovens para o êxito da campanha de alfabetização. Foi a inspiração, em última instância, eu disse, para escrever esse livro.

Quando concluí minha apresentação, a audiência irrompeu em aplausos. Agradecida, eu abri para perguntas e comentários. Muitas mãos se levantaram. "Senhora Langer, talvez você não saiba, mas a maioria das pessoas nessa sala está entre aqueles 100 mil brigadistas que se voluntariaram na campanha de alfabetização. Homem ou mulher, nós somos as *"Anitas"* do seu livro".

Cinquenta e cinco anos atrás, esses agora senhores e senhoras que me olhavam haviam sido brigadistas. Incrível!

Até o fim da minha apresentação, muitos deles se levantaram para me dizer onde haviam se alistado, quantos anos tinham, quantas pessoas haviam ensinado, e como sua participação na campanha ainda era uma das experiências mais recompensadoras que haviam tido em suas vidas. Sempre incrível: pessoas idosas falando com grande emoção sobre experiências inesquecíveis. Pessoas idosas emocionadas por uma canadense que havia aparecido do nada para contar ao mundo como eles, apenas crianças, haviam ajudado a acabar com 500 anos de ignorância, mudando para sempre a história de Cuba.

Espero que *A Revolução de Anita*, a história da juventude cubana fazendo história, seja traduzida para outras línguas como um exemplo de como a alfabetização empodera as pessoas e as coisas extraordinárias que os jovens podem fazer, quando lhes é dada a oportunidade.

Meus agradecimentos a:

Marjorie Moore Ríos, falecida, pela generosidade de me transmitir tanta informação que proporcionou os fundamentos para esta narrativa. Marjorie desempenhou a tarefa de supervisora da campanha de alfabetização de Cuba, na região de Bainoa. Sua filha de 11 anos, Pamela, alfabetizou sete adultos. Durante várias entrevistas, Pamela, já adulta, me ofereceu mais detalhes interessantes sobre a Campanha. Pamela trabalha atualmente em Cuba como especialista em Controle de Qualidade.

As seguintes pessoas que me concederam entrevista: Marietta Biosca, cuja vívida narração das suas experiências facilitou o nosso trabalho; Carlos Isaac García não somente compartilhou as suas experiências como brigadista, como também me permitiu ler o diário detalhado que levou durante toda a Campanha; Dr. Antonio Pascó, hoje cirurgião ortopédico, que tinha 13 anos quando se incorporou como voluntário; Esperanza Caridad Bracho y Pérez, com 16 anos, junto a outras três jovens, chegou a Arroyo Negro para alfabetizar dois adolescentes, cinco homens e três mulheres, e apaixonou-se pela educação de tal modo que se tornou professora e desfrutou a sua carreira por longo tempo.

Anne Millyard, a do centro da equipe fundadora e editora de Annick Press, do Canadá, por manifestar enfaticamente a necessidade de o mundo conhecer esta história.

David Floody, pela sua audaciosa sensibilidade literária. Três adolescentes: Liam Eady, Ava Hansen e Carina Pogoler, que leram este relato como um trabalho em andamento e me proporcionaram um útil retorno. Meus colegas do Clayoquot Writers Group (Grupo de Escritores de Clayoquot), a quem de vez em quando pedi os seus comentários. Eles sempre estiveram à disposição para ajudar e me dar ânimo.

Rona Nelson e Carolyn Bateman, que prestaram úteis serviços de edição para a primeira versão do livro, quando o seu título era *The Brigadist*.

Dayle Getz, pelas suas inestimáveis sugestões editoriais. Valentina Cambiazo, por seus serviços de leitora de provas, com olhos de águia.

Minha família Langer, por me apoiar pacientemente durante anos, enquanto eu me mantinha ocupada e agitada escrevendo este livro.

Meus grandes amigos: o casal Lina de Guevara e Celso Cambiazo, que me alentaram a ser fiel à minha visão da história, em lugar de ceder a determinadas tendências atuais.

PREFÁCIO

A Revolução de Anita é uma obra de ficção histórica, inspirada no êxito da campanha de alfabetização de Cuba que aconteceu em 1961. No livro, narramos como Cuba deu início à instrução da grande quantidade de analfabetos que havia no país, gente ignorada durante tantos anos pelos sucessivos governos; de como as classes sociais cubanas se uniram depois de muito tempo separadas; de como indivíduos analfabetos foram introduzidos ao mundo das palavras e mudaram seu próprio futuro e o do país. Uma amiga muito querida, que participou na Campanha, me forneceu muito material, que serviu de base para o enredo da narração. Alguns personagens que povoam as páginas de *A Revolução de Anita* têm características de pessoas da vida real; a maior parte de quem aparece em algumas passagens da trama é imaginária.

Morei e trabalhei em Cuba durante quase cinco anos, em meados da década de 1960, um pouco depois que a Campanha Nacional de Alfabetização havia cumprido a sua meta inicial de alfabetização básica. Em todo lugar em que estive, vi o desenvolvimento de aulas em saguões de hotéis, refeitórios de locais de trabalho, saguões de edifícios de apartamentos e até em praças, ao ar livre. Durante esses anos, os adultos que foram alfabetizados no nível básico em 1961 estavam estudando para alcançar os níveis de ensino fundamental. O ensino público em Cuba, incluindo os estudos universitários, era então e continua sendo uma prioridade, e segue totalmente gratuito. Cuba luta contra muitos problemas, mas a alfabetização não é um deles. Em 2011 completaram-se 50 anos da redução do analfabetismo em todo o país, de 25% a 3,9% da população. Cuba nunca retrocedeu. Hoje, enquanto escrevo estas páginas, organizações como a Unesco e o Banco Mundial declararam que Cuba desfruta de um índice de alfabetização de quase 100%. Tudo começou, obviamente, com a decisão, em 1961, de fazer de Cuba "um território livre do analfabetismo". A maneira como foi realizada resulta em uma história surpreendente; uma história da qual a maior parte das pessoas que encontrei durante anos não sabia nada. Este livro, então, não todo realidade, mas também não todo ficção, celebra a Campanha, o povo cubano e o espírito que deu fim a quase cinco séculos de ignorância quando, no dia 22 de dezembro de 1961, hasteou-se uma bandeira declarando "Cuba, território livre do analfabetismo".

A ADVERTÊNCIA

Até agora, Anita pensava que os crimes aconteciam somente com os adultos. O artigo do jornal, sob a manchete: "Professor alfabetizador voluntário capturado e assassinado por bandos contrarrevolucionários", dizia que os contrarrevolucionários haviam capturado o professor alfabetizador Conrado Benítez numa vereda de montanha, quando se dirigia às suas aulas, e o enforcaram numa árvore. O estômago de Anita se revirou ao imaginar Conrado pendurado no extremo de uma corda. "Por que haviam feito isso? O que esse garoto lhes fez?" Seu pai era editor de notícias do maior jornal de Cuba, *El Diario*, por isso ela sabia sobre como os contrarrevolucionários que queriam sabotar o trabalho do nascente governo revolucionário de Cuba. "Mas isto!"

Jogou de lado o jornal aberto sobre a sua escrivaninha e tentou se concentrar no dever de álgebra da escola. Com um profundo suspiro, levantou os olhos do dever e olhou de novo no jornal a imagem do rapaz assassinado, mas o quarto estava escuro demais para vê-la claramente. Quanto tempo ficou sentada à escrivaninha, olhando a página fixamente? O suficiente para que o dia se convertesse em quase noite. Quando o sol se pôs no mar distante da costa de Cuba foi como se houvesse arrastado toda a escuridão com ele. O piso frente às janelas estava riscado com feixes da última luz que se filtrava entre as persianas. Anita levantou-se para acender a luz, mas em vez de fazê-lo, abriu os ferrolhos e entrou pela janela o ar frio do crepúsculo cubano.

As luzes estavam acendendo em todas as amplas ruas de Miramar, o bairro onde morava. A poucos quarteirões da sua casa se estendia o mar do Caribe. Somente o horizonte ao oeste brilhava alaranjado e vermelho-escuro, num céu da cor do vinho. O próprio mar já havia sido engolido pela escuridão. Anita olhou para o leste, onde a grande cidade de Havana, cintilante com 1 milhão de luzes douradas, se estendia tão longe quanto a visão podia alcançar.

Anita trancou os ferrolhos, fechou as persianas e acendeu a luz. Piscando, inspecionou seu quarto. Um pouco revirado, mas não tanto como o do seu irmão. Olhou o seu reflexo de corpo inteiro no espelho. Era alta para uma garota cubana, esbelta e forte, herança do seu pai. O cabelo castanho sobre os ombros e as sobrancelhas arqueadas eram os seus melhores traços. As pessoas lhe diziam que era bonita, mas ela sabia que nunca seria bela como a sua mãe, uma mulher pequena com um busto formoso, sempre elegante, que gastava muito tempo cuidando da aparência.

Os olhos de Anita pousaram na poltrona em que gostava de se recolher para ler. O livro que acabara de começar, *O diário de Anne Frank*, equilibrado sobre um dos braços da poltrona. A poltrona e o livro a atraiam, mas ela voltou à sua escrivaninha, ao seu dever de álgebra.

Seus olhos ainda continuavam deslizando sobre o jornal. Anita olhou de novo fixamente a imagem do rapaz assassinado. Há alguns dias, dificilmente alguém saberia qualquer coisa sobre Conrado Benítez. Agora, o seu rosto estava em todos os jornais, na televisão, nos cartazes: Conrado, com o olhar fixo na foto granulada em preto e branco, do tipo de carteira de identidade. Ele havia estado na assembleia de sua escola alguns meses atrás, falando sobre a importância da alfabetização, promovendo o programa piloto de Cuba para a alfabetização que estava sendo implementado por professores voluntários. A presença do jovem negro numa escola de estudantes brancos foi uma grande novidade. Inspirada pela fala, Anita se apressou a conversar com ele antes dele ir embora.

– Gostaria de alfabetizar algum dia – disse Anita. Ele foi tão sério durante a sua fala que ela se sentiu aliviada quando ele sorriu.

– Que bom! – disse ele. Cuba precisa de pessoas como você.

Eles haviam conversado um pouco mais antes que ela retornasse às aulas. A foto em preto e branco do jornal mostrava um jovem negro carrancudo, que parecia mais velho que os seus 18 anos e nada revelava da personalidade de Conrado. Anita fechou seus olhos para relembrar seu sorriso largo, seu contagiante entusiasmo por ensinar. Agora ele estava morto. Abriu a gaveta da escrivaninha e tirou umas tesouras. Cortou a imagem de Conrado do jornal e a colou com fita adesiva na parede acima da escrivaninha, exatamente à altura dos seus olhos. Deixando de lado o dever da escola, Anita fechou de repente o livro de álgebra e desceu a escada correndo, em direção ao quintal.

– Vai pra onde, Anita? – gritou mamãe enquanto a filha passava pela sala. – O jantar vai ficar pronto logo.

– Preciso de ar fresco – disse.

A sua mãe e o seu pai deixaram os coquetéis, levantaram-se e a alcançaram.

– Está abalada pelo assassinato, né? – disse mamãe, colocando suas mãos sobre seus ombros.

– Sim. Vocês não? Todo mundo não está? Ele era tão jovem e estava fazendo coisas tão boas – Anita lutava com as lágrimas.

– Sim, ele era – disse mamãe, puxando-a mais para perto para abraçá-la.

– Era um verdadeiro filho da revolução – disse seu pai pensativamente. Ela e o pai haviam tido algumas boas conversas recentemente sobre a Revolução. Na semana anterior, seu pai havia tentado lhe explicar o que fazia com que os contrarrevolucionários ficassem com raiva; porque estavam constantemente fazendo coisas atrozes como provocar explosões e incêndios em lugares públicos e sabotando maquinários.

– O que mais assusta essa gente – havia explicado seu pai – é o programa de nacionalização do novo governo, o que significa que o governo toma o controle dos bancos, grandes negócios, terras, minas, indústria pesqueira... de muitas, muitas coisas. Você sabe que o jornal onde trabalho foi nacionalizado. Isso fez com que o dono ficasse furioso, muito furioso. Podia ter ficado e continuar como chefe, mas não quis se converter em empregado do governo, então foi embora do país.

– Por que Fidel quer nacionalizar tudo, papai?

– Ele disse que a riqueza do país pertence a todo o povo, não a uns poucos que usam a riqueza e o poder para seu próprio benefício. Fidel disse que ter os recursos do país em mãos do governo tornará as coisas mais justas para todos.

– O que você acha, papai? É bom o que Fidel está fazendo?

– Poderia ser bom, Anita. Cuba é um país pobre e durante muitos anos houve uma corrupção terrível. Os governos anteriores ignoraram os pobres de Cuba. Então precisamos de uma mudança. Mas esse tipo de mudança tem deixado um montão de gente furiosa, especialmente alguns enriquecidos com o lucro obtido pela corrupção do governo, que estão preparados para fazer qualquer coisa para que tudo volte a ser como era antes da Revolução.

– Suficientemente furiosos a ponto de matar pessoas?

– Sim, Anita. Suficientemente furiosos para matar gente.

Ao escutar essas palavras, Anita havia estremecido, e estremeceu novamente agora. Eles já haviam matado. Anita queria falar mais sobre isso tudo com seu pai, mas não agora. Sentia que poderia se sentir sufocada se não saísse. Desvencilhando-se do abraço da sua mãe, Anita inclinou-se para beijar sua bochecha maquiada, depois atravessou a sala de jantar em direção ao pátio.

– Olá menina, como está Anita *la cubanita?*

Tomasa, a empregada da família, mesmo sendo uma cabeça mais baixa que Anita, seguia usando o apelido carinhoso que havia colocado na garota quando bebê: Anita, *la cubanita.* Anita não se importava. Ela adorava Tomasa. Sorriu-lhe e abriu a porta corrediça que dava ao quintal, agradecida pelo ar frio que a envolvia.

Perambulou pelo quintal, andava chutando uma vagem de sementes da amendoeira e pensando no que seu pai havia dito sobre Conrado, que ele era um filho da revolução. A revolução! Era praticamente só disso que todos falavam desde que o governo revolucionário conquistou o poder havia somente dois anos. Antes disso, houve anos de violência e luta em Cuba. No entanto, até muito pouco, Anita não havia prestado muita atenção às vicissitudes da revolução.

Ainda na escola, a revolução era como uma disciplina escolar. Nos corredores e em cada sala de aula da sua escola havia fotografias de Fidel Castro e todos os outros revolucionários que haviam lutado com ele para derrubar o ditador de Cuba. Eles haviam estudado a revolução: como se lutou, como se venceu. As excursões escolares para observar em primeira mão os programas do novo governo eram frequentes. As cooperativas agrícolas e pesqueiras que havia visitado junto a seus companheiros de aula pareceram um pouco tediosas, mas os recém-criados círculos infantis, lhe pareceram muito interessantes. Centenas deles estavam sendo inaugurados, porque a revolução incitava que as mulheres se integrassem à força de trabalho ou se instruíssem mais.

Na semana anterior, a sua turma fora de ônibus visitar uma escola de ensino fundamental recentemente construída num pequeno povoado nos arredores de Havana. Os estudantes – a maioria era de mulatos ou negros – nunca haviam ido à escola antes. Alguns garotos estavam descalços. Ela tentou não olhar diretamente seus pés sujos. Anita lembrava ter se sentido estranha, se sentido... branca demais. Depois a sua professora explicou que muitos pais simplesmente eram demasiado pobres para comprar sapatos, mas que ela sabia que o governo estava importando sapatos para que nenhuma criança tivesse que ir descalça à escola. "Como poderia alguém achar que isso era ruim"?

Anita se encostou no pé de manga, pensando em todas as pessoas que iam embora de Cuba porque pensavam que Fidel Castro estava arruinando o país. Fazia seis meses que seu tio Eduardo, o irmão do seu pai, partira para os Estados Unidos com toda sua família. Os rostos dos seus primos lhe vieram à mente e ela se perguntou se alguma vez os veria de novo. Muitos vizinhos e outras pessoas que sua família conhecia foram embora. Ela não queria abandonar Cuba nunca – principalmente não queria deixar seus amigos –, mas sabia que teria que ir embora se os seus pais assim o decidissem. Anita lembrou a tarde, não havia muito tempo, em que ela e seus pais estavam passeando pelo Parque das Figueiras depois do jantar. Ela havia decidido sondar seus pais; de repente, saltou em frente a eles e começou a andar de costas.

– Vocês nunca iriam embora de Cuba para sempre, não é verdade? – perguntou.

A mãe ficou em silêncio, mas depois de um momento o pai começou a falar.

– Você sabe, Anita, que há alguns meses a sua mãe e eu pensamos que deveríamos ir embora de Cuba. Sentíamos que se ajustar a todas as mudanças que estão acontecendo desde que Fidel tomou o comando era demasiado perturbador. Tudo parecia tão instável. Eu falo bem o inglês... Tenho experiência como editor de jornais, então pensava que poderia ganhar o suficiente para ter uma boa vida nos Estados Unidos. A partida repentina do meu irmão com a sua família me abalou, especialmente, porque ele acabara de receber uma promoção no hospital. E suspeitei que muitos dos meus colegas no jornal estavam planejando ir embora. De fato, desde então, muitos se foram.

– Mas estamos aqui, ou seja, isso significa que você e mamãe mudaram de ideia, é isso? O que fez vocês mudarem de ideia? Ela olhou para a mãe, que ainda não havia dito uma só palavra.

– Mudamos de ideia... ao menos, por agora. Lembra a recepção no jornal à qual fomos todos há alguns meses?

Anita assentiu com a cabeça. Como poderia esquecer? Fidel era o convidado de honra. As pessoas que chegavam eram chamadas a assinar um livro de convidados e, depois de assinar, ela havia se virado para dar a caneta à pessoa que esperava atrás dela... E ali estava ele! Fidel tomou da sua mão a caneta, olhou a sua assinatura e lhe disse: "Obrigado, Anita". Ela se vangloriou disso durante os dias seguintes.

– Nessa tarde – papai continuou –, Fidel descreveu a sua visão para a mudança em Cuba. Se você se lembra, Anita, ele falou extensamente sobre os pobres de Cuba a quem o governo e a sociedade haviam ignorado durante séculos. Sempre estive ciente de fazer parte dos que têm quando há tantos que não têm. Por isso... bom, fiquei realmente impressionado. Fidel é muito convincente, sabe? Então decidi que devíamos ficar; que devíamos dar ao novo governo uma oportunidade e ajudar a fazer de Cuba um lugar melhor.

– Fantástico! – disse Anita – porque eu também quero ajudar a fazer de Cuba um lugar melhor. E você, mamãe?

– Veremos – foi tudo o que sua mãe disse.

Anita não estava surpresa. Sua mãe ficava louca com tudo que fosse estadunidense. Vestia-se sempre à última moda dos Estados Unidos, era fanática pelo cinema estadunidense e suas estrelas de cinema, nunca perdia um filme da Marilyn Monroe. Buscava sempre oportunidades para falar em inglês, iniciando conversas com turistas de língua inglesa, envergonhando Anita. A sua família e seus amigos estavam sempre lhe zombando de tanto amor pelos Estados Unidos. "A cegonha a deixou no país errado, Mirta", diziam.

Depois dessa conversa no parque, Anita havia se tranquilizado, apesar de ouvir as pessoas falarem sobre as ondas de gente que iam embora ou que desejavam ir. "Mas agora havia esse crime horrível! Esse tipo de violência dos contrarrevolucionários afetaria o sentimento de mamãe e papai sobre ficar em Cuba? Especialmente de mamãe?"

Anita jogou-se numa cadeira do quintal, estremecendo enquanto as suas costas pressionavam o frio metal. Podia ouvir o barulho de panelas e frigideiras, enquanto os vizinhos preparavam o jantar. As vozes e a música dos rádios das casas vizinhas penetravam através das persianas abertas misturando-se com a estridulação dos grilos que chegava das sombras. Por baixo de todos esses sons que flutuavam no ar do crepúsculo, Anita podia escutar o ruído surdo do oceano no fundo da sua rua quando as ondas se chocavam contra as rochas e se afastavam.

O rádio também estava ligado em sua casa. Tomasa sempre o mantinha sintonizado em estações que transmitiam música popular cubana. Ela podia ver Tomasa se mexendo entre a cozinha e a sala de jantar, não precisamente dançando, mas com uma espécie de passinho ao compasso do ritmo enquanto arrumava a mesa. Perguntou-se se seus pais estariam conversando sobre Conrado. Seu assassinato havia convertido o jovem alfabetizador num herói. As pessoas já se referiam a ele como um mártir. Ela havia procurado a palavra mártir no dicionário: *"Mártir: pessoa que padece muito, especialmente por uma causa ou princípio".*

– Anita... hora do jantar – chamou mamãe à porta.

Todos estavam sentados ao redor da mesa de vidro da sala de jantar quando Anita entrou, piscando por causa da luz. Mamãe estava servindo um prato tradicional cubano de feijão preto e arroz. As suas longas unhas pintadas de vermelho resplandeciam à medida que servia as colheradas de comida e entregava os pratos cheios ao seu redor. Como de costume, seu irmão Mário já estava devorando o seu jantar.

– Anita, mesmo sendo só janeiro, está na hora de começar a pensar na sua festa de debutante, a sua festa de apresentação à sociedade – disse mamãe. Temos que começar com a lista de convidados e olhar os modelos para escolher o vestido. Amanhã vou ligar pro Country Club para reservar o salão de festas.

– Quase 15 anos e nunca a beijaram! – disse Mário, com a boca cheia de arroz. Anita lhe deu um pontapé por debaixo da mesa.

– Não tenho certeza se eu quero uma festa de debutante, mamãe – as palavras pareciam haver escapado da boca de Anita e ela sentiu seu rosto arder. Todo mundo parou de comer e a olhou como se ela houvesse se convertido numa iguana.

– Que ideia, Anita! Todas as meninas cubanas têm uma festa de debutante quando os completam – disse a sua mãe.

– Essa é uma tradição cubana importante.

Anita enrolava e desenrolava o guardanapo.

– Por que não quer comemorar sua festa de debutante? – perguntou papai. – Eu acreditava que você estava esperando com ansiedade. Ele falou com a voz tranquila e continuou comendo, mas a voz calma e os modos razoáveis de seu pai amiúde deixavam Anita mais nervosa que as maneiras temperamentais de sua mãe.

"Eu estava esperando ansiosamente minha festa de debutante", Anita admitiu para si mesma. Começou a empurrar seu arroz com feijão para fazer um montinho no meio do prato, depois começou a dividir o montinho em outros menores. "O que me fez dizer isso?" Assim que se fez essa pergunta, os pensamentos chegaram flutuando ao acaso na sua cabeça.

– Os primos e alguns garotos da escola a quem eu teria convidado se "foram a 90" – ela disse.

– Foram a 90? – disse mamãe – O que isso quer dizer?

– Em que planeta você mora, Mirta? – disse o pai, rindo. São as 90 milhas entre Cuba e a Flórida. "Ir a 90" é uma expressão que se usa para falar das pessoas que vão de Cuba para os Estados Unidos.

Mas mamãe estava concentrada demais em Anita nesse momento para achar graça.

– É verdade que alguns de seus amigos foram embora – disse ela –, mas muitos outros estão aqui, incluindo a Marci, a sua melhor amiga. Você está planejando ir à festa de debutante de Marci no dia primeiro de julho, imagino, então acho que deve haver algo mais que os amigos "que vão a 90" por trás disso.

Anita empurrou sua comida ao redor do prato, mas não comeu. "Há alguns dias apenas que Marci e eu passamos horas falando dos detalhes das nossas festas, esperando sermos debutantes por um dia. O que mudou?" Conforme ia pensando, parecia-lhe que seus sentimentos tinham algo a ver com a morte de Conrado Benítez, algo a ver com a revolução, mas não sabia exatamente o quê.

Onde quer que fosse – na escola, nas mercearias, nas ruas, nos ônibus– havia acaloradas discussões acerca da revolução. As pessoas estavam entusiasmadas por ela: "Fidel e sua gente acabarão com a corrupção e devolverão Cuba aos cubanos", ou estavam violentamente contra: "Esse homem está destruindo o estilo de vida cubano. Ele não tem direito de mudar tudo sem o nosso consentimento!" As pessoas amavam ou odiavam Fidel Castro, ambas as coisas com paixão. E, agora, algumas pessoas que estavam contra a revolução haviam matado alguém que estava a favor. Ela sentia o olhar penetrante da sua mãe.

– Anita, estamos esperando uma resposta – a voz de papai havia se tornado um pouco mais severa; havia tirado os óculos, o que sempre deixava Anita nervosa.

– Eu sei, papai. Estou pensando.

– Parece que você está tentando ganhar tempo do que pensando – disse mamãe.

– Mamãe, se eu pudesse explicar, o faria... honestamente – Anita replicou, revirando os olhos. – É só... é só que a ideia de uma festa elegante me parece, de alguma maneira, errada. Parece algo... algo... frívolo.

– Frívolo! Ouviu isso, Daniel? A menina está nos dizendo que somos frívolos.

– Mamãe, papai, não quis lhes faltar ao respeito, mas... Por que não estamos falando sobre o motivo de assassinarem Conrado, em vez da minha festa de debutante?

Seus pais só a olhavam fixamente. Mário parou de comer, o seu garfo suspenso no ar.

– Não sei por que escapou isso sobre a minha festa de debutante – continuou Anita. – Não me parece correto estar falando de dar festas elegantes no Country Club quando os pais de Conrado provavelmente estão se afogando em lágrimas neste exato momento. E posso apostar que é gente pobre que nunca viu o interior de um Country Club!

– Está falando besteiras, Anita! Uma coisa não tem nada a ver com a outra – disse sua mãe.

Mas o restante do jantar transcorreu em silêncio.

***

No dia seguinte, na escola, Anita e alguns alunos de sua sala perguntaram à professora se podiam falar sobre o motivo dos contrarrevolucionários terem assassinado Conrado Benítez. Por que ele?, queriam saber. Ele não era uma celebridade nem uma pessoa importante.

– Poderia lhes dizer o que eu penso – respondeu a professora –, mas quero que vocês mesmos tentem dar algumas possíveis respostas a essa pergunta.

A professora desenhou um círculo no quadro e dentro do círculo escreveu as palavras: "Por que os contrarrevolucionários assassinaram Conrado Benítez?" Depois desenhou linhas como raios do sol.

– Cada um desses raios é uma possível resposta à pergunta. Quem começa?

As respostas chegavam mais rápido do que a professora podia escrever.

– Porque ele era negro e eles são racistas. Pessoas que odeiam a ideia de que um negro ensine seus filhos.

– Sabotagem! Eles estavam mostrando o seu ódio por qualquer programa iniciado pelo governo revolucionário.

– Se todos os pobres de Cuba se alfabetizarem, terão mais opções sobre onde trabalhar. Poderiam pedir salários mais altos.

– É uma advertência dramática para deter os programas piloto de alfabetização, para assustar as pessoas e impedi-las de se incorporar como alfabetizadores voluntários.

A professora virou-se para a turma com um sorriso aprovador.

– Todas as suas respostas são provavelmente corretas. Esse assassinato foi uma advertência violenta de que mais alfabetizadores serão assassinados caso continuem os programas de alfabetização – declarou, com a voz trêmula de emoção. Nós observaremos com interesse como o governo responde a essa advertência.

A conversa continuou com seriedade na sala até que a tocou campainha que indicava o fim da aula. Enquanto Anita caminhava à sala da aula seguinte com seus amigos, eles continuaram falando sobre o crime.

– Eu tive pesadelos com isso – disse Marci, a melhor amiga de Anita.

– Caramba! – exclamou Anita. – Assassinar alguém, só porque você não concorda com o que ele faz... Especialmente um adolescente. Que terrível!

– Aposto que não haverá muita gente que se apresentará como voluntário para ser alfabetizador agora – disse Marci.

– É isso exatamente o que os contrarrevolucionários querem que aconteça – disse Anita. Eles querem destruir tudo o que esteja mudando as coisas. Se a gente deixar que isso aconteça, então os contrarrevolucionários vencem.

– Desde quando se converteu numa revolucionária tão fanática, Anita? – disse uma das meninas.

– E por que não o faria? – disse outra, colocando um braço ao redor dos ombros de Anita e lhe dando um aperto afetuoso. – Não se supõe que todos devemos ser super-revolucionários nestes dias?

Anita percebeu que Marci não disse nada.

***

Anita havia terminado o dever da escola e estava descendo as escadas para assistir à TV quando ouviu que a sua mãe chamava o seu pai.

– Daniel, vem ver isto! Depressa!

Nessa época, havia todas as noites um programa sobre a campanha de alfabetização, mas um locutor estava dizendo que seria substituído por uma edição especial. Anita estava decepcionada. Ela gostava de ver o programa sobre alfabetização todas as noites. Ela ficava fascinada vendo como viviam os camponeses no campo e nas remotas regiões montanhosas, observando com atenção seus casebres chamados de *bohíos*, os diminutos povoados, as plantações de cana-de-açúcar e de café, os camponeses a cavalo, os vagarosos bois puxando as carroças com suas fofas papadas que caíam sobre o peito e balançavam à medida que caminhavam lenta e pesadamente ao longo de caminhos poeirentos.

A voz inconfundível de Fidel chamou a sua atenção à TV.

– Em setembro passado, nas Nações Unidas, eu anunciei que no fim de 1961 Cuba seria um território livre de analfabetismo. O governo revolucionário pediu ao Ministério de Educação que desenvolvesse um programa para tornar realidade essa promessa. Para alcançá-lo o Ministério da Educação está ampliando o atual projeto piloto de alfabetização para convertê-lo numa campanha nacional. Por isso precisamos de milhares de jovens professores voluntários para que se juntem às brigadas especiais de estudantes que se chamarão Brigadas Conrado Benítez, em homenagem ao jovem herói. Os membros dessas brigadas serão chamados de brigadistas.

Anita sentiu que todo o seu corpo começava a tremer.

– Quando acabar o atual período letivo – continuou o primeiro ministro –, os voluntários terão um curso de treinamento especial para serem professores. Alguns brigadistas irão morar nas casas dos camponeses a quem irão ensinar a ler e escrever. Outros serão enviados para ensinar em cidades e povoados, e serão alojados em casa e centros comunitários. A supervisão e os serviços para a saúde e segurança dos estudantes voluntários serão proporcionados por equipes de adultos responsáveis.

O zumbido em seu cérebro aumentava a cada palavra que Fidel dizia. Poderei me converter em brigadista?

Ao final da transmissão, Fidel disse: "Jovens de Cuba. Façam história ajudando seu país a eliminar o analfabetismo. Sejam voluntários! Tornem-se brigadistas!" Os seus pais permitiriam que ela se oferecesse como voluntária? Nesse exato momento em que pensava essas palavras, a sua pergunta foi respondida.

– Fidel está louco? – disse mamãe, elevando a voz acima do som da TV – Quem deixaria seus filhos serem voluntários quando esse pobre garoto foi morto? E que pais em são juízo deixariam que seus filhos e filhas fossem viver durante meses junto a estranhos em *bohíos* com chão de terra, teto de palha, sem eletricidade, sem água corrente. Onde dormiriam? Em redes? A alfabetização pode ser importante, mas enviar os garotos para longe de suas casas durante meses nestes tempos difíceis? Fidel deve estar sonhando!

– Calma, Mirta. Duvido que muitos pais deixem seus filhos partirem – disse seu pai, voltando à sua poltrona e a seu livro.

Os pensamentos sobre tornar-se uma brigadista passaram a tarde toda como um raio pela cabeça de Anita. Sentada na cama, colocou sobre seus joelhos um diário em branco que havia recebido no Natal e escreveu as suas primeiras palavras.

7 de janeiro de 1961

Querido Diário,

Participar como voluntária da campanha de alfabetização é uma oportunidade de fazer algo ousado, algo importante, como fez Conrado. Claro que existe o perigo de ser sequestrada pelos contrarrevolucionários! Meus amigos zombam de mim por ser super-revolucionária, mas não quero fazer nada estúpido. E sobre a minha festa de debutante, o meu passo à maioridade? Mamãe e papai se sentiriam realmente decepcionados se não tivéssemos uma comemoração. Mas... para que serve ser de maior? No dia após a festa de debutante, a vida será como sempre, no entanto, ajudar Cuba a ser um território livre de analfabetismo, isso sim é que é realmente importante. Terei que pensar nisso cuidadosamente. Acho que não devo mencionar nada ainda sobre ser voluntária porque está claro que mamãe e papai pensam que é perigoso demais. Eles não querem que a sua querida menininha tenha que dormir numa rede num *bohío*. Oh, Diário, apenas pensa, como voluntária eu poderia ser destinada a ensinar nas montanhas da Sierra Maestra onde iniciou a revolução. Ou talvez à Guamá, onde há jacarés e tartarugas marinhas gigantes para se ver. Ter uma aventura longe de casa seria GENIAL! Decidi que o meu nome assinatura do diário será uma forma mais adulta do que o apelido que Tomasa me deu quando era uma menininha.

Até logo por ora,

Anita, a cubana.

Anita andou ao redor do quarto procurando um bom lugar para esconder o diário. "Não confio na minha mãe... Papai nunca vem ao meu quarto... Não preciso me preocupar por Tomasa, porque acho que ela não sabe ler. E Mário? Ele nunca seria tão habilidoso. Pelo menos, eu acho que não". Guardou o diário atrás dos livros mais altos de sua estante.

INCUBA-SE UMA IDEIA

Depois da primeira transmissão sobre a campanha de alfabetização, Anita viu cartazes por toda parte e anúncios em TV e rádio várias vezes ao dia. Todo mundo falava sobre o chamado aos estudantes voluntários, exceto seus pais, ou assim lhe parecia. Quando os anúncios chegaram, eles os ignoraram. Sua mãe nem sequer criticou mais.

Uma noite depois do jantar, Anita deu uma passada pelo quarto de Mário. Ele estava jogado na sua cama lendo *Deportes*, sua revista favorita. O quarto era uma confusão de roupas e materiais esportivos espalhados. Mesmo Tomasa arejando e limpando o quarto todos os dias, este fedia a suor seco de esportista. Tinha muitos cartazes colados nas paredes: Yogi Berra e Mickey Mantle na posição de rebatedores, Cassius Clay abaixado em posição de luta com as luvas de boxe... O favorito de Anita era o de Pelé, estrela do futebol brasileiro, quando estava jogando na Copa do Mundo de 1958 na Suécia. Ainda que seu irmão fosse um gozador desapiedado, ela o adorava de qualquer jeito. Ele era inteligente, elegante, atleta natural e um bom imitador. Como a fazia rir imitando Fidel ao pronunciar um discurso! Ela somente desejava que ele não a tratasse como se fosse uma criança. Mas sabia que essa arrogância era típica dos garotos de 17 anos.

Deitou-se na cama.

– O que tem em mente, irmãzinha?

Anita foi diretamente ao assunto.

– Você está pensando em se oferecer de voluntário, Mário?

– De quê? – disse ele sem olhá-la.

– Você sabe – respondeu Anita mantendo a voz baixa.

– O que é que eu sei? – disse ele, virando as páginas.

– Está pensando em se oferecer de voluntário para ser brigadista?

Uma folha de assinaturas para os voluntários fora pregada no mural da escola no dia posterior ao primeiro anúncio. Anita viu como a lista crescia a cada dia. E ontem percebeu que Mário olhava a lista.

– Estou pensando – disse Mário. Como Anita não disse nada, Mário a olhou. – O que há? disse, dando-lhe uma batidinha brincalhona. – Não acha que eu seria um bom professor?

– É só... é só que eu tenho pensado que gostaria de me oferecer como voluntária também.

– Está maluca? Mamãe e papai nunca deixariam que você fosse voluntária. Você tem coisas mais importantes pra fazer, ao menos, na opinião deles.

Anita sabia sobre o que ele estava falando. A sua festa de debutante seria um grande acontecimento. O costureiro de sua mãe faria o vestido com um desenho especialmente chique, e ela e sua mãe comprariam os acessórios apropriados. Sua mãe insistiria que seu cabeleireiro criasse um penteado especial. Seus pais alugariam uma limusine luxuosa para levá-la com suas amigas à festa. Seu pai a conduziria à mesa principal. Haveria músicos, um maravilhoso serviço de buffet, presentes e um fotógrafo profissional para documentar tudo no álbum da família. Ela poderia beber champanha. Que criança não gostaria de ser a rainha de um baile assim? Anita se levantou.

– Acredito que ser voluntária para alfabetizar é mais importante que a tradição da festa de debutante. Se mamãe e papai te deixam ir, deve ser porque você é homem.

– *Tradição, tradição* – cantou Mário.

– Ao inferno com a tradição! – alfinetou Anita.

– Ah, irmãzinha! Diga isso a eles.

***

Anita e Marci sempre caminhavam juntas da escola para casa. Frequentemente, elas faziam também juntas o dever e hoje haviam combinado de fazê-lo na casa de Marci.

– Está muito calada nestes dias, Anita – disse Marci, enquanto caminhavam. – O que está acontecendo? Tem algum segredo? Talvez esteja apaixonada por alguém? Vamos... Confessa.

– Nada disso, Marci.

– Então... o que é? Somos amigas, ou não? Seja o que for, prometo não dizer.

– É sobre me oferecer de voluntária para a campanha de alfabetização. Não queria comentar sobre isso pelo que sua família pensa sobre a revolução. Tenho total certeza que Mário está planejando fazer o mesmo, mas meus pais são totalmente contra. Não somente pelo caso de Conrado Benítez. Eles dizem que essa não é uma tarefa para crianças, especialmente para as meninas. E ficam falando da importância da minha festa de debutante.

– Se você for, provavelmente você também não estaria aqui em julho pra minha festa de debutante – disse Marci subitamente desanimada.

– Eu sei. Essa é outra razão pela qual fico nervosa de falar disso com você.

Ambas ficaram em silêncio por um momento.

– Meus pais falam da campanha de alfabetização como se fosse uma total perda de tempo – disse Marci. Você sabe como eles são sobre tudo o que tenha a ver com a revolução. Falam como se as pessoas que não sabem ler nem escrever valessem menos que a lama, especialmente os negros. Meu pai diz que os negros somente são bons para o trabalho pesado. Essa é a expressão que meu pai usa.

– Isso é terrível, Marci.

– Eu fiz uma sondagem com meus pais sobre me oferecer de voluntária – disse Marci –, mas meu pai disse que eu ficaria de castigo para sempre se falasse de novo. Pelo menos seus pais não são assim, Anita. Aos meus pais não importa nem um pouco nada nem ninguém fora deste grande bairro de Miramar – disse estendendo o braço num amplo arco. – E tudo o que falam é sobre o desejo de que tudo seja exatamente igual como antes, antes da revolução! Vou lhe dizer um segredo, Anita, mas não deve dizer a ninguém – a voz de Marci soou afogada na garganta. – Vamos embora de Cuba... Vamos a Miami... Logo depois da minha festa de debutante.

Embora Anita soubesse que os pais de Marci eram reconhecidamente *gusanos* – gíria para cubanos que odiavam ou falavam mal da revolução –, a notícia de que a sua melhor amiga desapareceria da sua vida foi impactante. Anita começou a chorar e isso fez Marci chorar também. Caminharam juntas de braços dados, com a cabeça baixa, chorando até que as lágrimas secaram.

– Penso que é magnífico que você queira se oferecer de voluntária – disse Marci, secando os olhos. – Espero que possa ir, mesmo que não esteja aqui para minha festa de debutante.

Quando estavam chegando ao portão da casa de Marci, uma vizinha e suas duas filhas as cumprimentaram. Anita já havia visto a mulher antes, mas nunca havia conversado com ela. Marci fez as apresentações. Pelo jeito que ela falou, Anita soube que a senhora Moore era estrangeira, provavelmente uma gringa dos Estados Unidos.

– Pode me chamar de Marjorie – disse a Anita. As meninas e eu acabamos der nos inscrever para sermos voluntárias na campanha de alfabetização. Disse a eles que não poderia ser voluntária a menos que me deixassem levar Pamela e Suzi onde quer que me indicassem, e eles concordaram. Não só isso, a Pamela também quer ensinar e eles disseram que se ela for capaz de ser aprovada no treinamento avançado de professora, permitiriam fazê-lo ou pelo menos ajudar a ensinar. Estamos muito entusiasmadas, não é verdade, meninas?

Suzi e Pamela começaram a falar ao mesmo tempo, fazendo todo mundo rir. Pamela queria saber se Marci e Anita já haviam se inscrito.

– Ainda não – disse Anita, detestando o quanto isso soava mal. Marci só balançou a cabeça.

Em casa, tomando suco de goiaba antes de começarem o dever, Marci disse a Anita o que ela sabia acerca de Marjorie Moore.

– É estadunidense, acho que de Nova York, e o seu marido Luis Ríos é cubano. Ela dá aulas de inglês aos estudantes de medicina da Universidade de Havana. É muito amável, realmente.

– É bonita também – disse Anita. – Você acha que o seu cabelo é loiro natural ou ela pinta?

– Peróxido – disse Marci, fazendo Anita rir. Depois disso, tudo o que Marci precisava fazer era levantar os olhos do dever e dizer "peróxido", e ambas morriam de rir.

Quando Anita chegou a sua casa soube, logo que abriu a porta, que nenhum dos seus pais estava em casa, pois retumbava o som do rádio. Entrou na cozinha.

– Olá! – gritou.

– Caramba! Você me assustou – disse Tomasa com a mão no coração, enquanto saía disparada para abaixar o volume do rádio. – A sua mãe ligou para dizer que ela e seu pai vão jantar fora com uns amigos esta noite. E Mário foi pro jogo de beisebol. Então Anita, *la cubanita*, comerá sozinha esta noite.

– Gostaria de comer com você, se você ainda não comeu – disse Anita.

– O que você quer jantar? – perguntou Tomasa.

– O que você quiser – respondeu Anita.

Tomasa não sentaria à mesa da sala de jantar. "Isso não seria correto", dizia, então Anita sentou-se numa mesinha na cozinha. Tomasa havia preparado algo que Anita adorava: arroz com ovos fritos e bananas fritas, salada de abacate e tomate e, de sobremesa, coco recém ralado e fatias de manga.

– Tomasa, isso está de lamber os dedos! – Tomasa sorriu.

Ela vivia com a família de Anita desde que Anita era bebê. Enquanto comiam, Anita começou a pensar em Tomasa. Mesmo que essa mulher fosse como a sua segunda mãe, percebeu quão pouco sabia sobre ela.

– Tomasa, me conta da sua infância. O que gostava de fazer?

– Você está me pedindo que lembre de coisas de tanto tempo atrás, menina! Você sabe que fui criada no campo, na roça. O que fazia? Não tinha muito tempo para brincar porque eu era a mais velha, então tinha que ajudar a minha mãe. Meu pai saía cedo, de manhã – ele trabalhava em *El Cobre*, a mina de cobre – e nunca chegava em casa antes de escurecer. A minha mãe fazia de tudo: cozinhava, limpava, costurava a nossa roupa, cuidava do jardim, consertava as coisas quando quebravam. Me lembro que até ferrava o nosso cavalo.

– Você ia à escola? – perguntou Anita.

– Aos 9 anos, meus pais me mandaram morar no povoado com uma tia para que pudesse ir à escola. Eu sentia saudades de casa, mas me sentia muito feliz de ir à escola. E então a minha mãe teve outro filho, o sexto... – Tomasa ficou pensativa por um momento, olhando o vazio como se estivesse contemplando algo muito longe, depois continuou com o pensamento. Mamãe precisava de mim pra ajudá-la porque ela não estava bem, então voltei pra casa. Fiz só uma série na escola. Tomasa suspirou e levantou-se para retirar os pratos.

– Nesse ano você aprendeu a ler e escrever?

Tomasa riu, com a sua rechonchuda barriga subindo e descendo.

– Menina, se aprendi, esqueci tudo entre a bagunça de fraldas e pratos – Tomasa levantou o avental e escondeu o seu rosto uns poucos segundo antes de abaixá-lo. – Não, Anita. Eu sou uma dessas analfabetas, essa gente que não sabe ler nem escrever que estão falando sempre nestes dias no rádio e na TV. Anita não soube o que dizer. Tomasa se ocupava de encher a pia de água.

– Gostaria de aprender? – Anita perguntou finalmente.

– Eu! Aprender a ler e escrever agora! Anita, menina, a sua Tomasa é muito velha e bruta demais para aprender agora. Como diz o ditado: "não se pode ensinar truques novos a cachorro velho". Agora, você vai embora para que eu possa terminar de limpar a cozinha.

Anita beijou a bochecha suave da cor de rapadura de Tomasa. Ela já suspeitava que Tomasa não sabia ler nem escrever. Agora ela se perguntava sobre os outros serventes

– Gladis, a lavadeira e Fernando, o jardineiro. "Será que são completamente analfabetos também?"

***

O pai de Anita dirigia o carro com precaução ao longo do *Malecón*, a longa avenida ao lado do oceano que margeia uma boa parte da costa de Havana. A pista estava escorregadia pela água do mar que saltava por cima do muro com barulho retumbante. Os limpadores de para-brisas iam de um lado a outro, mexendo-se com fúria para eliminar o rocio da água salgada. Anita e seus pais iam assistir ao filme *O diário de Anne Frank*.

– Papai, para um minuto para poder ver esse anúncio – disse Anita com voz de urgência. O anúncio intensamente iluminado mostrava um adolescente com uma boina, sentado numa mesa ao lado de um ancião negro. O adolescente (era difícil dizer se era um garoto ou uma garota) parecia estar guiando a mão do homem que escrevia num caderno. As suas cabeças quase se tocavam inclinados sobre a página, concentrados na tarefa. Anita leu as palavras na parte de baixo da enorme imagem.

JOVENS HOMENS E MULHERES, JUNTEM-SE AO EXÉRCITO DE JOVENS TRABALHADORES DA ALFABETIZAÇÃO! UMA FAMÍLIA QUE NÃO PODE NEM LER NEM ESCREVER ESTÁ ESPERANDO POR VOCÊ AGORA. NÃO OS DECEPCIONE!

Seu pai ficou olhando o anúncio fixamente, depois se virou para olhá-la.

– O que é que lhe atrai nessa campanha, Anita? – a sua mãe virou a cabeça. Os pais a olhavam com expectativa. Anita devolveu o olhar a seus pais com indignação.

– Não é óbvio? As pessoas pobres, esses "que não têm" dos que uma vez você falou, não têm muitas oportunidades na vida se não podem ler! E lembro que você dizia querer ajudar para que as coisas fossem melhores.

Seu pai suspirou.

– Essas são razões nobres, Anita, mas como eu disse antes, essa Campanha não é tarefa para crianças. Você não tem experiência em lidar com a pobreza. Acredite em mim, a vida num *bohío* na roça não é um piquenique. Mas acima de tudo, com contrarrevolucionários nos arredores que sequestram e assassinam alfabetizadores, é perigoso demais! – enquanto seu pai punha novamente o Studebaker em movimento, Anita esticava o pescoço para o anúncio que ia se perdendo na distância. Decidiu que o jovem professor era uma garota, uma garota da sua idade.

Quando foi para cama nessa noite, Anita ficou acordada pensando no filme. "Que garota incrível foi Anne Frank!" Anita tentou imaginar como seria ter que viver escondida, sem poder sair jamais, sempre temerosa de que o secreto esconderijo fosse descoberto. A única verdadeira companhia durante o tempo todo em que esteve escondida, até que foram descobertos e levados ao campo de concentração, foi seu diário. Quando Anita finalmente dormiu, sonhou que Anne Frank escrevia o seu diário. Então Anne passou a ser Anita escrevendo em seu próprio diário, e então Anita converteu-se na adolescente do anúncio, guiando a mão do ancião, ajudando-o a aprender a ler e escrever.

***

– Marquei uma hora com a costureira para o próximo sábado, Anita. Escolheremos um modelo e depois compraremos o tecido. Anita abriu a boca para falar, mas não saiu nada. A sua mãe havia falado do alto das escadas e agora se inclinava sobre o corrimão.

– Ouviu, Anita? Eu disse...

– Ouvi, mamãe.

– Então, por que não responde? E por que esse tom de voz?

– Porque você continua falando da festa de debutante e ignora o que eu quero fazer de verdade, que é participar de voluntária na campanha de alfabetização. E, se for embora, não estarei aqui para a festa de debutante – sua mãe havia descido a metade da escada enquanto Anita falava.

– Pelo amor de Deus, Anita, chega desse aborrecimento e de tanta besteira! Seu pai e eu não assinaremos a permissão para que você seja voluntária, e pronto. Não sei o que lhe entrou na cabeça!

– Um monte de estudantes da minha idade se inscreveu e a maioria é mulher. Seus pais deram permissão. E um monte dessas meninas perderão suas festas de apresentação à sociedade – Anita jogou sua mochila da escola ao ombro e dirigiu-se à porta. Pode cancelar esse compromisso – gritou – porque não irei.

Com os saltos do sapato batendo na calçada, murmurou:

– Não me darei por vencida. Não!

20 de fevereiro de 1961

Querido Diário,

Alguns garotos dizem que se inscreveram como voluntários porque Cuba necessita tornar realidade o que Fidel anunciou nas Nações Unidas sobre terminar com o analfabetismo até o fim deste ano. Tenho ouvido alguns professores dizendo que isso não pode ser feito. Outros garotos se inscreveram porque dizem que será muito divertido. A mim me parece ambas as coisas. Quero tanto colocar meu nome na lista, mas mamãe e papai estão impossíveis. Não me dei por vencida, Diário. E tenho pensado mais sobre por que não quero a minha festa de debutante. Penso que seja porque essa tradição faz parte da velha Cuba e eu quero ser parte da nova Cuba, como a garota do anúncio, que usa boina. Quero ser uma jovem da revolução, como Conrado Benítez e outros tantos.

Anita, a cubana

Anita estava em pé se olhando no espelho do banheiro da escola. A imagem que lhe refletia tinha o rosto franzido. "Eu não sou uma criança", disse Anita em voz alta. Virou-se um pouquinho de lado e puxou a blusa do uniforme da cor de mostarda que todas as crianças da sua escola usavam. Ainda que seu busto fosse pequeno, as suas amigas diziam que ela parecia ter pelo menos 16 anos. Penteou-se, apertou de novo a presilha de casco de tartaruga e colocou um pouquinho de batom que quase não usava porque fazia sentir os lábios estranhos.

A porta do banheiro abriu e Marci levantou a cabeça.

– Vamos, bonitona, você pode embelezar-se e admirar-se depois. Está na hora de ir pra assembleia geral.

Todos os alunos, os professores, a secretária da escola, o zelador, todos estavam reunidos do lado de fora. Sentados no chão, os estudantes estavam em constante movimento, gritando aos amigos e perturbando enquanto esperavam que aparecesse o orador convidado. Um garoto sentado atrás de Anita puxou-lhe o lenço. Ela afastou a mão dele com uma palmada. As amigas estavam sentadas com as cabeças próximas, fofocando sobre os professores e os namoricos da escola, mas Anita não estava escutando. Tirou a blusa de dentro da saia de pregas. Havia algumas árvores grandes ao redor da escola, mas a sua turma estava sentada em pleno sol. "Caramba! Que calor!" Queixou-se Anita, levantando o cabelo do pescoço e se abanando com uma caderneta.

– Anita... Anita – era a voz de Mário. Olhou ao redor, mas não conseguiu enxergá-lo. Soou um estridente assobio.

– Anita... aqui... – ela o viu; ele havia se ajoelhado a vários metros de distância. – Segura – gritou ele e jogou uma bola de papel. Ela pegou o pedaço de papel. "Me espera na saída da escola. Preciso lhe falar uma coisa". Nesse instante, um zumbido de vozes ondeou através da multidão enquanto a diretora aparecia com uma mulher negra e esbelta que usava as calças, a blusa e o boné verde-oliva do Exército. Falando ao microfone, a senhora Sánchez pediu silêncio e apresentou a oradora.

– Alunos, esta é a companheira Lourdes García, membro da Federação de Mulheres Cubanas. Ela veio falar-lhes sobre a campanha de alfabetização. Sei que o que a companheira Lourdes tem a dizer vai lhes interessar e estimular. Vamos dar-lhe calorosas boas-vindas – quando o aplauso parou, a companheira Lourdes começou a falar.

– Dos 6 milhões de habitantes que Cuba tem hoje, quase 1 milhão de adultos não podem ler nem escrever. Muitos são descendentes dos antigos escravos. Vivem na pobreza e na ignorância, trabalhando nos plantios de cana-de-açúcar e nas plantações de café, tal como o têm feito durante centenas de anos. Há também uma estimativa de que 500 mil de crianças ou jovens da idade de vocês nunca frequentaram a escola, seja porque onde eles moram não há escolas, seja porque seus pais os tiraram da escola para trabalhar e ajudar a pôr um prato de comida na mesa. Esses homens, mulheres e crianças pobres e analfabetos são o povo esquecido de Cuba.

Enquanto a companheira Lourdes gesticulava com as mãos, Anita observou que tinha unhas longas pintadas de vermelho, como a sua mãe. "Como seria mamãe com esse uniforme?" Perguntou-se. Imaginou sua mãe como uma bonequinha de papel; viu-se vestindo-a com uniforme completo do Exército, incluindo os coturnos. Por mais que dobrasse as abas para manter a roupinha de papel no lugar, tudo continuava caindo.

– Cuba quer dar a esse povo esquecido uma oportunidade – dizia a companheira. Anita sentiu um rubor diferente ao do calor do sol, era a vergonha por Tomasa e pelos outros serventes da casa não poderem sequer escrever seus próprios nomes.

– Vocês sabem que Fidel anunciou nas Nações Unidas, em Nova York, que Cuba seria um território livre do analfabetismo ao fim de 1961. Já estamos em março. O que podemos fazer? – a voz da companheira se intensificou, falando devagar e enfatizando cada palavra. Qualquer um que saiba ler e escrever pode se converter em professor de quem quiser aprender. Mas mesmo se centenas se oferecessem como voluntários, isso não seria suficiente para ensinar a ler e escrever 1 milhão de adultos antes do ano acabar. Para ensinar tantas pessoas precisamos de dezenas de milhares de voluntários – fez uma pausa novamente, seus olhos percorriam a multidão. Anita parou de se abanar e conteve a respiração. Todos ao redor de Anita se inclinaram um pouco a frente, atraídos pela voz da companheira como as limaduras de ferro pelo ímã.

A companheira dava passos de um lado a outro, falando lentamente, pronunciando cada palavra com grande ênfase.

– Cada um de vocês pode ser um professor, mesmo que muitos de vocês não tenham se inscrito ainda. Sabemos que seus pais temem pela segurança, mas vocês podem lhes assegurar que será feito tudo quanto estiver em nossas mãos para garantir o bem-estar e a segurança de vocês – ela começou a apontar aleatoriamente, as unhas polidas brilhando à luz do sol. – Você irá de voluntário? – perguntou a companheira. E você? E você?

Anita sabia que as pessoas que falavam mal da revolução iriam caçoar desse tipo de discurso. Até seus pais provavelmente o chamariam de propaganda, mas ela não se importava. Ela queria gritar: "Eu irei", mas não podia. Mordeu o lábio inferior e amassou o papel em sua mão. Ao redor dela os estudantes pulavam e faziam coro "Viva Cuba!" Anita pulou e se juntou a eles: "Viva! Viva! Viva!"

No tumulto de estudantes que voltavam para o prédio da escola, Anita tinha um só pensamento: "O que posso fazer para que mamãe e papai me deixem ir?". Ninguém conseguiu se concentrar nas aulas durante o resto do dia. A grande agitação era pela notícia de que a escola fecharia em abril e que Varadero seria o centro de treinamento dos professores voluntários. Ela sentia-se mais triste do que nunca, pensando que tantos garotos conhecidos iriam e ela ficaria.

Quando as aulas terminaram Anita hesitou na porta. Grupos de estudantes barulhentos passavam ao seu lado enquanto ela olhava o pátio à procura de Mário. O descobriu encostado numa árvore, sozinho, para variar. Ele beliscou a orelha dela, cumprimentando-a, e se dirigiram ao mar umas quadras à frente. As figueiras alinhavam-se no passeio. Sua enorme sombra aliviava o mormaço que se elevava da calçada que as raízes inchadas e tortas das árvores haviam levantado em alguns lugares. Anita esperou que Mário começasse, mas já tinha uma ideia do que ele lhe queria falar.

– Anita, decidi definitivamente me voluntariar como brigadista. Quero sair de casa por um tempo.

– Como vai conseguir que lhe deem a permissão, Mário? Você sabe como eles pensam.

– O assassinato de Conrado Benítez foi um acontecimento horrível – disse Mário. – Nem todos os que odeiam a revolução vão sair por aí matando professores voluntários. E você ouviu a companheira. Seguramente haverá dezenas de milhares de voluntários, a segurança está nos números,

Anita. Sei que vai dar muito trabalho convencer mamãe e papai, por isso quis lhe contar primeiro. Preciso que me apoie, para confirmar o que a companheira disse sobre a nossa segurança.

Anita recolheu uns ramos e começou a quebrá-los em pequenos pedaços.

– Você crê que nos deixariam ir os dois?

– Deixa disso, Anita. Comemorar a festa de debutante da filha é um grande acontecimento, de modo que estão aferrados a isso. Além do mais, aos 14 anos você é muito jovem!

– Jovem! Igualzinho a papai. Você sempre me trata como uma menininha. A companheira não disse nada acerca de restrições por idade, não é verdade? – parou de caminhar e agarrou duas grossas raízes aéreas que desciam das ramas de uma figueira. Os cipós se enredavam um em volta do outro como um gigantesco nó. Jogando-se para trás, balançou o corpo.

– Mário, se quer que o apoie, primeiro tem que me ajudar também.

Quando estavam quase chegando em casa, Mário pediu a Anita uma resposta direta.

– Vai me apoiar ou não? – Anita se deteve e se colocou bem em frente a ele.

– Você está de acordo que os homens e as mulheres devem ser tratados por igual?

– Suponho que sim.

– Então crê que devem me dar permissão para ir como voluntária?

– Suponho que sim.

– Então façamos um trato – disse Anita. Vamos os dois ou nenhum dos dois irá. O que lhe parece?

– Tenho que assinar com sangue em alguma parte, irmãzinha?

OBSTÁCULOS NO CAMINHO

– Não! E ponto final!

Mário não conseguiu passar de dizer "Anita e eu queremos falar seriamente sobre nos tornarmos voluntários...", quando seu pai interrompeu com essas palavras severas.

Mário se levantou da mesa da sala de jantar tão abruptamente, que a cadeira caiu para trás contra o piso de cerâmica causando um estrondo.

– Isso não é justo! Sem discussão, sem nada! Se você não der a sua permissão, verei um jeito de ir sem ela! – gritou, com o rosto vermelho de raiva. Abandonou a mesa e foi embora pisando fortemente escada acima.

– Mário tem razão – disse Anita. – Você está sendo muito injusto. Não se importa pelo que nós sentimos nem pelo que nós queremos?

– Nós sabemos que seus sentimentos são sinceros, Anita, mas a nossa obrigação é proteger você e Mário contra qualquer dano. Não podemos permitir que coloquem as suas vidas em risco só porque vocês querem fazer alguma coisa – argumentou seu pai.

– Provavelmente seremos os únicos estudantes que não irão, exceto os *gusanos*. As pessoas provavelmente acreditarão que nós somos *gusanos* – os olhos de Anita relampejavam.

– Anita, o que você disse é terrível! – desabafou sua mãe.

– Talvez vocês sejam *gusanos*! – replicou Anita enquanto saía da sala de jantar.

– Anita! Volta aqui agora!

Anita ignorou a ordem do seu pai, correu escada acima e fechou de um golpe a porta do seu quarto. Ela esperava que um ou ambos os seus pais fossem atrás dela para repreendê--la e obrigá-la a se desculpar, mas nenhum deles assim o fez. "Devem estar realmente zangados, pensou Anita, mas eu também estou zangada. Não vou pedir desculpas", falou à porta fechada.

Quando a raiva diminuiu, percorreu na ponta dos pés o corredor e colocou a cabeça no quarto de Mário.

– Mário, vamos com calma durante uns dias, depois tentaremos de novo – Mário não levantou o olhar de sua revista *Deportes*, mas assentiu com a cabeça.

***

Era um lindo dia de fevereiro, quente e ensolarado, por isso a família estava almoçando no quintal. Não havia muito o que conversar entre eles. Cada um sentia a tensão. Até Tomasa parecia andar na ponta dos pés ao redor da mesa enquanto servia. O tilintar dos talheres contra os pratos soava alto demais nos incômodos silêncios, de tal maneira que Anita se surpreendeu quando Mário pediu à mamãe e papai que esperassem, no momento em que eles se preparavam para levantar da mesa e entrar na casa.

– Papai, eu posso entender a tua preocupação pela nossa segurança se aderirmos à campanha, mas...

– Mário, qual o motivo desta conversa? – perguntou seu pai, sentando-se novamente e tirando os óculos.

– O fato, papai, de que milhares de garotos de toda Cuba se inscreveram como professores voluntários, o que significa que seus pais assinaram as permissões. E tenho certeza que seus pais estão tão preocupados com seus filhos como vocês – disse Mário. Papai começou a dizer alguma coisa, mas Mário o interrompeu.

– Por favor, deixe eu dizer o que quero dizer, papai. É natural que os pais tenham temor por seus filhos, mas outro dia uma companheira da Federação de Mulheres Cubanas falou na escola. Ela disse que seriam necessários muitos mais milhares de voluntários para cumprir a tarefa de Cuba se converter num país alfabetizado. Disse que seria feito todo o possível para nos proteger de qualquer perigo. Não é isso, Anita?

Anita não teve a oportunidade de responder. Seu pai esboçou um riso frio e forçado.

– Não seja ridículo, Mário! Essas são só palavras. Não é possível lhes proteger a todo momento – virou-se para confrontar Anita. – E você? Nos desapontaria realmente, a sua mãe e a mim, por não estar em casa para a sua festa de debutante?

– A festa é pra vocês ou pra mim? – perguntou Anita, olhando significativamente para sua mãe. Ela percebeu que suas palavras feriam sua mãe e lamentou ter sido tão atrevida. Apressou-se a se desculpar. – Sinto muito, sei que a festa de debutante é importante para vocês dois... a tradição e tudo mais. Mas na escola dizem que o país necessita de nossa ajuda. Isso não é mais importante que todo o alvoroço e o glamour de uma festa de apresentação à sociedade para uma menina?

Mamãe havia deixado que papai levasse a conversa, mas então se levantou abruptamente. Fez sinais para que esperassem, entrou na casa pisando com força sobre a cerâmica. Quando voltou trazia o jornal e mostrava a manchete da capa.

BOMBA DESTRÓI UMA SEÇÃO DA LOJA EL ENCANTO

– Praticamente todos os dias há uma notícia como esta sobre a atividade dos contrarrevolucionários – disse. – Semana passada foi uma explosão perto da fábrica da Pepsi-Cola. Vocês realmente esperam que os deixemos ficar expostos a perigos semelhantes? – mamãe lançou um severo olhar aos dois filhos. – Pode ser que a vocês pareça que não concordamos com a Revolução, mas apesar do que outros pais estejam fazendo, a nossa resposta é a mesma de antes: ENE-A-O-TIL, NÃO.

– Considerem este assunto concluído – disse papai tranquilamente, colocando novamente os óculos e deixando a mesa. Anita e Mário ficaram sentados, sem se olhar, sem olhar parte alguma.

– Eles nunca darão a permissão, Anita. Já tomaram a decisão.

– Não podemos nos dar por vencidos ainda, Mário. Ainda há coisas que podemos fazer para convencê-los.

– Como o quê? Tem uma varinha mágica que mude as mentes?

– A senhora Sánchez me disse que ela falaria com eles e quiçá a companheira Lourdes queira falar com eles.

– Papai lhes dirá que se ocupem de seus próprios assuntos e depois ficarão mais furiosos conosco – contestou Mário. Com isso, levantou-se e entrou. Anita ouviu bater a porta de entrada quando Mário saiu da casa.

Anita estava ainda sentada à mesa quando Tomasa saiu para retirar as coisas da mesa. Quando se levantou para ir,

Tomasa falou baixinho enquanto empilhava os pratos sujos na bandeja.

– Anita, venha pra cozinha um minuto... Você e Mário não podem culpar seus pais por se preocuparem pela segurança de vocês. Isso não é motivo para serem tão desagradáveis.

– Anita sentiu-se envergonhada ao lembrar as palavras que saíram da sua boca acusando seus pais de serem *gusanos*.

– Mas meus pais estão fora de sintonia com as coisas, Tomasa – disse Anita –, especialmente mamãe... a sua vida de "Country Club" e as coisas de que se ocupa.

– Eu não a ouço dizer nada tão terrível – disse Tomasa, olhando Anita de lado enquanto lavava os pratos. Anita refletiu por um minuto sobre toda a conversa que se escutava por onde fosse sobre a "nova mulher revolucionária" e o "homem novo revolucionário". "A minha mãe está longe de ser um modelo para a 'nova mulher revolucionária'", pensou.

– Mamãe tem uma educação universitária, Tomasa, mas já trabalhou alguma vez? Não! Passa a maior parte do tempo com suas amigas do "Country Club". Papai também não é exatamente um modelo do "homem novo". Faz o que sempre tem feito, trabalhar, voltar pra casa, ler, jogar tênis ou golfe no clube nos finais de semana. Mas pelo menos ele pensa nas coisas e conversa comigo, coisas importantes. Mas mamãe...

– Anita, não deve falar mal da sua mãe. Olhe pra você. Tem tudo o que uma menina poderia querer, não é verdade?

– Sim, eu tenho, mas isso não faz com que tudo o mais esteja bem. E sobre você, Tomasa, e Gladis e Fernando? Mamãe e papai não só não nos permitirão, a Mário e a mim, nos tornarmos voluntários para ensinar as pessoas a ler e escrever, como também parece não lhes importar que haja três analfabetos em sua própria casa.

Tomasa secou as mãos com o avental.

– Seria magnífico poder ler e escrever, mas não concordo que você faça os seus pais sofrer, julgando-os e fazendo as coisas do jeito que você e Mário estão fazendo.

– De qualquer maneira, Tomasa, se afinal não for possível me tornar brigadista, prometo que passarei o verão todo lhe ensinando a ler e escrever, e a Gladis e Fernando também, se eles quiserem – a porta do lado da sala de jantar abriu e a mãe de Anita entrou dizendo a Tomasa que ela e Daniel iam sair. Anita corou, perguntando-se se a sua mãe havia ouvido alguma coisa da conversa.

***

– Anita, lá está a vizinha de Marci, a senhora Moore e suas meninas – disse mamãe. Anita levantou o olhar da revista *Bohemia*˙ que estava lendo e seguiu na direção do olhar da sua mãe. Acho que esta é a primeira vez que a vejo aqui no clube. Você já conheceu a senhora Moore, verdade? – perguntou.

– Sim, a Marci me apresentou. Ela é gringa – Anita observou como Marjorie e suas filhas se instalavam em espreguiçadeiras no lado oposto da piscina. Marci me disse que ela ensina inglês na Escola de Medicina. Fala muito bem espanhol para ser uma gringa – quando Marjorie olhou em sua direção, cumprimentou-as com a mão. Anita e mamãe retribuíram a saudação, Anita voltou à revista.

– Mamãe, podemos convidar a senhora Moore e sua família pra jantar? Marci disse que são muito amáveis.

– Eu mal conheço a senhora Moore, Anita. Ela e seu esposo nos foram apresentados uma vez numa festa, mas...

˙ Revista cultural, ilustrada, semanal, referência como revista literária. Nos anos 1940, ao discutir temas de interesse político, a revista ampliou seu público leitor, colocando-se contra a ditadura de Batista. (N.E.)

– Não gostaria de fazer algumas novas amizades? A senhora Moore parece simpática, mamãe, e você ficará encantada com as meninas. São tão alegres!

– Bom... está bem – disse a mãe, levantando-se. De todo modo, esta seria uma boa oportunidade para eu praticar conversação em inglês. De toda forma, esta seria uma boa oportunidade para eu praticar conversação em inglês.

2 de abril de 1961
Querido Diário,
FUNCIONOU! Ontem, a família Ríos veio jantar. Quando mamãe e papai souberam que Marjorie e suas meninas haviam aderido à campanha de alfabetização, começaram a fazer uma grande quantidade de perguntas a ela e ao senhor Ríos. Foi uma conversa magnífica! O senhor Rios disse que sim, que havia riscos, mas que o importante era 'manter o olhar no contexto mais amplo'. Disse que os riscos seriam pequenos para qualquer brigadista ou supervisor enquanto que seriam enormes os benefícios para todo o país. Marjorie disse: 'Acho que a campanha de alfabetização mudará o futuro de Cuba de uma maneira tão fantástica que não poderemos prever, e quero que minhas filhas façam parte disso'. Quando ela disse isso, mamãe e papai se olharam de um jeito estranho. Depois do jantar, mamãe e papai disseram a Mário e a mim que eles haviam conversado com Marjorie sobre nós e que eles nos dariam sua permissão SE E SOMENTE SE nós concordássemos em fazer parte do grupo de Marjorie e de COOPERAR COM ELA EM TUDO. Mário e eu dissemos que juraríamos fazê-lo sobre uma pilha de Bíblias e em dois minutos as nossas permissões foram assinadas. Tenho absoluta certeza de que mamãe e papai nunca lhes ocorreu que Mário e eu havíamos pedido a Marjorie que estivesse na piscina e que o nosso plano era que mamãe a convidasse pra jantar.

Tenho uma ideia do que fez com que papai mudasse de opinião, mas tive que perguntar a mamãe o que foi que fez ela mudar de opinião. Disse que no dia da nossa discussão ela desceu para falar com Tomasa e ouviu o que eu estava dizendo a ela na cozinha, acerca de que eu sentia, que ela estava fora de sintonia e que ela não era um bom modelo para mim nestes momentos especiais. Disse que havia se sentido envergonhada. Estou tão feliz! Mário e eu iremos logo a Varadero para o nosso treinamento de professores.

Incondicionalmente sua,
Anita, a cubana

A próxima grande notícia sobre a campanha de alfabetização foi que quase 70 mil jovens, a maioria adolescentes, haviam se oferecido até agora e que todas as escolas superiores em Cuba fechariam no dia 15 de abril. A cada noite, Anita marcava com um grande X vermelho a data no seu calendário antes de ir à cama. Ela importunava seus professores perguntando: "Pode nos dizer algo sobre o treinamento? Quando iremos a Varadero?".

"Não sabemos ainda. Tenha paciência", era sempre a resposta. Mas... como poderia ser paciente?

14 de abril de 1961
Querido Diário,
Passaram séculos desde a última vez que abri as suas páginas. Estou muito ansiosa, porque amanhã é o último dia de aula. Alguns garotos irão, agora mesmo, para o acampamento de treinamento para professores em Varadero, mas o nosso distrito sairá apenas em maio. Quando for embora, será a última vez que verei a Marci, a menos que sua família decida voltar a Cuba ou eu possa ir visitá-la nos Estados Unidos. Muitas pessoas ainda estão indo embora de Cuba. Papai diz que é porque têm medo da Revolução, do que o futuro trará. Parece que tantos médicos têm ido embora que Cuba terá de contratar médicos de outros países. Marci está me dando um monte de coisas que ela gosta, mas que não poderá levar, pois as pessoas que vão embora de Cuba só podem levar uma mala cada um. Tam-

bém não podem vender as suas casas. Tem tantas coisas que eu não entendo. Vai ser terrível me despedir de Marci quando eu for para Varadero. Quando a verei de novo?

Anita, a cubana

INVASÃO!

Anita acordou sobressaltada por causa de um barulho horroroso. Pulou da cama e correu ao quarto dos seus pais. Eles já estavam no corredor com Mário, despenteados, mas completamente acordados.

– Isso foi um avião? Soava como um avião voando muito baixo.

– Eu esperava ouvir uma batida – disse Mário.

– Meu Deus! Espero que não esteja acontecendo algo horrível! – exclamou a mãe.

O som de vozes alteradas penetrava através das persianas fechadas. A mãe abriu as lâminas da persiana mais próxima e as vozes ficaram claras, todas gritando a mesma coisa: "O que está acontecendo? É um ataque?". A pergunta foi respondida pelos sons distantes: um forte e surdo *bum bum*, como explosões, depois sequências de disparos *rat-rat-rat*. Através das venezianas da janela, Anita viu que todos desapareceram e correram para dentro das suas casas, gritando: "Bombardeio! Bombardeio! Estão caindo bombas!".

– Todo mundo para baixo, rápido! – gritou o pai.

Tomasa veio do seu quarto ao lado da cozinha, com os olhos arregalados de medo. Eles se amontoaram no corredor do subsolo onde não havia janelas, esforçando-se para ouvir. Mais uma sequência de explosões, mais *rat-rat-rat*.

– Isso certamente é fogo antiaéreo – disse o pai.

Os sons aterrorizantes não se aproximaram. Finalmente fez-se silêncio. Mário começou a se levantar, mas papai o puxou para baixo, dizendo que tinha que esperar. Depois de um longo silêncio, levantaram-se. As pernas de Anita estavam rígidas e trêmulas. Reuniram-se na sala em volta do rádio.

"Aviões B-26 camuflados com as cores e insígnias da força aérea revolucionária bombardearam simultaneamente os aeroportos de *Campo Libertad*, no bairro de Marianao em Havana, *San Antonio de los Baños,* e Aeroporto Internacional Antonio Maceo em Santiago de Cuba na madrugada de hoje. Lançaram várias bombas. A artilharia antiaérea abriu fogo contra os aviões inimigos, mas eles conseguiram escapar. Neste momento, podemos informar que não houve perdas de vidas humanas. Cinco aeronaves cubanas foram destruídas em terra. O país está em estado de alerta nacional. Permaneçam dentro das suas casas, sigam os procedimentos de preparação para emergências e esperem futuros avisos".

Os programas regulares de rádio foram cancelados e substituídos por música clássica após a propaganda. Papai abaixou o volume e todos se sentaram atordoados, em silêncio. *Campo Libertad* ficava a uns quilômetros dali. *San Antonio de los Baños* ficava perto de onde eles estavam. As perguntas rondavam a cabeça de Anita. "Voltariam os aviões? Quem estava fazendo isso?" Anita sabia que seria inútil fazer as perguntas pois seus pais não poderiam responder. Mas uma pergunta queimava a sua língua:

– Por que quem quer que esteja lançando as bombas nos odeia tanto?

A resposta de papai foi breve, a mesma resposta que explicava todas as coisas ruins que estavam acontecendo desde que o ditador Batista fugiu e o governo revolucionário tomou o poder.

– Tem gente que quer Cuba de volta. Querem que as coisas sejam do jeito que eram antes da revolução.

"Mas, quem eram 'eles'? Contrarrevolucionários cubanos? Os Estados Unidos que já haviam declarado Cuba como seu inimigo? Quem quer que fossem 'eles', lançavam bombas". A cabeça de Anita doía.

O dia inteiro foi uma grande dor de cabeça. Seus pais não haviam prestado atenção aos preparativos de emergência para nada, nem para os primeiros socorros caseiros, nem para furacões, nem para alagamentos, muito menos para bombardeios. Corriam daqui pra lá se preparando para o aterrorizante, o inimaginável. Mário juntou uma caixa de primeiros socorros aproveitando seu velho *kit* de escoteiro. Anita trouxe coisas para poderem dormir em baixo, ajudou Tomasa a preparar sanduíches e colocou outros lanches e jarras de água em cestas. "Que piquenique!", pensou Anita. Mamãe e papai cobriram alguns objetos de valor e colocaram num estojo fechado a chave. Mamãe estava extremamente irritada e caminhava ao redor da casa a maior parte do tempo sem propósito algum, insultando quem fosse responsável por causar tanto sofrimento. A tensão de papai notava-se nos seus lábios finos e apertados, esticados até as extremidades.

O rádio e a TV estavam ligados repetindo a mesma notícia o dia todo. O telefone tocava constantemente com ligações de familiares e amigos que queriam falar do bombardeio, fazendo as mesmas perguntas sem resposta. Não permitiram que Marci viesse. Anita também não pôde ir à casa de Marci. Anita e Mário jogavam baralho, depois dominó, depois banco imobiliário. Liam, comiam, depois liam mais, o tempo todo com suas mentes e ouvidos dirigidos ao céu como antenas... escutando, escutando...

– Vá pra cama, Anita. Está tarde – disse mamãe.

– Ir pra cama e deitar ali, escutando? Ir pra cama e lembrar o som de um avião voando baixo sobre as casas pra lançar bombas perto de você, talvez sobre você, esta noite ou amanhã... Mas mamãe...

– Nenhum *mas*, Anita. Vá para a cama. Não há nada mais que possamos fazer. Vai para a cama e tente não se preocupar.

Mamãe deu um abraço forte em Anita e papai deu-lhe um beijo na testa, apertando a cabeça entre suas mãos cálidas. A luz brilhava por baixo da porta fechada do quarto de Mário. Anita bateu e chamou: "Boa noite. Até amanhã irmão". É isso. Seja otimista.

Anita abriu o diário, anotou a data: 15 de abril de 1961, mas sentia-se deprimida demais para escrever alguma coisa. Ordenou-se fechar os olhos, deixar de forçar os ouvidos a escutar. "Tente lembrar o que estava sonhando antes que o avião lhe acordasse. O que era? Ah, sim... Marjorie estava nos apresentando, a Mário e a mim, às pessoas às quais ensinaríamos. Todo mundo estava sorrindo e apertando as mãos".

16 de abril de 1961
Querido Diário,
Sem aviões. Sem bombardeio. Papai levou o rádio ao seu quarto e o deixou ligado a noite toda caso houvesse alertas de emergência. Agora sabemos que ex-cubanos que moram nos Estados Unidos pilotaram os aviões. Houve feridos nos ataques de ontem e um jovem de apenas 15 anos morreu. Antes de morrer escreveu numa porta com seu próprio sangue o nome de Fidel. Há fotos disso na TV e nos jornais. Horrendo! Há rumores de uma invasão. Todo mundo está atemorizado. Marci e eu falamos ao telefone o tempo todo.

Ela está muito zangada, porque seus pais têm a esperança que aconteça uma invasão e que Cuba se renda. Gostaria que ela viesse morar conosco. Papai foi ao seu escritório. Mamãe está muito nervosa e não sabe o que fazer. Mário anda por aí amaldiçoando os *gusanos*. Ontem deveria ser o dia lançamento oficial da campanha de alfabetização. Esperava-se que fosse um acontecimento especial, mas obviamente não pôde ser. Eu não estava conseguindo dormir muito bem, então comecei a ler um livro.

Anita, a cubana

17 de abril de 1961
Querido Diário,
Escrevo enquanto assisto à TV. O que está acontecendo é incrível! Ex-cubanos exilados nos Estados Unidos tentaram invadir Cuba pela Baía de Porcos, próximo à Playa Girón.* Desembarcaram de noite na praia. Há combates, pessoas morrendo. Estou me sentindo doente e atemorizada. Mamãe não para de chorar. É horrível. Os invasores destruíram algumas escolas e capturaram alguns professores como reféns. Que assustados devem estar! Não sei se algumas crianças foram feridas ou algo pior. A TV mostrou uma escola com alguns buracos de balas de metralhadora nas paredes e nas lousas.

Anita, a cubana

18 de abril de 1961
Querido Diário,
Os combates ainda continuam, mas as notícias informam que muitos dos invasores foram capturados. Papai diz que

---

* *Playa Girón* pertence ao município de *Ciénaga de Zapata* na província de *Matanzas*. Este local ficou marcado como símbolo da primeira derrota do imperialismo estadunidense na América Latina, em 19 de abril de 1961. Com a vitória de Cuba diante da tentativa de invasão de cubanos exilados financiados pelos Estados Unidos, a Revolução se fortaleceu. (N.E.)

Cuba vencerá os invasores. Muitos cubanos morreram, soldados e gente comum. Ninguém diz quantos. Montões de maus pensamentos cruzam minha cabeça. Agora mesmo odeio esses ex-cubanos.

Anita, a cubana

19 de abril de 1961
Querido Diário,
Finalmente a invasão terminou depois de três dias de luta! Um montão de pessoas morreu. Os invasores eram todos ex-cubanos. Eu os vi na TV enquanto eram levados prisioneiros. As notícias relatam que 1.500 homens invadiram, 114 morreram e o restante foi capturado. Papai diz que eles tinham armas estadunidenses. Muitos cubanos morreram defendendo o país, 2 mil pelo menos. A campanha de alfabetização não será cancelada, só atrasará um pouco. Mamãe e papai estão pedindo a Mário e a mim para não irmos ao treinamento para professores em Varadero, que não participemos da Campanha. Confesso que estou nervosa, querido Diário, não paro de pensar na lousa perfurada pelas balas. E se houver outra invasão? Mas, depois, Mário e eu conversamos sobre isso, e ambos estamos decididos a ir. Mamãe vem ao meu quarto e me beija antes de ir pra cama, exatamente como quando eu era pequena. Guerra! Luta! Morte! Odeio isso tudo!
Anita, a cubana

COMEÇA A AVENTURA

Assim que Anita abriu os olhos, saltou da cama, mesmo o relógio no criado-mudo mostrando que ainda eram 6h da manhã. "Varadero, lá vou eu!" Guardou o travesseirinho e os cosméticos na sua bolsa de lona. "Lá vou eu, pensou. A aventura de verdade está começando".

– Tenha cuidado, Anita. Preste atenção no que faz – sussurrou Tomasa ao lhe dar um abraço. Quando Tomasa disse a Mário para cuidar da irmã, ele apenas fez um gesto de impaciência. Quando chegou o momento de partir, os olhos de todos estavam úmidos, exceto os de Mário.

O Parque das Figueiras era o lugar de reunião indicado aos estudantes voluntários de Miramar. Centenas de voluntários e seus familiares e amigos dirigiam-se em alvoroço ao parque e chegavam de todas as partes. Anita andou à frente da sua família. Eram 8h da manhã e já fazia calor, seu pescoço estava suado sob o cabelo liso. À medida que chegavam ao parque, o movimento e o som pareciam um enxame de abelhas. Centenas de jovens e suas famílias pululavam pelos arredores, esperando o anúncio de abordar os caminhões de transporte que levariam os voluntários a Varadero para começar o curso intensivo de treinamento para professores.

Anita seguiu através da multidão em direção à concha acústica onde haviam combinado de se encontrar com Marjorie e suas meninas. Pam e Suzi correram quando viram que Anita se aproximava, e cada uma agarrou uma mão. Marjorie apresentou Anita e sua família a Marietta, a garota mais velha que faria parte do grupo de Marjorie. Alta e esbelta, ela carregava um violão pendurado nas costas, tinha cachos de cabelo curtos da cor de mel e pintas cor de canela que lhe salpicavam o rosto e os braços. "Caramba! Que bonita!", pensou Anita.

– Nervosos? Animados? – perguntou Marietta, dirigindo-se a Anita e Mário.

– Um pouco – respondeu Anita. Talvez mais animada do que nervosa. Mal posso esperar para começar.

– E você, Mário? – disse Marietta. Mário estava a ponto de responder quando um par de amigos se aproximou e o levou a uma curta distância dali.

– Garotos! – disse Marietta. – O Mário é um bom irmão?

– Realmente bom! – disse Anita. – Um pouco machista, mas a minha mãe diz que todos os homens cubanos são machistas. – Anita perguntou-se por que ninguém da família de Marietta veio para se despedir dela, mas pareceu-lhe indelicado perguntar. Anita e Marietta tentaram conversar, mas Pam e Suzi conversavam sem parar. Finalmente um funcionário começou um discurso no palanque. Mesmo havendo um alto-falante, Anita conseguia entender pouca coisa devido ao zumbido de tantas vozes.

– Entendeu o que se supõe que devemos fazer, Marietta? – perguntou.

Antes que Marietta pudesse responder, Marjorie disse:

– Apenas fiquem coladas a mim, Anita. Não se separem. Onde está o Mário?

– Estava aqui faz um minuto – disse Anita, esticando o pescoço a sua procura.

Marietta fez um gesto de impaciência a Anita quando alguém mais começou outro discurso acerca de quão orgulhosos deveriam se sentir todos por serem estudantes voluntários. Mais alta que Anita, Marietta inclinou a cabeça cochichando.

– Já sabemos que somos formidáveis, né? Então nos deixem ir, tá bom?

Anita riu, admirando a garota mais velha. Quando uma banda começou a tocar o hino nacional, as pessoas pararam de tagarelar e cantaram. Então as palavras que Anita esperava ouvir chegaram aos gritos através do alto-falante: "Voluntários e supervisores, avancem até os caminhões de transporte".

Subitamente Mário reapareceu. Deu um abraço em mamãe e papai, prometeu escrever e depois desapareceu no meio da multidão que se dirigia aos caminhões e ônibus que esperavam. Ao observar os rostos ansiosos de mamãe e papai, Marjorie disse que não se preocupassem.

– Eu estarei atenta a ele em Varadero – assegurou.

– Bem, Anita, imagino que agora você andará por tua conta – disse papai –, caso você pensasse que seu irmão mais velho iria lhe defender.

– Ficarei bem – disse Anita. – Além de estar com Marjorie, tem um monte de garotos que conheço. E também agora estou com Marietta – disse sorrindo. Tinha esperança que Marietta sentasse junto a ela no transporte.

Anita abriu os braços e desfrutou de um cálido abraço com seus pais. Estiveram durante um longo instante com as cabeças unidas, como um casulo de silêncio na ruidosa multidão. Ela imaginou seus pais sentados à mesa jantando sozinhos e pensou quão silenciosa estaria a sua casa agora.

– Pensem apenas em todas as agradáveis conversas de adultos que poderão ter à hora do jantar enquanto estamos longe – disse animadamente. Os pais tentaram sorrir. Anita os beijou, pegou a bolsa de lona das mãos do seu pai e se afastou com Marietta, Marjorie e as meninas. "Você prometeu que não iria chorar, então não olhe pra trás", disse Anita a si mesma. "Tenham suas autorizações em mãos". Ouviu a orientação que se repetia à medida que se aproximavam dos caminhões. Anita mostrou a dela quando subiu a bordo da carroceria descoberta de um dos caminhões que estavam esperando. Era ensurdecedor o barulho dos motores ligados, de todo mundo falando, dos pais gritando conselhos de último minuto e dos adeuses conforme saíam os caminhões.

Anita sentou-se sobre a bolsa de lona ao lado de Marietta, encaixada entre dúzias de adolescentes. À frente e atrás, tudo o que conseguia enxergar eram caminhões cheios de voluntários. A rota os levava rumo ao leste e ao longo do *Malecón*. Centenas de pessoas estavam em pé ou sentadas no muro largo, de costas ao oceano, saudando os caminhões que passavam. Quando passaram pelo anúncio do jovem professor com a boina, Anita pensou: "Essa sou eu agora". Perguntou-se onde estaria Mário no meio do comboio de caminhões. "Estaremos alojados um perto do outro durante o treinamento? Talvez Mário não queira ter nada a ver comigo em Varadero. Estará fazendo novas amizades. É sempre fácil pra ele".

Alguém começou a cantar *La Pachanga*[*] e logo todo mundo estava cantando. Pam e Suzi cantavam a plenos pulmões, os olhos brilhantes. Havia bandeiras e cartazes

---

[*] A palavra *"pachanga"* refere-se a baile, festa, diversão. *La Pachanga* é uma canção de autoria de Eduardo Davidsón (1910-1994) interpretada por Celia Cruz. Foi um grande sucesso, gravado em 1959 pela orquestra Sublime sob a

sobre a campanha de alfabetização por toda parte. Ao deixar o largo *Malecón*, as pessoas alinhadas nas ruas saudavam os voluntários à medida que passavam cantando. Os veículos faziam soar as buzinas. Anita acenou com os braços até não aguentar mais. Uma vez que Havana ficou para trás, a caravana de veículos dirigiu-se velozmente rumo ao leste na extensa Estrada Central. O cabelo de Anita lhe batia no rosto como um chicote e ela tinha que fechar os olhos contra o brilhante sol cubano. Finalmente todo mundo se tranquilizou e se ajeitou para o caminho.

– É a primeira vez que estou fora de casa sozinha – disse Anita a Marietta.

– Fico feliz de estar fora de casa – disse Marietta –, precisava estar longe da família por um tempo.

– Como assim? – perguntou Anita.

– Alguns em minha família são *gusanos*. Me pressionaram muito pra ir com eles para Miami. Mas eu não quero. Já completei 18 anos e não preciso de permissão de ninguém para ser voluntária, então me inscrevi para ficar afastada de todas as discussões e dos debates familiares. A Campanha me salvou!

– Olha, Marietta, nós somos as únicas que ainda estamos acordadas.

Até Marjorie estava cochilando. Pam e Suzi estavam encostadas nela e seus corpos balanceavam com o movimento do caminhão. Anita e Marietta conversaram mais um pouco, até que também sucumbiram à sonolência. Com os olhos fechados, o rosto de Marci surgiu na mente de Anita. Elas choraram muito ontem enquanto se despediam.

---

direção de Osvaldo Estivil, inaugurando um novo gênero de música cubana, conhecido como *pachanga*, estilo dançante de merengue com montuno. (N.E.)

– Escreverei assim que me estabeleçam em algum lugar – havia prometido Anita. Trocaram lembranças. Ela deu a Marci um anel de amizade dourado e Marci deu-lhe um relicário de prata em forma de coração com uma corrente. Dentro do relicário havia uma foto de Marci. Limpando umas silenciosas lágrimas, Anita roçou com os dedos o relicário perguntando-se se ela e Marci voltariam a se encontrar alguma vez. Seu pensamento final antes de dormir foi um sentimento de prazer, porque a linda garota de 18 anos ao seu lado a tratara como igual, e não como uma criança.

***

Todo mundo sentia calor e estava descabelado quando chegou em Varadero. As profundas águas azul-turquesa do mar e a praia de areia branca e fina se estendiam à frente deles. Todo mundo desejava poder vestir seus trajes de banho e mergulhar na água, mas tiveram que fazer uma fila e esperar para saber onde se alojariam. Mário apareceu para lhes avisar que o haviam escolhido para um dos hotéis onde todas as habitações dos hóspedes foram convertidas em dormitórios para os homens.

– Eu as verei por aí, senhoras – disse Mário enquanto ia embora.

– Não acho que veremos muito Mário enquanto estivermos aqui – observou Marjorie, para ninguém em particular. Marjorie, as meninas sob sua responsabilidade e outras três garotas foram escolhidas para compartilhar um chalé na praia. Dominga, uma garota da idade de Anita, era de Guantánamo, uma cidade longínqua no leste da ilha. Vanessa e Vera eram gêmeas idênticas da cidade de Camagüey.

– Que sorte conseguir um chalé na praia no lugar de ter que ficar num dos hotéis! – exclamou Anita enquanto exploravam os quartos.

– OK, garotas. Pam e Suzi ficarão comigo no dormitório de baixo – disse Marjorie. Organizem-se para dormir, guardem as suas coisas e refresquem-se. Temos que estar prontas para estar no refeitório do Hotel Kawama em meia hora para as orientações.

Anita tinha esperança de que Marietta se alojaria com ela. Mas nenhuma delas queria que parecesse que estavam desdenhando de alguém, de tal forma que Marietta iria dormir num outro quarto com as gêmeas. Anita e Dominga guardaram rapidamente as suas coisas, depois foram ver como andavam as outras. Que engraçado! Cada gêmea havia pregado seu nome acima da cama. "Para que saibam quem estão acordando de manhã", disseram com um sorriso idêntico. Justamente quando as garotas começaram a conversar para se conhecer melhor, Pam e Suzi chegaram correndo escada acima e gritando:

– Depressa, meninas! Mamãe disse que está na hora de ir.

O Hotel Kawama era um dos muitos hotéis colocados à disposição da campanha de alfabetização. Não havia hóspedes, só enxames de jovens. Todos os móveis e as grandes plantas exóticas do espaçoso, arejado e elegante saguão haviam sido colocados contra a parede para dar espaço à multidão de estudantes que se empurravam rumo à cafeteria e aos refeitórios que agora pareciam cantinas para abastecer um acampamento. Marjorie e as meninas se juntaram a centenas de voluntários e supervisores nas longas filas que esperavam seu turno de comida para que um pessoal com longos aventais brancos, o cabelo dentro de grossas tocas de cor marrom, servisse a porção. Anita colocou as mãos sobre as orelhas para se proteger do som metálico e o repique de pratos e talheres e do estrondo de uma multidão de vozes falando e rindo, tudo ao mesmo tempo.

– Acostume-se, garota – disse Marietta. Isto será como viver por um tempo numa colônia de formigas.

Anita comeu e bebeu à vontade. Depois que as mesas ficaram limpas, explicaram-lhes através de microfones onde seriam as aulas, quais os horários e as normas. O local se encheu de grunhidos. Café da manhã às 7h30. Nada de faltar às aulas. Todo mundo deveria estar nos quartos às 20h. Sem exceções. Nenhuma visita depois desse horário. Apagar as luzes às 22h. Anita tentou ouvir, mas não conseguia parar de bocejar. Marietta teve que lhe dar uma cotovelada uma vez porque havia cochilado. Quando finalmente foi anunciado que tinham o tempo livre, todos gritaram: "Vamos para a praia!"

Horas mais tarde, acordada na cama depois de um dia tão longo e excitante, Anita agradeceu a tranquilidade da noite. O constante rumor das pequenas ondas lambendo a praia era o único som com exceção da respiração forte de Dominga dormindo de boca aberta. "As aulas começam pela manhã. Mal posso esperar que nos entreguem os uniformes. Oh, não! De uniforme, nunca poderei dizer quem é cada uma das gêmeas!"

Ano da Educação
6 de maio de 1961
Queridíssimos mamãe e papai,
Estamos alojadas num ótimo chalé com outras três meninas. Aqui está lotado com camas extras e todas as nossas coisas. Há mais de 5 mil jovens em Varadero neste momento, e quando formos embora outros milhares mais virão. Estou aprendendo muito sobre outras regiões de Cuba com todos esses jovens todos. A maioria deles

parece ter 15 ou 16 anos, mas tem alguns mais velhos. Acreditariam se eu contasse quem Pam não é a única criança de dez anos aqui? Tem outra menina. Caramba! Alguns dos jovens são de povoados realmente remotos e nunca viram eletrodomésticos modernos. No início alguns acreditavam que o forno era uma TV. Alguns jovens até usaram o bidê como vaso sanitário. Meu deus! Na verdade, nós estamos usando o nosso bidê para lavar a roupa. Todo Varadero é um enorme centro de treinamento – 75 grandes mansões, todos os hotéis elegantes e seus salões de baile, os cabarés, as salas de jogos – tudo utilizado para converter-nos num exército de professores alfabetizadores. Acreditam que até os antigos bordéis estão sendo utilizados! (Estou enrubescida). Nove refeitórios e 800 cozinheiros nos alimentam, mas a comida está assim-assim, não como a de Tomasa. Não tenho visto o Mário desde que cheguei, mas o verei logo. Tenho que terminar agora, tá na hora de ir tomar o café. Estou com saudades, mas não muito. Estou brincando. Carinhos a Tomasa.

Com muito amor da brigadista-em-treinamento,

Anita

Depois do café, o grande grupo do qual Anita fazia parte reuniu-se no enorme saguão do Hotel Kawama. À medida que entravam na sala de aula improvisada, cada voluntário recebia um caderno novo e uma caneta gravada com a frase "Brigada Conrado Benítez". Anita e suas companheiras de alojamento escolheram os assentos entre as centenas de cadeiras dobráveis de metal colocadas em longas fileiras. O calor tropical entrava pelas grandes janelas frente à praia, de tal maneira que os cadernos de exercícios eram utilizados como abanos enquanto esperavam a chegada dos instrutores. Anita enroscou o cabelo num coque pra cima e usou uma caneta para mantê-lo no lugar. Finalmente apareceram um homem e uma mulher na frente da sala. O homem falou pelo microfone.

– Bom dia a todos. Nós somos seus instrutores. Meu nome é René e o dela é Leila. A nossa tarefa é ensinar a vocês como ensinar às pessoas analfabetas. Esperamos que não percam seu tempo, nem o nosso, porque o tempo é curto e a tarefa é grande. Amanhã começaremos a utilizar os materiais reais de ensino, mas hoje falaremos sobre a "confiança". Vocês não podem entrar na vida das pessoas e começar a alfabetizá-las, por mais que vocês tenham aprendido muitas técnicas. Por isso, nesta manhã descobriremos juntos o que devem fazer primeiro para que seus alunos queiram ser seus alunos, de tal forma que eles estejam dispostos a depositar a confiança em "você" – esse jovem que chama a si mesmo ou a si mesma, professor ou professora. Quero que organizem rapidamente suas cadeiras em grupos de dez. Alguém de cada grupo por favor se ofereça como voluntário para fazer as anotações. Vocês vão conversar sobre obstáculos e os problemas que podem surgir com as pessoas às quais vão ensinar, quem for e onde for, estejam num *bohío* no campo, numa casa na cidade, ou numa sala improvisada numa comunidade. Vocês têm 30 minutos. Podem começar.

As cadeiras se arrastaram ruidosamente para ficar em posição.

– Eu tomarei as notas – ofereceu-se Anita. Nesse momento, todo mundo esqueceu o calor.

– Se relacionar com adultos analfabetos não será fácil – disse um garoto mais velho. Em primeiro lugar, porque nós somos jovens, e em segundo, porque eles provavelmente se sentirão envergonhados de serem analfabetos. Outra pessoa disse que muitos dos analfabetos poderiam pensar que não podem aprender porque são velhos demais. "Exatamente como Tomasa", pensou Anita, escrevendo tão rápido quanto podia. Então uma garota disse que se os analfabetos eram pobres, poderiam se sentir envergonhados de que uns estranhos entrassem em suas casas e notassem o quanto eram pobres. Todo mundo concordou. A conversação estava cheia de energia e as ideias ainda estavam pipocando quando os instrutores avisaram que o tempo havia terminado.

O estômago de Anita revirou quando o instrutor pediu aos que fizeram as anotações que se aproximassem do microfone e apresentassem as ideias do grupo. Anita esperava ser capaz de ler a sua própria letra. Quando chegou a sua vez, Marjorie dirigiu-lhe um olhar encorajador. De alguma forma deu jeito de fazê-lo e, enquanto voltava a sua cadeira, Marjorie sussurrou: "Muito bem".

Alguns grupos haviam saído do tema, de maneira que a turma se sacudia de tanto rir com certas coisas que levantadas por alguns. "E se não houver lugar para dormir? Está proibido namorar um aluno? Tudo bem não tomar banho todos os dias caso não haja água corrente ou haja escassez de água?" Os instrutores também não podiam evitar o riso.

– Algumas perguntas podem parecer engraçadas – disse Leila –, mas todas elas precisam de resposta. Na hora do almoço, vão lhes dizer onde retirar seus uniformes para que voltem aqui vestidos como brigadistas. Vamos nos juntar em grupos novamente e começaremos a desenvolver soluções aos problemas que vocês identificaram de manhã.

– Oh, não! Olha que filas longas, Marietta! – Anita olhou, boquiaberta, as pilhas enormes de uniformes amontoados a metros de altura numa parede. Andando lentamente, as filas avançavam às mesas onde as pessoas em pé entregavam uniformes e botas. – Certifiquem-se de escolher as botas que lhes sirvam – advertiu Marjorie ao seu grupo. Não serão bons professores se a mente estiver ocupada com bolhas doloridas

– os garotos saíam com uma pilha de coisas balançando nos braços e sorrisos nas faces. Finalmente, Anita chegou à mesa em frente às pilhas.

– Que tamanho? – perguntou um homem.

– Tamanho nove – disse Anita timidamente. Não, tamanho dez. Posso crescer – acrescentou ruborizando-se.

– Bem pensado – disse o homem. Afastou-se e voltou com dois pares de pesadas calças cinza de algodão e duas camisas cinza estilo militar.

– Número do sapato? – perguntou ele.

– Sete e meio.

– Não há meio número. Sete ou oito? – disse ele.

Pensando nas bolhas, ela escolheu o número oito, mesmo que isso fizesse seus pés parecerem grandes ou fosse obrigada a usar dois pares de meias. O homem voltou com um par de botas negras altas de estilo militar, dois pares de meias de cor bege, uma boina verde-oliva, um cinto, uma mochila pequena, uma rede e uma manta de lã. Depois, de um estojo, tirou um medalhão de metal e duas insígnias com a frase "Brigada Conrado Benítez" e as colocou no alto da pilha.

– Prenda o medalhão à camisa e costure as insígnias na manga direita de suas camisas – disse ele. Está pronta, senhorita. Sorte. O próximo – chamou.

***

– Tem tantas coisas para assimilar! Sinto que a cabeça está dando voltas – confessou Anita a Marjorie uma tarde.

– Tenho lhe observado, Anita. Você tem dotes naturais, vai se dar bem – Anita sentiu-se melhor ao saber que Marjorie confiava nela, mas ainda sentia-se inquieta. Quando viu Mário, disse-lhe que se sentia nervosa.

– Ei, onde está a garota sem travas na língua que convenceu seus pais que seria a melhor brigadista? E se alguém lhe importunar, diga a eles que terão de se entender com o seu irmão grande e forte – replicou Mário.

– Ah, claro! E você? Não está nem um pouquinho nervoso?

– Um pouquinho, mas saber que teremos reuniões semanais com os supervisores de ensino me faz sentir muito melhor.

– Não é maravilhoso que estejamos juntos para nos ajudar um ao outro, Mário? – disse Anita, oferecendo-lhe uma mordida do seu picolé.

– Na verdade, eu preferiria que me colocassem o mais longe possível da minha irmãzinha – disse ele com os braços já alçados em defesa própria.

– Engraçadinho! – declarou Anita, deixando cair o resto do picolé nas costas de Mário pela gola de sua camisa.

Ano da Educação
10 de maio de 1961
Queridos mamãe e papai,
Na última vez que lhes escrevi não sabia que ficaríamos aqui somente até o dia 15 de maio, o dia depois do Dia das Mães. Temos que ir para deixar o espaço livre para o próximo grupo. Ninguém sabe ainda para onde iremos, nem nada.

As aulas são muito intensas. Os nossos instrutores nos dizem que nosso sucesso depende de nos tornarmos parte da vida de nossos alunos, "como iguais". Dizem que devemos viver do jeito que eles o fazem e nos prepararmos para trabalhar junto a nossos alunos quando não estivermos ensinando. Se eles cortam cana, nós cortamos cana. Se eles trabalham nas plantações de café, nós também. Se permanecermos na propriedade, ajudaremos a família com o jardim, as crianças, a lavagem das roupas, cortando lenha, o que for. Então eles verão que não nos colocamos acima deles, que podem confiar na gente. Estão nos ensinando, inclusive, a cavar latrinas, já que pode não haver uma no lugar para onde formos enviados. A hora do ensino dependerá do trabalho da família. Temos dois livros que serão usados para ensinar. Um é o manual para o professor chamado Alfabetizemos. Este instrui como ensinar as lições e lidar com os problemas. O outro é a cartilha para o aluno. Chama-se Venceremos! Temos trabalhado em pequenos grupos, nos revezando no papel de professores. Passamos tarefas um ao outro, mas é divertido. Queremos todos ser bons professores e estamos muito entusiasmados. De fato, estamos entusiasmados a maior parte do tempo. Ontem comprei um colar de sementes de Santa Juana igual ao que os revolucionários usavam. Muitos dos brigadistas o usam o tempo todo para dar sorte.

Marietta me disse que antes da Revolução triunfar os negros não podiam ir às instalações de Varadero, exceto como trabalhadores. Compartilhar o espaço, conversar, comer, estudar e se divertir com jovens de todas as cores de pele me faz sentir mais perplexa acerca de por que algumas pessoas são racistas. Acho que neste momento está se realizando uma grande experiência de integração aqui em Varadero.

Sua filha amorosa, a brigadista Anita

P.S. Vi Mário algumas vezes. Está bem e fica muito bonito com seu uniforme.

P.S. Estão vacinando todo mundo contra o tétano. O meu braço ainda dói, mas pelo menos não desmaiei como outros jovens.

– Olhem quantas lamparinas! – repetiram as vozes ao redor da sala assim que os brigadistas entravam no saguão para a aula.

– Caramba! Devem ser para nós – disse Anita.

Colocadas fileira por fileira, as lamparinas pareciam uma multidão de pequenas pessoas, todas usando o mesmo chapéu, esperando pacientemente que acontecesse alguma coisa.

– As lamparinas foram importadas da China especialmente para a Campanha – explicou a instrutora Leila. Não se surpreendam caso não haja energia elétrica onde muitos de vocês serão instalados. Alguns de vocês terão de dar as aulas quando já estiver escuro, seja antes que as pessoas saiam para trabalhar, seja depois do sol se pôr, quando voltarem à casa. De qualquer maneira, precisarão de uma lamparina.

A lamparina tinha 43 ou 44 centímetros de altura com uma alça cromada para carregá-la. Um recipiente brilhante também cromado continha o combustível e havia uma bombinha para abastecer antes de acender o pavio. O tubo de vidro ficava sob uma lâmina de metal azul. A parte superior tinha uma cobertura vermelha em forma de tenda. Os instrutores fizeram uma demonstração de como acender a lamparina e como cuidar das suas peças, depois todo mundo tinha que praticar. Tudo tinha que ser feito desse jeito, Anita sentiu-se atemorizada. Muitos garotos sentiram-se frustrados porque não conseguiram acender a lanterna. Alguns pensaram que ela explodiria e não queriam sequer tocá-la.

– Brigadistas! – chamaram os instrutores. Parem tudo o que estão fazendo e escutem. Saber manejar este instrumento é importante. Vocês dependerão dele para fazer o trabalho para o qual estão treinando. Não é perigoso se fizerem as coisas corretamente. Agora se acalmem, deem um tempo e aprendam como fazê-lo.

Quando chegou sua vez, Anita se aproximou da lamparina com cautela. Respirou fundo, abasteceu a bomba e acendeu o fósforo. A sua mão estava tremendo, mas só um pouco, quando aproximou o fósforo ao pavio. Acendeu! O vidro não quebrou. Não explodiu! Aleluia!

Leila lhe entregou uma lanterna.

– Cuida bem dela, senhorita. Trata como a uma amiga preciosa – disse.

– Marjorie, já sabe para onde iremos? Por favor, nos diga se souber – suplicou Anita. As outras fizeram eco da pergunta. Marjorie assegurou que não sabia. Quando chegou o momento das indicações dos lugares, o refeitório estava mais barulhento que nunca. Os brigadistas não podiam conter a ansiedade, por isso os supervisores e instrutores tinham que gritar para que todo mundo se acalmasse. Mesa por mesa, os grupos foram chamados a uma longa fileira de mesas colocadas em frente ao refeitório. Cada brigadista recebia uma cartolina numerada que deveria colocar no pescoço no dia da partida. Havia gritos de alegria quando amigos descobriam que haviam sido escolhidos para a mesma área. Havia também lágrimas quando os bons amigos e namorados descobriam que teriam de se separar. Alguns garotos insistiam para que trocassem suas indicações.

– É a nossa vez – disse Marjorie. Anita rezava enquanto o dedo da mulher deslizava pela letra F na longa lista procurando "Fonseca, Anita". Quando a mulher achou, escreveu Bainoa e um número num letreiro. – Procure o caminhão e o supervisor com esse nome e número do letreiro – disse a Anita.

– Bainoa? Onde fica isso? – disse Anita, virando-se a Marjorie e Marietta.

– É um povoadinho a uns 50 quilômetros ao leste de Havana – respondeu Marjorie. Anita ficou olhando o seu cartão sem acreditar. Só 50 quilômetros! Quando voltavam à mesa seguindo Marjorie, Marietta lhe falou mais sobre Bainoa. "Não fica nem na costa nem nas montanhas, Anita. É um povoadinho no meio do nada sem nenhum encanto", disse. Anita sentiu-se enganada. Virou-se a Marjorie, suplicante.

– Não pode fazer com que nos mudem de lugar, Marjorie? Não pode dizer que estamos dispostas a alfabetizar em algum lugar realmente remoto? – Meninas, eu sei que estão decepcionadas – disse Marjorie –, mas chega de choramingar! Seria egoísta começar a se queixar e pedir mudanças quando os organizadores têm um trabalho tão grande por fazer. Nós somos professoras, então ensinaremos onde quer que precisem de nós. Bainoa vai ser uma aventura – assegurou-lhes. Anita e Marietta fizeram um gesto de desconsolo.

O último dia de instrução foi todo sobre os três exames de alfabetização que os alunos tinham de fazer e passar antes de serem considerados como alfabetizados. Quando chegou o momento da despedida, os instrutores deram a mão a todos e lhes desejaram sorte conforme deixavam o grande saguão que havia servido de sala de aula. – Desejem sorte a nós também – diziam os instrutores. Quando vocês forem embora, chegará outro grupo com milhares de brigadistas. Logo os nossos cérebros irão amolecer como se fossem pudim de arroz. Têm sorte de serem do primeiro grupo. Sorte! Sorte! Boa sorte a todos.

Nessa tarde um boato animador começou a circular: Fidel iria a Varadero para a despedida dos brigadistas. O rumor converteu-se rapidamente no único tema das conversas, mesmo entre aqueles que estavam descontentes com as indicações. No café da manhã do dia seguinte, o rumor confirmou-se. Os trabalhadores estavam levantando um palanque na praia e os brigadistas e instrutores se reuniriam às 13h.

– Alguma vez viu Fidel pessoalmente? – perguntavam os brigadistas uns aos outros. Parecerá como na TV?

– Eu vi Fidel de perto uma vez – disse Anita a suas companheiras de alojamento.

– Conta – pediram, amontoando-se ao redor dela. Anita contou da vez que viu Fidel na recepção do jornal onde seu pai trabalhava.

– A que distância você estava dele? – perguntou Dominga.

– Perto o suficiente para ver os pelos da barba – replicou Anita.

As meninas estavam maravilhadas. Todos se perguntavam o que lhes diria o líder da revolução nessa ocasião histórica. Afinal, eles seriam a primeira brigada a sair pelo país para alfabetizar no Ano da Educação.

Anita sairia às 7h da manhã do dia seguinte. Não havia arrumado as coisas ainda e seus pais chegariam a qualquer momento. Engoliu o café da manhã e voltou apressada ao chalé, mas quando apenas havia começado a meter as coisas na bolsa de lona quando Dominga gritou lá embaixo:

– Anita... seus pais estão no escritório da Campanha.

"Por que não arrumei as coisas antes?", lamentou-se enquanto corria rumo ao escritório central.

Assim que a mãe de Anita a viu, desfez-se em lágrimas.

– A minha bebê! – chorou.

– Que bebê? – disse seu pai. – Olha que crescida parece nesse uniforme!

– Vamos procurar Mário – sugeriu Anita. – Mas mamãe, é melhor tirar os sapatos de salto alto. Vamos andar na areia.

Centenas de brigadistas rindo e conversando passavam ao redor deles, alguns cumprimentavam Anita. Ela retribuía a saudação alegremente. A sua mãe parou de repente, com um olhar de assombro no rosto.

– Algo errado, mamãe?

– Nada de errado. Acho que estou começando a perceber que você faz parte daqui. Todos esses jovens formosos! É incrível!

Anita contou aos pais quão decepcionados estavam ela e Mário por ir a Bainoa; que eles esperavam ir a um lugar mais interessante, se não mais remoto. Seu pai explicou que Bainoa estava situada num vale, cujo clima era famoso por ser o mais frio de Cuba e que a água fria das nascentes naturais da região era utilizada para fazer uma das melhores cervejas de Cuba, a Hatvey.

– Isso deveria me fazer sentir melhor, papai? – disse ela.

***

"Nunca me esquecerei deste dia enquanto viver", pensou Anita sentada entre seus pais e Mário, rodeada de brigadistas e suas famílias, um oceano de milhares de pessoas que se moviam tão incansavelmente como o oceano que se estendia à sua frente. Hoje, Dia das Mães, era a última oportunidade de estarem juntos antes que os brigadistas partissem para seus destinos. Os brigadistas cantavam enquanto esperavam que Fidel chegasse e subisse no palco. Assim que uma canção terminava, alguém começava outra, a letra da música ia se estendendo através da multidão até que todas as vozes se unissem. Um novo canto que alguém havia criado recentemente começou:

> Somos as Brigadas Conrado Benítez,
> Somos a vanguarda da revolução,
> Com o livro ao alto
> Cumprimos uma meta
> Levar a toda Cuba
> A alfabetização.

Anita ficou em pé de um salto, assim como todos, o punho erguido, cantando com entusiasmo. Ouviu seu pai dizer num sussurro alto: "O que aconteceu com a nossa filha quieta e tímida?".

– Acho que ela está perfeita – Anita ouviu sua mãe dizer e sentiu uma torrente de amor.

A diretora do acampamento e vários supervisores apareceram no palanque, fazendo sinais a todos para que sentassem. Anita, como todos os demais, inclinou-se à frente em expectativa. Quando Fidel apareceu com seu familiar uniforme e boina verde-oliva, produziu-se uma ensurdecedora ovação. As pessoas se levantaram de um salto e começaram a cantar: *Fi-del, Fi-del, Fi-del*. Passaram vários minutos até que os supervisores conseguissem que todos sentassem novamente.

"À medida que vocês ensinarem", disse Fidel, "vocês também aprenderão. Vocês provavelmente aprenderão mais do que irão ensinar. Vocês podem ensinar a pessoas analfabetas o que aprenderam em Varadero, mas eles lhes ensinarão o que aprenderam com a dura vida que levam. Eles lhes ensinarão porque uma revolução é necessária em Cuba. Deles, vocês aprenderão sobre a história de Cuba melhor do que em qualquer discurso que eu poderia dar, melhor do que em qualquer livro que vocês poderiam ler."

Tão inquieta um momento antes, agora a multidão estava completamente imóvel.

"O que vocês se voluntariaram para fazer será uma tarefa árdua", alertou Fidel, "A maioria de vocês seguramente enfrentará privações, solidão e riscos físicos".

"Privações, riscos físicos...", Anita evitou, de propósito, olhar os seus pais, sabendo o quanto lhes afetariam essas palavras. Mas ela sentiu-se encantada. "Fidel não está nos tratando como crianças que saem de viagem para um acampamento".

"... e será árdua de muitas outras maneiras", continuou Fidel, "Seus alunos terão medo de falhar, então antes de tentar ensinar qualquer coisa, vocês precisam primeiro ganhar sua confiança e respeito. Façam com que seus alunos sejam como vocês. Sejam uma parte sincera da vida deles. Você faz parte de uma brigada em um exército de jovens", conclui Fidel. "Sua missão é transformar Cuba em um território livre do analfabetismo. Eu sei que vocês são capazes de fazê-lo, e sei que o farão bem!" Como todos, Anita levantou-se aplaudindo e novamente ouviu o canto dos brigadistas.

> Somos as Brigadas Conrado Benítez,
> Somos a vanguarda da revolução,
> Com o livro ao alto
> Cumprimos uma meta
> Levar a toda Cuba
> A alfabetização.
> [...]
> Venceremos!

Às 17h em ponto, os brigadistas e suas famílias dirigiram-se aos estacionamentos. Os brigadistas tinham de acordar cedo no dia seguinte e nessa noite apagariam as luzes mais cedo. De toda parte ouviam-se os pais dizendo aos filhos: "Tenha cuidado! Tenha cuidado!".

– Se eu fosse jovem, acho que desejaria ser brigadista. E você, Daniel? – Anita não podia acreditar no que ouvia. "Talvez por baixo de sua maquiagem e de suas roupas de moda há em minha mãe algo mais do que eu pensei".

– Me belisque, Anita – disse Mário, rindo. – Devo estar sonhando. A nossa mãe acaba de dizer que gostaria de ser brigadista.

O papai tirou do carro os pacotes que Anita e Mário haviam pedido.

– Também inclui caixas de giz e uma maleta de couro para cada um de vocês que contém papéis, envelopes, canetas e selos. Não vou embora antes que os dois me prometam escrever uma vez por semana – disse mamãe. Anita e Mário olharam por cima da cabeça de sua mãe. – Não comecem a me dar esse olhar. Só prometam – pediu mamãe. – Eu não prometo escrever uma vez por semana, mas prometo escrever – disse Mário.

– Eu também – acrescentou Anita.

Mamãe suspirou e os abraçou. Papai colocou algum dinheiro nos bolsos das camisas, os abraçou e entrou rapidamente no carro. Anita limpou as lágrimas com uma mão enquanto dava um adeus com a outra até que o Studebaker verde se perdeu de vista.

Nessa noite, acenderam fogueiras na praia depois que desligaram as luzes. Os grupos se reuniam ao redor, conversando, tocando violões e cantando até de madrugada. Marjorie não foi procurá-los e os brigadistas de plantão os deixaram ficar. Enquanto Anita se arrastava até a cama, tentou não pensar no horário que teria que se levantar.

***

Alguém a sacudia... a voz de Marietta. – Anita, levanta...

–Vá embora! – respondeu Anita, tentando cobrir a cabeça com o lençol. – Ainda está escuro!

– Não, Anita, você tem que levantar – insistiu Marietta sacudindo-a novamente. – Todas nós vamos tomar o café. Se perder o café passará horas sem comer. Agora todas as meninas a estavam sacudindo e tirando os lençóis. Anita sentou-se reta, lembrando-se repentinamente. "Vamos embora de Varadero, hoje!"

– Esperem. Estarei pronta em 5 minutos.

***

No refeitório, Anita engoliu o café da manhã, depois voltou correndo para o chalé para terminar de guardar as suas coisas. Ouviu as outras voltarem enquanto ela guardava seus pijamas, a bolsa com cosméticos e seu travesseirinho na bolsa de lona. Finalmente, amarrou com firmeza a correia, depois pendurou no pescoço o cartão marcado com o seu destino. Então veio a troca de endereços de último minuto com Dominga, Vanessa e Vera. Quando chegou o momento de partir, todas se abraçaram e prometeram se reencontrar quando terminasse a campanha. Jogando a volumosa bolsa sobre o ombro, Anita gritou: "Sorte. Sorte a todas", enquanto saía com Marjorie, Marietta, Pamela e Suzi para o local da partida. "Sorte, Sorte", responderam ao mesmo tempo suas companheiras de quarto.

Tinham que abrir caminho aos empurrões através da multidão de brigadistas até encontrar o caminhão de transporte com seu número. Mário não havia aparecido ainda. Quinze minutos mais tarde, e nada.

– Esperem aqui – disse Marjorie. Vou procurá-lo.

Anita esticou o pescoço e estendeu o olhar em todas as direções. Nada de Mário. Quando Marjorie finalmente voltou, estava com uma cara de brava. – Mário conseguiu que lhe mudassem sua alocação para Caimanera, um povoado de pescadores no extremo oriental da ilha, perto de Guantánamo, a centenas de quilômetros de Bainoa.

– Como conseguiu fazer isso? – disse Anita, com tristeza.

– Quando não pude encontrá-lo, fui ao escritório administrativo para ver se sabiam onde ele estava. Parece que Mário lhes disse que havia completado 18 anos na semana passada e pediu uma atribuição independente. Garantiu que eu estava de acordo. Eles não verificaram nem confirmaram comigo e agora estão muito envolvidos com outros problemas. Simplesmente me responsabilizaram pela resolução do problema. Eu não posso sair em seu encalço. Sou a responsável por conferir todos esses garotos no caminhão e o motorista tem ordens de sair daqui a pouco. Estou indignada! Como Mário pode mentir desse jeito e ser tão irresponsável? O que vou dizer a seus pais?

– Deixe-me procurá-lo, Marjorie, por favor – suplicou Anita.

– Dez minutos, Anita. Não mais. Sairemos logo.

Anita se meteu entre a multidão, procurando ao longo das muitas fileiras de caminhões e ônibus, se esforçando em localizar a cara de Mário entre milhares. Exatamente quando começava a acreditar que o veículo em que ele estava poderia ter saído, o viu. "Mário", gritou tão alto quanto pode. Ele virou-se em sua direção e olhou pra baixo com uma careta, depois desceu do caminhão.

– Que maneira mais amável de ir embora, e sem nem dizer adeus – disse ela.

– Irmãzinha, é o dia da independência. O seu irmão mais velho não tem intenção de fazer parte do protegido grupo de menininhas. Não preciso de uma babá.

Anita o encarou, sem fala, depois se virou abruptamente e se afastou, os olhos lhe ardiam. Tudo era confuso enquanto entrava no meio da multidão. Mário a segurou pelo cinto. – Lamento ter feito isso dessa maneira, Anita. Tive que concordar com isso tudo da supervisão para ir e para que mamãe e papai nos deixassem ir. Sei que Marjorie não consentiria se lhe tivesse perguntado. Tentarás entender?

Com os olhos banhados em lágrimas, Anita lhe deu um soco no braço, duro. Assim que Mário subiu novamente ao caminhão, o motorista ligou o motor e foi embora. Anita lhe acenou um adeus com a mão, depois voltou correndo ao seu transporte e chegou sem fôlego.

– Foi embora. Disse que escreveria a mamãe e papai assim que puder.

BAINOA

O caminhão estava ainda na metade do caminho a Bainoa, quando umas nuvens negras, vindas do litoral, começaram a se aproximar. Logo caiu um aguaceiro torrencial e o caminhão não tinha cobertura. Os que tinham capas de chuva em suas bolsas se cobriram o melhor que puderam, eles e os que estavam próximos. Anita se cobriu debaixo da de Marietta, mas ela e todos os demais estavam completamente molhados quando chegaram ao povoado. O caminhão se deteve ao lado do jardim na praça de Bainoa. Marjorie e o motorista saíram da boleia.

– Tem certeza de que é aqui onde deveríamos estar? – perguntavam todos. Não deveria haver um comitê de boas-vindas?

– Esse é o local que disseram que viesse – respondeu o motorista, dando de ombros.

Depois de esperar um tempo, perceberam que ninguém viria recebê-los e ainda estava chovendo. O motorista sugeriu que todo mundo descesse do caminhão e se protegesse sob o beiral do telhado de um restaurante no outro lado da rua, enquanto ele ia à procura de algum funcionário. Todos saíram resmungando, protegendo-se com os braços contra o frio das roupas molhadas e se perguntando o que estava acontecendo. Era como se o povoado estivesse deserto.

Finalmente o caminhão reapareceu. Um homem sério saiu e falou com Marjorie com uma voz áspera. – O prefeito não está. Eu estou encarregado das obras públicas. Ninguém nos disse que vocês viriam hoje, então nenhuma providência foi tomada para vocês.

Marjorie lhe disse firmemente que ele não podia deixá--los sob a chuva; que ele teria de arrumar, onde fosse, um alojamento para o grupo.

– O que posso fazer é abrir um depósito abandonado onde podem passar a noite, mas terão de dormir no chão – disse. Me acompanhem. Não fica longe. A tropa completa de brigadistas seguiu o homem através das ruas vazias até o depósito, com o caminhão atrás. O homem abriu um grande cadeado de umas enormes portas duplas de um prédio grande e sem janelas.

– Não há energia elétrica – disse ele a ninguém em particular –, mas pelo menos não se molharão. Boa tarde – quando virou de costas para ir embora, Marjorie o segurou pela manga da camisa.

– E que tem de comida e água para estes garotos? – disse.

– Está tudo fechado. Não há nada que eu possa fazer – disse ele e foi embora sem dizer outra palavra. Já que nada mais havia por fazer, Marjorie disse a todos que tirassem suas coisas do caminhão, insistindo para que o motorista partisse, já que ele deveria retornar a Varadero parra buscar outro grupo de brigadistas. Ela disse a todos que pegassem suas lamparinas e então abriu caminho dentro do edifício interditado. Os feixes luminosos das lamparinas revelaram um edifício vazio, exceto por umas caixas velhas. – Teremos que dormir no chão – disse Marjorie ao grupo. Sem queixas, nem gemidos, por favor. Sei que isto é uma maneira pouco alentadora de começar, mas obviamente alguma coisa deu errado, algum mal-entendido. Amanhã esclareceremos as coisas. Se tiverem que ir ao banheiro, vão ao ar livre. Vistam roupas secas, compartilhem qualquer coisa que tenham: comida, água e cobertor para o chão. E façam o que for melhor para levantar o ânimo entre vocês.

Encolhida no saco de dormir, Anita não conseguia adormecer. Permanecia rígida, fria e meio assustada com os ruídos estranhos. Ratos talvez, ou pior, ratazanas.

– Marietta, está dormindo? – sussurrou Anita para não acordar quem dormia por perto.

– Não – chegou uma resposta sussurrada. – Estou com frio demais e tenho certeza que há ratazanas.

– Quando escrever aos meus pais não vou nem mencionar esta noite – sussurrou Anita.

– Especialmente que estamos dormindo com homens – brincou Marietta.

– Esse homem não se comportou como um miserável? Talvez a gente de Baiona não nos queira aqui.

Aconchegando-se à procura de calor, as meninas finalmente dormiram.

***

O amanhecer no dia seguinte foi brilhante, mas os rostos dos brigadistas estavam tristonhos. Anita sentia-se tristonha também. Os uniformes de todos estavam amarrotados e havia muitos resmungos por estarem sujos e abatidos.

– Ok, isto não é exatamente o que esperávamos – disse Marjorie –, mas vão deixar que um imprevisto os decepcione? Haverá outros golpes ao longo do caminho da campanha, quiçá piores. Mas vocês não são os jovens com os que Fidel disse que poderia contar? Ligeiro, fiquem apresentáveis e recolham suas coisas o mais rápido possível, depois veremos se o restaurante está aberto para tomar o café da manhã. Enquanto marchavam pela rua ainda vazia, os brigadistas se animavam cantando:

Somos as Brigadas Conrado Benítez,
Somos a vanguarda da revolução,
Com o livro ao alto
Cumprimos uma meta
Levar a toda Cuba
A alfabetização.

Mesmo sendo cedo, felizmente o restaurante já estava aberto. Quando eles entraram – todos os 24 –, os poucos clientes que ali estavam, todos homens, os olharam com expressões de surpresa.

– Bom dia, companheiros – saudou Marjorie alegremente. Estes jovens são brigadistas, os professores alfabetizadores voluntários sobre os quais vocês provavelmente já ouviram falar. Eles vão ficar na região de Bainoa enquanto durar a campanha de alfabetização. Essa apresentação foi respondida com um silêncio sepulcral, embora um par de homens os saudasse com a cabeça.

– Estão nos olhando como se fossemos marcianos caídos do céu – sussurrou Anita a Marietta.

– Na verdade, acho que é o que parecemos – disse Marietta –, pelo menos é assim que eu me sinto.

Para espanto de todos, nem um dos homens parecia saber nada acerca do Ano da Educação, nem sobre a campanha de alfabetização. Marjorie sacodiu a cabeça com incredulidade, mas não disse mais nada. Os homens voltaram às suas refeições e conversas, ignorando os brigadistas. Uma mulher com uma certa expressão amarga cozinhava e servia, e levou um longo tempo para servir a todos. Anita comeu como se não comesse há muitos dias. Finalizado o café da manhã, Marjorie disse ao grupo para que fossem explorar o povoado enquanto ela procurava as pessoas encarregadas de organizar as coisas para eles. – Mantenham-se em grupos e voltarei aqui em meia hora. Marietta, Anita... cuidem de Pam e Suzi.

Apenas a rua principal estava asfaltada e tinha calçadas. As outras ruas eram vielas estreitas e sujas com profundas valetas para cada lado. – Estas ruas parecem exatamente iguais às dos filmes de caubóis – observou Pamela. Pararam em frente a um prédio em ruínas do qual pendia um letreiro torto: "Escola de ensino fundamental de Bainoa", dizia em letras gastas.

– Não parece que a escola esteja funcionando – disse Anita. Enquanto caminhavam pelos arredores, todos os que passavam os observavam pelo canto do olho. Umas poucas mulheres murmuraram: "Bom dia". As crianças os olhavam por trás das saias das suas mães.

– Parece que estou em outra época – disse Anita suspirando.

– Nem me diga – acrescentou Marietta.

Bainoa
Ano da Educação
18 de maio de 1961
Querido Mário,
Mamãe e papai lhe enviarão esta carta assim que souberem para onde lhe escrever. Não me atrevi a lhes dizer como são as coisas por aqui. Bainoa está tão atrasada! Terminaram recentemente o asfaltamento do caminho para chegar aqui. O povoado está muito feio e abandonado. No extremo da rua principal há uma igreja que abre só uma vez ao ano quando o sacerdote vem batizar

os recém-nascidos. Há uma escola, mas há aulas só de vez em quando, apenas quando enviam um professor de Havana. Ninguém nos recebeu quando chegamos. Estávamos com frio, molhados e famintos e acabamos dormindo no chão duro num velho depósito. Marjorie acertou tudo no dia seguinte. Finalmente nos levaram ao prédio de uma escola construída recentemente para um professor permanente, mas ainda não há professor. Essa escola está no meio de umas plantações de amendoim a dois quilômetros do povoado. Não me pergunte por quê! Nós somos os primeiros em utilizá-la e será o nosso "lar" enquanto estivermos por aqui. Há uma sala de aula, dois quartos menores e uma cozinha pequenininha. O nosso grupo tem 22 brigadistas, mais Marjorie e Suzi. Os garotos (são nove) dormem num dos quartos menores, as garotas ficam na sala de aula. O banheiro fica do lado de fora do prédio. Há um moinho de vento no jardim e quando bombeia a água faz um ruído estrondoso. No primeiro dia na escola, os funcionários não haviam organizado ainda o abastecimento de comida suficiente para nós, assim que roubamos umas bananas e andamos pela plantação à procura de amendoim. Mesmo assim fomos dormir famintos. Embora agora nos enviem alimentos suficientes, as refeições não são muito boas porque ninguém, incluindo Marjorie, sabe cozinhar. Deram-nos uma banda de porco completa, mas o que fazer com isso? O moinho nunca bombeia água suficiente para todos nós, de tal forma que temos que trazer baldes de água desde um poço que está a meio quilômetro da escola. Ainda não começamos a ensinar, mas já está tudo organizado. Por isso, tive tempo para te escrever esta longa carta. Estou com saudades de você, embora ainda não te tenha perdoado. ESCREVE LOGO E CONTA TUDO A SUA IRMÃ.

Com amor, Anita

A MISSÃO

Anita havia esperado este dia com impaciência: o dia em que conheceria as pessoas que ensinaria. Não se lembrava de algum dia ter ficado tão nervosa. As suas mãos estavam desajeitadas quando tentou atar os cadarços das botas e mal conseguiu engolir o desjejum de pão e café. – Pronta, Anita? – chamou Marjorie. O jipe já está aqui.

Anita ajeitou a boina e adotou o que ela esperava ser uma expressão de valentia enquanto pulava no banco de trás com Marjorie. O ar resplandecia com ondas de calor mesmo sendo ainda de manhã cedo. O jipe seguiu uma estrada asfaltada até que esta terminou, depois continuou aos trancos pela estrada suja de terra vermelha, com buracos profundos. Não havia nenhum outro veículo motorizado na estrada, mas havia muito vaivém de gente montada a cavalo ou em carroças. A viagem foi lenta.

Anita observou atentamente os camponeses que passavam. Os rostos dos homens e das mulheres eram encovados, com rugas profundas e pele curtida pela exposição ao sol implacável. Os homens usavam chapéus feitos com folhas frescas de palmeiras, quase sempre com a aba jogada para trás descobrindo a testa. As mulheres usavam vestidos de algodão quase sem talhe, iam descalças ou usavam sandálias simples. Todo mundo saudava com a cabeça à medida que o jipe passava e Anita respondia com um sorriso. Alguns meninos tímidos esticavam os pescoços para vê-los. Ocasionalmente o jipe passava por um carro de bois carregado de frutas ou com folhas de palmeira que usavam para cobrir os casebres. Os carroceiros levantavam o chicote como cumprimento e falavam "Um ótimo dia". Os bois, com seus grandes e úmidos olhos castanhos com grossas pestanas em suas enormes cabeças brancas, caminhavam lenta e pesadamente, os sinos de seus arreios badalando a cada passo.

– Marjorie, conte de novo sobre a família que vou ensinar.

– Tá bom. A família Pérez é composta pela mãe, o pai, uma criança – um bebê de apenas cinco meses –, e a irmã mais jovem da mãe, Zenaida. Clara, a esposa, é jovem, só tem 19 anos. Ramón, seu esposo, é muito mais velho. Diz que tem ao redor de 50 anos, mas que não tem certeza. Trabalha numa plantação de amendoim e cria uns poucos porcos que abate e vende. Os três adultos são analfabetos.

– Como é a Zenaida?

– Não é muito mais velha que você, Anita. Dizem que ela é um pouco ranzinza.

Enquanto o jipe ia dando pulos ao longo da estrada, patinando nos buracos profundos formados pelas rodas das carroças na terra, Anita se lembrava dos dias posteriores ao da sua chegada embaixo da chuva. O seu primeiro trabalho foi bater de porta em porta, junto com as mulheres da Federação de Mulheres Cubanas, para entrevistar e inscrever as pessoas analfabetas. A maior parte das moradias do campo era de simples *bohíos* de uma ou dois quartos, casebres escuros de chão sujo, construídos nas clareiras de terra dura. A mesma padronização para todas as pessoas! A maior parte delas era baixinha e magra, com expressão desconfiada e dentes destruídos. As crianças corriam pelos arredores nuas ou seminuas, brincando na imundície com os corpos cobertos de sujeira. Até os cachorros eram mirrados e sujos. E em todo lugar havia um porco ou dois para engorda. Em todo lugar havia fedor de animais.

Quando perguntavam às pessoas se haviam frequentado a escola, se sabiam ler e escrever, a maioria respondia que não a ambas as perguntas. Alguns disseram que os haviam tirado da escola para trabalhar, para ajudar a pôr comida na mesa da família. Novamente Anita se lembrou de Tomasa. Alguns recusaram a se inscrever na Campanha e nada os faria mudar de ideia. Mas a maioria permitiu alegremente que enchessem de tinta seus polegares nas almofadinhas e os apertassem sobre a planilha de inscrição para mostrar o seu consentimento. "Talvez ainda haja alguma esperança para nós", diziam, deixando escapar um sorriso de seus lábios delgados. Todos mostraram assombro quando lhes disseram que os jovens brigadistas seriam seus professores.

– A família Pérez quer um professor, Marjorie? Realmente querem aprender?

– Bom, eles não disseram que não quando os entrevistaram durante o censo e o processo de inscrição. Eles concordaram.

O coração de Anita bateu forte quando o motorista disse: "Aqui estamos, senhora Moore". Ele virou o jipe para fora da estrada suja em direção a uma trilha tão estreita que tiveram que se abaixar para evitar que os galhos os arranhassem. O jipe saiu em uma grande clareira. Os frangos piavam e se dispersavam diante das rodas do jipe e uma cabra amarrada começou a balir. Um *bohío* muito bem coberto levantava-se de um lado e havia uma pequena estrutura na parte de trás. De um estábulo com telhado de palha chegavam os grunhidos e os bufos de porcos, e o fedor do chiqueiro. As náuseas subiram pela garganta de Anita, e ela quase vomitou. Marjorie também estava tentando controlar suas náuseas.

– Vai se acostumar a isto – sussurrou Marjorie enquanto desciam do jipe. – Respira pela boca. O cheiro lhe afetará menos. Assim que avançavam através da clareira, Anita sentia olhares que observavam o seu avanço.

– Um ótimo dia – chamou um homem que se endireitou da sua tarefa de atar feixes de palha. Ele se levantou duro e desconfortável, mas acolhedor. Enquanto Marjorie e Anita se aproximavam do homem, uma mulher apareceu na entrada com uma criança no colo. Ela não sorriu nem levantou a mão para cumprimentar. "Onde está a jovem, a irmã da esposa? Como era seu nome?"

– Bom dia, senhor Pérez. O meu nome é Marjorie Moore Ríos. Sou uma das supervisoras da campanha de alfabetização na região de Bainoa. Esta é a brigadista Anita Fonseca, a sua professora alfabetizadora. Anita, apresento-lhe o senhor Ramón Pérez.

Ramón tocou os dedos manchados de terra no chapéu de palha. Parecia com muitos camponeses que Anita acabara de ver na estrada, um rosto delgado e enrugado, um pescoço descarnado e queimado pelo sol acima de um corpo esguio. Não era muito mais alto do que ela. Ela notou que tinha uma sobrancelha cortada por uma cicatriz.

– *Muito prazer*. Um prazer lhe conhecer – respondeu ele, usando a forma gramatical que expressa respeito. A sua voz era surpreendentemente penetrante e agradável. Anita respondeu da mesma forma e apertaram as mãos. Silêncio de novo. Virando-se ligeiramente, Ramón chamou silenciosamente a esposa para que viesse e conhecesse a jovem professora. Com os olhos baixos, a garota se aproximou do esposo.

– Minha esposa, Clara – disse Ramón simplesmente.

– Muito prazer. Um prazer lhe conhecer – disse Clara com a voz apenas audível.

– Muito prazer – responderam Marjorie e Anita ao uníssono.

Nenhum sorriso acompanhou ou seguiu o cumprimento de Clara. Anita não podia acreditar que Clara tivesse só 19 anos. Era tão miúda que o bebê parecia maior em seus braços. Vestia um vestido sem mangas que mostrava os braços finos, mas musculosos. A sua pele bronzeada se estendia esticada até as altas maças do rosto, acima da face encovada, e seu cabelo era abundante, comprido e perfeitamente liso, tão escuro que parecia quase preto. "Seria Clara descendente dos povos originários de Cuba?", perguntou-se Anita.

– E onde está Zenaida? – perguntou Marjorie.

Ramón chamou:

– Zenaida, venha conhecer a professora.

Não houve resposta. Só o zumbido das moscas. Uma ligeira brisa se levantou, levando o fedor nauseante da pocilga às narinas de Anita. Ela engolia e engolia saliva e respirava pela boca, disposta a não enjoar ou algo pior, vomitar.

– Zenaida, sai. Agora! – ordenou Ramón, com voz cortante.

"Oh, oh! Pode haver algum problema entre esses dois!..." supôs Anita.

– Já vou – respondeu finalmente uma voz irritada. Zenaida saiu do *bohío* e tomou seu tempo para se aproximar do grupo. Era pequena e bonita, de pele morena como sua irmã, com uma única trança negra que lhe caía no meio das costas. Enquanto se aproximava, Anita notou no fundo daqueles olhos escuros que, sem dúvida alguma, eram pouco ou nada amistosos. Zenaida parecia com sua irmã, exceto pelas curvas do seu rosto que eram menos salientes.

– Zenaida, sou Marjorie Moore e esta é Anita Fonseca, sua professora voluntária de alfabetização. Você vai ajudá-la a se familiarizar com tudo, quando ela chegar para começar a ensinar? – perguntou Marjorie.

– Se tenho que fazê-lo – foi a resposta.

Ramón franziu a testa. Tudo o que Anita havia esperado evaporou-se com essas insolentes palavras. Anita sentiu-se incômoda e virou-se para Clara.

– Como se chama o bebê?

– Nataniel – respondeu Clara, sem acrescentar mais nada. Quando o bebê ouviu o seu nome, sorriu e balbuciou. "Caramba! Finalmente alguém que sabe sorrir".

***

– Não estão muito entusiasmados com minha vinda para ensiná-los, Marjorie – disse Anita quando voltavam. Como posso lhes ensinar se eles não me querem? Especialmente Zenaida! Foi rude!

– Lembre-se do que lhe ensinaram em Varadero, Anita. Primeiro você deve se adaptar às suas vidas, ajudar de qualquer forma que puder e trabalhar para que eles lhe aceitem e confiem em você. Finalmente abaixarão a guarda e poderá começar a ensinar. Agora, alegre-se um pouco. Você já ganhou pontos com Ramón ao lhe dizer que queria que ele lhe ensinasse a alimentar os porcos e outros animais. Bem pensado, garota!

"Ao menos uma coisa boa... Ao menos há um vaso sanitário externo", suspirou Anita.

Os brigadistas cujas localizações estavam longe demais da escola foram morar com as famílias dos seus alunos. Aqueles que voltavam à escola todas as tardes tinham que ir a suas localizações e voltar por sua conta, fosse a pé ou em cavalos fornecidos pelos camponeses. Obviamente, havia que saber montar. Anita não sabia, então iria a pé ao *bohío* dos Pérez, já que eles moravam a menos de três quilômetros da escola.

No dia em que começariam a ensinar em seus postos, os brigadistas tomaram o café da manhã na escola com os ânimos agitados. Anita e Marietta saíram juntas e pegaram atalhos ao longo das trilhas entre os campos semeados para chegar à estrada. Passaram por uns *bohíos* onde umas crianças brincavam descalças nas clareiras, perseguindo frangos ou rodando aros de metal com um pau. Os varais vergavam com as roupas desbotadas. As pessoas que estavam trabalhando fora de casa paravam o que estivessem fazendo para acenar e desejar bom dia. Ao passar por esses lugares, Anita se recordava dos comentários da sua mãe sobre a vida dos camponeses pobres.

Lavouras com muitos tons de verde se estendiam tão longe quanto as garotas conseguiam enxergar. Os campos de cana-de-açúcar prontos para serem colhidos eram como um oceano de ervas gigantescas. Qualquer brisa inclinava para frente os enormes e frondosos caules como ondas no mar. Os gaviões deslizavam por cima, com seu olhar aguçado examinando o terreno em busca de pequenos mamíferos. Os urubus voavam em círculos lentamente buscando a carniça. As garças pousavam em cima do lombo corcunda dos bois zebu que pastavam nos campos; as aves brancas como a neve examinavam o couro dos bois à procura de carrapatos cheios de sangue.

Pararam na bifurcação onde Marietta continuaria numa outra diferente para chegar a seu posto.

– Nervosa? – perguntou Marietta a Anita.

– Mais ou menos – admitiu Anita.

– Eu também. Estarei lhe esperando aqui no final da tarde como combinamos... ou você me espera se chegar primeiro – disse Marietta. Elas se abraçaram e partiram. Anita correu pelo resto do caminho. Clara estava retirando as ervas daninhas da horta quando Anita chegou. Nataniel estava próximo, deitado à sombra sobre uma manta.

– O que posso fazer para te ajudar, Clara?

Clara encolheu os ombros, e Anita começou a ajudá-la a capinar o jardim. Ela nunca havia trabalhado antes num jardim. Temerosa de arrancar algo que não devia, tinha que perguntar a Clara a todo momento. Clara respondia de forma breve e evitava olhar a cara de Anita. Quando Nataniel começou a choramingar, Anita o levantou e brincou com ele. Foi somente quando entraram para o almoço que Anita viu Zenaida sentada numa mesa de madeira limpando o farelo dos grãos de arroz espalhados sobre um pano. Anita sorriu ao cumprimentar, mas Zenaida nem sequer a olhou.

Com cuidado para não ser grosseira, Anita olhou ao redor do *bohío*. Era composto de um cômodo principal e mais dois pequenos dormitórios. As poucas peças de mobília e estantes eram simples e sem verniz. As paredes foram feitas da madeira de palmeira comum, mas a porta do *bohío* era muito incomum, não era feita com os caules amarrados de bambu, como Anita tinha visto na televisão, porém formado por grossas camadas de folhas tropicais costuradas juntas com algum tipo de fibra e endurecidas com cascas finas de bambu em ambos os lados. A porta estava montada em dobradiças de palmeira entrelaçada.

– Nunca tinha visto uma porta como essa, Clara. É realmente linda.

– Foi Ramón quem fez. Ele construiu o *bohío* – disse Clara com orgulho.

Depois de um almoço modesto de arroz e ovos fritos, Anita ajudou principalmente a cuidar de Nataniel para que Clara pudesse fazer outras coisas. Trocar a fralda de Nataniel, que era só um pedaço de tecido cortado de um lençol usado, produziu náuseas em Anita. A fralda estava cheia de cocô. Clara lhe sorriu pela primeira vez.

– Não se preocupe comigo, Clara. Já me acostumarei com isto.

Anita fez o melhor que pode para ajudar Zenaida em outras tarefas, mas ela era melindrosa e resmungona. Quando Clara pedia a Zenaida para que mostrasse a Anita como fazer alguma coisa ou onde encontrar algo, fechava a cara. Anita fez o maior esforço para ser amigável, mas Zenaida não se importava com nada disso.

Antes de voltar à escola nesse primeiro dia, Anita mostrou a Clara e Zenaida o pequeno letreiro que haviam dado a cada brigadista e que dizia: "Um professor alfabetizador está ensinando aqui". Quando ela o fixou na parte de fora da porta, Clara pareceu satisfeita, mas Zenaida entrou no *bohío* sem dizer uma palavra.

E assim foi no primeiro dia e nos dias seguintes. Anita fazia o melhor que podia, ajudando em alguma coisa ou em outra. A sua admiração por Clara cresceu à medida que via como a jovem mãe cuidava do seu bebê, cozinhava, limpava, cuidava do jardim, ajudava a dar de comer aos animais, costurava novos vestidos e consertava outros e terminava uma dúzia de outras tarefas, e fazia tudo sem se queixar. As suas tentativas de fazer amizade com Zenaida, no entanto, não foram retribuídas. A garota mais velha permanecia distante e insolente. Ao voltar à escola pelas tardes, Anita sempre se sentia aliviada quando a sua lanterna iluminava a alta silhueta de Marietta que esperava-a no cruzamento dos caminhos.

– Como vai a dama dos porcos? – zombava Marietta.

– Ainda me acostumando ao perfume requintado. Duvido que algum dia conseguirei tirar toda a merda dos porcos das minhas botas! E como estão todos os homens da sua vida? – perguntava ela a Marietta. O posto de Marietta era com uma família de seis: o esposo e a esposa e quatro filhos crescidos.

– Ainda me tratando como uma rainha – dizia Marietta. Quando os homens chegam da roça, sempre se despem até a cintura e se lavam antes de entrar à sala de aula para não me ofender com seus corpos suados. Os filhos são muito bem-apessoados, e com exceção do filho mais novo, que é realmente muito teimoso, a família toda tem muito desejo de aprender.

– Minha família ainda não está pronta – disse Anita. Bom, Ramón provavelmente sim, mas Clara ainda não me olha realmente nem me fala com frequência e Zenaida me evita o máximo possível.

– Não se preocupe, Anita. Eles vão se convencer.

Baiona,
Ano da Educação
29 de maio de 1961
Queridos mamãe e papai,
Já está escuro quando todos os brigadistas retornam à escola depois de terem passado o dia com as nossas famílias de alunos. Mesmo que estejamos realmente cansados, compartilhamos histórias até perdermos a energia ou Marjorie insistir para irmos para a cama. Em algumas noites ouço uma ou outra menina chorando. Algumas vezes vejo Marjorie sentada ao lado de uma cama falando com uma menina que sente saudade da família ou que está estressada. Me pergunto se algum dos garotos também sente saudades. Acho que tem havido menos choro nas

últimas duas noites. Ou isso ou estou ficando com sono mais depressa. Ainda não comecei as aulas com minha família, mas espero que seja logo. Ramón se deleita zombando de mim, especialmente sobre as coisas que não sei fazer, que é quase tudo, dar de comer aos porcos e aos frangos, colher os ovos, cortar madeira. Ele quer me ensinar a montar a cavalo, uma égua chamada Bufi, mas tenho muito medo. Quando virão me visitar?

Com amor, Anita

Uma tarde, exatamente quando Anita saía para voltar à escola, Clara disse simplesmente:

– Amanhã iremos lavar roupa no rio.

Quando Anita chegou pela manhã, os fardos de roupa para lavar estavam na entrada. Clara deu a Anita um copo de leite de cabra morno e depois partiram para o rio, cada uma carregando um grande fardo. Clara também levava Nataniel nas costas num xale. Caminhando em fila indiana ao longo de uma trilha bem aberta rumo ao rio, Anita podia ouvir barulhos de movimentos entre os arbustos de cada lado da trilha. Com medo de encontrar serpentes ou alguma aranha peluda, fazia um grande esforço para seguir adiante no mesmo passo que as outras. Como de costume, Zenaida andava descalça. Anita gostaria de ir descalça também porque sempre sentia muito calor nos pés por causa das botas. A ideia de adquirir um parasita dos que haviam falado em Varadero – como entra no corpo desde o solo através do mais minúsculo arranhão ou machucado – a obrigava a ficar com as botas calçadas.

Quando chegaram ao rio havia uma mulher mais velha que estava inclinada ensaboando uma pilha de roupas. Clara a cumprimentou e fez breves apresentações. Rosa era uma vizinha. Anita não havia sido informada que alguém mais morava por perto. – Então esta é a professora... que pena que eu já saiba ler e escrever – disse ela com os olhos brilhantes.

Depois que Clara colocou Nataniel sobre uma manta com uns poucos brinquedos de madeira, levou Anita à margem do rio. – Pode trabalhar lá – disse apontando a um grupo de pedras planas a pouca distância na correnteza. Deu a Anita uma barra de sabão amarelo. Espreme a roupa o mais que puder para que não pese demais ao retornarmos.

Anita tirou a bota e as meias e arregaçou as calças. Antes de cruzar com dificuldade em direção às pedras, deu uma olhada às outras. Clara havia tirado suas sandálias gastas e havia levantado a saia, fazendo dobras e enfiando dentro da cintura. Fora caminhando até um lugar longe de onde a água corria mais rápido e já estava absorta em molhar e ensaboar as fraldas de Nataniel. Zenaida fora a um lugar rio acima e também trabalhava com afinco. Anita levantou o fardo de roupa e meteu o pé na água. Fria, gelada! Dirigindo-se às pedras, fazia caretas de dor causada pelas pedras afiadas que lhe machucavam as plantas dos pés de menina da cidade.

Ande rápido – disse Clara. – Doerá menos. Anita percebeu que esta era a primeira vez que Clara se dirigia a ela pessoalmente.

"Apenas faça como elas fazem", disse Anita a si mesma uma vez que estava nas pedras. Observando as outras com as pálpebras baixas, molhou e ensaboou cada peça, depois as estendeu sobre as pedras para que ficassem de molho e alvejassem ao sol. Depois, uma a uma, bateu as roupas, as toalhas e os lençóis contra a pedra, esfregando as manchas rebeldes com os punhos até que a roupa ficou tão limpa quanto seria possível conseguir. As calças de Ramón estavam tão duras com pesada terra vermelha que não sairia por completo. Sentia-se agradecida por Clara não ter lhe dado as fraldas sujas de Nataniel para lavar.

Enquanto trabalhavam, Clara e Rosa conversavam e riam. Clara estava até animada. "É só comigo que ela é tão tímida", percebeu Anita. Até Zenaida ria de vez em quando. Anita sabia que elas a olhavam para saber como a menina da cidade faria a tarefa. A cada momento Rosa a chamava: "Professora, cuidado com as piranhas assassinas!" ou "Você está trabalhando tão bem que da próxima vez lhe darei minha roupa para lavar". Anita se perguntava como se arranjavam para falar e rir quando este era um trabalho tão duro. Ensaboar e esfregar, bater, bater, bater, enxaguar e torcer, torcer, torcer. Mesmo depois de usar toda sua força para torcer a roupa e os lençóis e secar o máximo possível, ainda estavam pesadas. Não demorou muito para que Anita estivesse completamente molhada e exausta. O pescoço, as costas e os braços doíam e tinha as mãos rígidas, adormecidas pela correnteza fria cujas águas brotavam de colinas distantes.

A lembrança de Gladis, a lavadeira da família em Havana, veio à mente de Anita. Pequena e parruda, de pele da cor das vagens de amêndoas, não era jovem, mas também não era velha ainda. Imaginou Gladis indo e vindo com passos silenciosos, andando pela casa, juntando a roupa suja de todos os cestos de roupa. Duas vezes na semana, Gladis lavava dúzias de peças de roupa de uma família acostumada a usá-las apenas uma vez. Cada peça era lavada à mão nos tanques ao ar livre, era estendida para secar, era passada e dobrada, depois, silenciosamente, eram devolvidas às gavetas, estantes e *closets* de seus empregadores. Anita lembrou-se de um dia em particular em que ela havia descido saltando as escadas do pátio lateral onde estavam os tanques de lavar e os varais. Os braços de Gladis estavam afundados na espuma até o cotovelo.

– Preciso da minha roupa de jogar tênis agora mesmo, Gladis. Vão me apanhar em uma hora.

– Sim, senhorita – disse Gladis.

– O meu pijama novo também, Gladis. Vou dormir na casa da minha amiga Marci.

– Sim, senhorita.

Em uma hora a roupa estendia-se fresca sobre a sua cama. Gladis a havia passado até que estivesse seca.

– Anita... Anita... Venha comer algo. "Há quanto tempo Clara a chamava?"

Anita levantou-se com rigidez, ainda pensando em Gladis. Uma dor pungente surgiu através dos músculos. Não podia lembrar se havia agradecido ou não a Gladis de maneira apropriada esse dia. Apesar de estar fria e dormente, Anita sentiu que ruborizava de vergonha. Enquanto caminhava em direção às mulheres, esquecia-se de andar rápido e fazia caretas a cada passo. Desejava contar a Gladis sobre este dia, sobre compreender agora o trabalho difícil que é lavar roupa à mão. "Nunca mais serei tão desrespeitosa e exigente sobre a minha roupa", prometeu a si mesma. Ao levantar o olhar percebeu que as três mulheres apontavam para ela e riam.

– Esta é a sua primeira vez – Clara a defendia.

Anita olhou para si mesma. Estava tão molhada como a roupa que havia lavado e sentia-se ainda mais torcida. Devia ser uma imagem cômica!

4 de junho de 1961
Querido Diário,
Parece impossível manter a minha promessa de escrever regularmente. No momento em que deito na cama de noite apenas consigo manter meus olhos abertos e esta noite o corpo dói de tanto lavar roupa no rio. Não importa o que tenha que fazer, antes de ir dormir nunca me esqueço de riscar o dia no meu calendário. Estou escrevendo isto com uma lamparina nos degraus do lado de fora da escola. Os vagalumes acenderam suas luzes e Marietta está sentada

atrás de mim tocando o violão e cantando a música *La Guantanamera*. Pamela a um lado, Suzi no outro. Elas a adoram. Todo mundo a adora. Hoje senti que havia me conectado com "minha família", por isso antes de ir embora hoje lhes disse que estava na hora de começar as aulas. Zenaida fez uma careta. Clara nada disse. Ramón disse: "Você é a professora". Senti alívio, pois pensei que haveria alguma resistência. Assim, a primeira aula será amanhã logo que Ramón chegar em casa, depois do trabalho. Só espero lembrar como acender a lamparina. Agora que estou prestes a realmente começar a ensinar, eu decidi que assinarei meu diário como Anita, a brigadista.

Anita, a brigadista

Durante o dia todo, enquanto ajudava com as tarefas, Anita não pensou em outra coisa que não fosse a primeira lição. Enquanto Clara e Zenaida descansavam, Anita ensaiava mentalmente a lição. A cada instante pensava, "Tomara que a primeira lição saia boa!". Sentia calor, metia a vasilha de cabaça no barril de água da chuva e bebia até o fim, depois se refrescava com uma lavada rápida. O seu uniforme estava bem, mas as suas botas estavam sem lustre e cobertas de poeira, as solas incrustadas com lama e excremento de animais.

Ela pensou na caixa especial que seu pai tinha para limpar os sapatos com várias latas de graxa de diferentes cores e até uma garrafa de branqueador para os sapatos de verão. Havia panos limpos dobrados para aplicar as diferentes graxas aos sapatos, uma escova com cabo de mogno para polir a graxa seca e longas tiras de flanela macia para obter o brilho final. Imaginou seu pai com um pé no suporte para colocar o sapato sobre a caixa de madeira, fazendo chiar o pano à medida que polia a ponta dos sapatos de couro preto até ficarem reluzentes. Os únicos sapatos que Ramón tinha eram botas de trabalho gastas e sandálias de corda roídas que ele mesmo consertava.

Anita sabia que era pouco usual que seu pai engraxasse seus próprios sapatos. Os homens cubanos tinham o costume de engraxar frequentemente os sapatos, de maneira que as ruas de Havana estavam cheias de engraxates, jovens e velhos. Alguns homens limpavam os sapatos diariamente nas ruas sentados em altas cadeiras enfeitadas, enquanto liam o jornal ou em pé, fumando um tabaco, com um pé sobre a caixa do engraxate. Seu pai havia comprado um jogo de engraxar sapatos pouco depois da revolução. "Está na hora de aprendermos a engraxar os nossos próprios sapatos – disse um dia à família. Logo os engraxates terão um trabalho melhor".

Anita amontou algumas folhas e tentou tirar a lama incrustada em suas botas.

– Toma, usa isto.

Anita pulou. Não havia escutado que Zenaida se aproximava lentamente por trás. Zenaida estava lhe oferecendo uma escova tosca. Assim que Anita pegou a escova ela se virou e foi embora, sem lhe dar tempo de agradecer. Enquanto Anita tirava a lama e o excremento com a escova, pensava que, apesar de tudo, talvez Zenaida realmente não a odiasse.

***

Clara evitou olhá-la nos olhos o dia todo, e conversara ainda menos do que o usual. Anita imaginava que fosse só o nervosismo pela primeira aula, que seria depois de um jantar mais cedo que o comum. Quase haviam terminado a comida quando, de repente, Clara abaixou o garfo e desabafou: – Professora Anita, não irei à aula.

– Por que, Clara? Não está se sentido bem?

– Estou bem – disse Clara. Só que não quero ir às aulas. Não preciso.

Anita ficou sem fala. A preciosa imagem que tinha em sua cabeça, ensinando com a família sentada ao redor da mesa e aprendendo todos juntos e felizes, desapareceu como a água dos pratos sujos jogada pela porta e tragada pela terra quente.

LAMPARINA

Anita olhou Ramón e Zenaida procurando indícios para entender as palavras de Clara, mas Ramón parecia tão surpreso quanto ela. Zenaida só olhava para o outro lado. "Ela deve saber. Quiçá por isso estava tão amigável comigo. Devo tentar convencer Clara? Devo lembrar que ela registrou-se para aprender colocando sua digital na planilha de inscrição?" Então lembrou de Marjorie lhe dizendo que usasse a cabeça quando surgissem problemas. Uma voz dentro da sua cabeça dizia: "Não pressione. Tenha paciência".

– Está tudo bem, Clara. Pode se juntar a qualquer momento – foi tudo o que disse, tentando que a voz não delatasse a sua desilusão.

Anita havia trazido a lamparina e agora a colocou no meio da tosca mesa de madeira que servia como balcão para cozinhar, mesa para as refeições, mesa pra trocar fraldas, mesa de dobrar a roupa limpa e mesa de costura. A sala estava fracamente iluminada por uma lamparina feita de uma esfumada lata de querosene e um pavio pendurado pelo estreito gargalo. Estava colocada sobre o único móvel pintado da pequena sala, um armário alto com prateleiras e gavetas que continha pratos, vasilhas e panelas, talheres e provisões. O querosene cheirava mal e o pavio ao queimar produzia uma luz tênue e amarelenta. De pé, na frente de Ramón e Zenaida, ela alimentou a bomba e acendeu o fósforo. "Não me falhe, lamparina". A luz brilhou forte o suficiente como para iluminar a mesa e os rostos ansiosos de Ramón e Zenaida. Ouviu Clara proferir um sufocado suspiro de surpresa, enquanto a luz se estendia em direção ao canto onde ela estava sentada, embalando Nataniel para que dormisse.

– A partir de agora, esta mesa será a nossa sala de aula especial – começou Anita –, e estas são as suas cartilhas para as lições. Levantou uma delas para mostrar a capa com a imagem de uma multidão, cubanos de todas as idades e cores de pele. Um homem ao fundo segurava a bandeira cubana acima da cabeça das pessoas. Como haviam lhe ensinado em Varadero, Anita apontou a única palavra impressa na parte superior com grandes letras maiúsculas vermelhas: – Essa palavra diz "VENCEREMOS!". E, ao final deste ano, tenho certeza que vocês terão conseguido com sucesso aprender a ler e escrever.

Ramón parecia um pouco cético e Zenaida sentava-se inexpressiva, derrubada em sua cadeira.

– Não acredita, Zenaida? É verdade. "Ao menos, espero que assim seja", murmurou a sua voz interior. Quando Zenaida somente deu de ombros como resposta, Ramón lhe fez um gesto de desaprovação. Seguindo o conselho dos seus professores em Varadero: não dar ordens, começou a primeira lição como a tinham ensinado.

– Comecemos, tá bom? Começaremos com a letra A, a primeira letra do alfabeto.

Ao final da lição havia uma sensação agradável na casa. Ela podia senti-lo, ainda que Zenaida tentasse aparentar que se entediava. Anita surpreendeu-se quando Zenaida lhe perguntou se podia desenhar em seu caderno.

– Sem dúvida, desde que use somente as margens.

Zenaida mostrou a Anita um desenho da lanterna que tinha feito, obviamente sentiu-se contente quando Anita lhe disse que era realmente bom.

Ano da Educação
5 de junho de 1961
Queridos mamãe e papai,
Estou me sentindo incrivelmente entusiasmada e decepcionada ao mesmo tempo. Entusiasmada porque dei a minha primeira aula esta noite e acho que foi boa, mas decepcionada porque Clara negou-se a assistir a aula. Mesmo assim, senti que ela estava prestando atenção a tudo da penumbra onde estava sentada. Zenaida não está exatamente desanimada, mas também não está entusiasmada. A face de Ramón brilhava de suor enquanto ele mordia a língua, lutando para fazer as letras. Depois me disse que a lição é mais cansativa que as horas de colheita de amendoim ou o corte da cana-de-açúcar.

Li pra eles o primeiro tema, que se chama "A revolução", e falamos sobre isso por um tempo. Perguntei quais palavras eles achavam que eram as mais importantes ou de quais palavras lembravam. Escrevi essas palavras na mesa (o nosso quadro) com o giz colorido que você me deu, mamãe. Pronunciei as palavras e pedi que as copiassem nos seus cadernos. Depois escrevi uma série de palavras comuns – coisas que eles pudessem ver ao seu redor e que tivessem o som "A", entre elas – como "mesa" e "lanterna", e seus próprios nomes. Repetimos as palavras, apontando os objetos. Depois eles copiaram essas palavras nos seus cadernos e sublinharam todos os sons "A". Senti-me estranha quando vi as suas cabeças inclinadas quase grudadas a seus cadernos, lutando para reproduzir as formas das letras que eu aprendi na primeira série. Ramón precisava de alento para fazer as cópias porque dizia que suas mãos eram grandes demais para sustentar o lápis. Há um problema sério: Ramón tem que quase fechar os olhos para ver as palavras. Pode ser que precise de óculos. Quando ia embora, Ramón apertou a minha mão e me disse "obrigado, professora". Gosto que me chamem de "professora" e mal posso esperar até o primeiro seminário para compartilhar isso tudo com os outros.

Com amor, Anita

"Como diria o meu pai, Marietta: 'Outro dia lindo e sem descanso à vista'". À medida que os dias amanheciam mais quentes e o ar em Bainoa ficava mais úmido, Anita sentia falta de ir à praia, sentia falta das brisas marinhas, sentia falta do cheiro do salgado ar marinho. Mesmo esperando com ansiedade o primeiro seminário onde todos os brigadistas e supervisores da região de Bainoa analisariam as aulas até aquele período, não sentia a mesma ansiedade em caminhar até a cidade sob o ardente sol cubano.

Andando em grupos sob um céu azul como um cristal, Marietta começou a improvisar uma canção:

Caminhamos e caminhamos o nosso caminho
Caminhamos e caminhamos digo eu
Com músculos como o ferro
Com músculos como o chumbo
Uns músculos mais duros
Que a cabeça de um mulo.

Outros brigadistas se juntaram às palavras, acrescentando versos inventados:

Caminhamos e caminhamos o nosso caminho
Caminhamos e caminhamos digo eu
Com músculos como o coco
Mais frouxo que os parafusos
Que comi com o arroz.

As palmeiras-reais pontilhavam a planície cultivada por onde caminhavam. Seus pálidos troncos cinza eram incrivelmente altos e finos. Desde pequena, Anita havia se perguntado como essas árvores tão finas conseguiam ficar em pé. No chão, sob as palmeiras, jaziam as pencas caídas, as folhas secas das palmeiras que se usavam para cobrir os casebres. Grandes cachos do fruto da palmeira-real, o *palmiche*, pendiam do conjunto de folhas na copa das palmeiras. Anita ficava maravilhada com a agilidade e a força dos camponeses que trepavam pelos finos troncos para recolher o *palmiche*. O lugar de reunião para o seminário era o jardim na praça da cidade. Os supervisores deram tempo para que todos os grupos que chegavam se socializassem antes de chamá-los para a reunião. A dirigente da campanha em Bainoa dirigiu-se ao grande grupo.

– Estes seminários servirão para vários propósitos. Queremos saber como vocês estão no geral; como estão se sentindo emocional e fisicamente. Mais importante, queremos saber como estão indo com o ensino especificamente. Tenho certeza que têm encontrado problemas, certo?

A resposta foi um murmúrio de vozes.

– Compartilhando – e não escondendo – seus problemas, podemos ajudar a resolvê-los ou superá-los – continuou. Também acompanharemos o progresso de cada um dos seus estudantes. Aqueles que ainda não começaram o diário detalhado do progresso devem começar amanhã. Os supervisores orientaram os brigadistas para que se dividissem em grupos de discussão e durante a hora seguinte cada grupo compartilhou problemas e histórias com um supervisor.

Que histórias divertidas surgiram no grupo de Anita! Tentar entender os alunos sem dentes, nem todos eles eram tão velhos; se assustar com os barulhos estranhos quando iam à latrina de noite; ter que aprender centenas de coisas que nunca haviam feito antes, como trocar fraldas com caca. Muitos admitiram que caíram umas quantas vezes das redes. Anita estava admirada com as semelhanças dos problemas; alunos tão tímidos que nunca haviam aberto a boca, saudades do lar, lamparinas que não acendiam, incômodo por não poder tomar banho todos os dias, o atraso generalizado. Quando Anita informou que Ramón tinha problemas de visão, outros disseram o mesmo dos seus alunos. Todo mundo reclamou da comida! Alguns disseram, inclusive, que não queriam ver de novo um prato de arroz com feijão... nunca mais!

Quando se reagruparam, a dirigente anunciou que as senhoras de Bainoa haviam preparado um almoço para todos.

– Tempo livre até que o almoço esteja pronto – disse ela –, mas antes de se dispersarem, passem por aqui para ver se têm correspondências e deixar as cartas que queiram enviar. Outra coisa importante... Qualquer um que tenha algum problema físico: diarreia, alergia, dor de cabeça, o que for, faça o favor de informar aqui para garantirmos que recebam o tratamento médico. Isto é importante para que não adoeçam de verdade e tenhamos que enviá-los de volta para casa.

8 de junho de 1961
Queridíssima filha,
Como vai a Campanha? Penso nela como uma espécie de frenesi que atravessa o país porque por onde quer que você olhe, tem algo novo acontecendo que tem a ver com a educação das massas. Comecei a organizar um álbum para você com recortes sobre a campanha, mas lhe contarei algumas coisas que tenho ouvido e lido ultimamente sobre isso. Sei que vai gostar de contar a seus amigos brigadistas. Acho que o mais controverso é o programa de reabilitação de prostitutas para alfabetizá-las e capacitá-

las para outras ocupações. A maior parte está sendo treinada para serem motoristas de táxi e caminhões. O ensino acontece durante o dia nos prostíbulos e as garotas voltam a seu trabalho após as 5 da tarde. O boato é que todos os prostíbulos vão fechar tão logo as prostitutas tenham outras opções. Nunca pensei que eu pudesse estar falando com você sobre prostituição, mas é só outra parte daquilo em que você está envolvida – educar as pessoas para lhes oferecer um futuro melhor. Ontem havia um artigo no jornal sobre as 7 mil camponesas que serão trazidas a Havana por um tempo para a alfabetização e treinamento vocacional. Elas ficarão hospedadas no Hotel Internacional. Que emocionante deve ser para essas garotas que provavelmente nunca estiveram a mais de uns poucos quilômetros de suas casas!

Há outro programa para as empregadas domésticas. Um artigo na revista *Bohemia* diz que 70% das mulheres cubanas trabalham como empregadas domésticas. Para aquelas que querem uma mudança, estabeleceram-se escolas noturnas em toda Havana e em outras cidades onde oferecem cursos livres para secretárias, motoristas, caixas de banco e trabalhadoras de círculos infantis. Imagino que as criadas com alguma educação não queiram continuar trabalhando como criadas. Esta Campanha vai afetar a todos, não somente a quem se alfabetizar. Tenho que dizer a mim mesma uma e outra vez que não devo me preocupar, que não devo ser egoísta. Mas admito, estou tão mal acostumada, Anita. Imagine eu fazendo as tarefas da casa e lavando a roupa!

O seu pai está bem, trabalhando muito no jornal. Pediu para lhe dizer que a cada dia vê menos e menos mendigos e gente sem-teto quando vai ao trabalho. Sabemos o quanto isso lhe desagradava. Queremos conhecer a família Pérez em breve. Envie um mapa na sua próxima carta. Tomasa lhe manda um grande abraço. Continue escrevendo, não importa que seja breve.

Com muito amor, mamãe.

Ano da Educação
11 de junho de 1961
Querida mamãe,
Acabo de receber a sua carta e adorei. Li a Marjorie e aos meus amigos. Por favor, não se magoe pelo que vou lhe dizer. Ainda não tenho toda a confiança de minha família de alunos, pelo menos não a de Clara e Zenaida. De fato, Clara ainda se nega a participar das aulas. Então, quando vierem me visitar, não esperem conhecer a família Pérez ainda. Acho que se sentiriam muito aflitos e sufocados. Quando virão? A Marci pode vir com vocês? Nunca tiro o relicário que ela me deu. Beijos a você e a papai,
Anita
P.S. Por favor, tragam papel higiênico.

O PERIGO APARECE

Passada a novidade das primeiras semanas, o grupo da escola normalmente ia pra cama logo depois do jantar, exausto pelo trabalho agrícola voluntário que algumas vezes faziam e pelo esforço em ensinar. De noite, a escola e os campos ao redor caíam num profundo silêncio, iluminados só pelas estrelas e pela luz da lua. Eventualmente um burro zurrava ao longe e o moinho rangia quando o vento soprava. O único barulho constante além da respiração e dos grunhidos das pessoas dormindo era o chiar dos grilos dentro e fora da escola. Por isso, na noite em que Anita ouviu o retumbante ruído de cascos de cavalo, pensou que estava sonhando. Como o som aumentava, junto a vozes que gritavam, percebeu que não era um sonho e levantou-se, alarmada. Ao seu redor, outros estavam acordando e se levantando.

– O que está acontecendo? – diziam os brigadistas na escuridão. Alguns garotos correram às janelas para tentar ver o que estava acontecendo. Soaram disparos de rifles e os garotos começaram a gritar.

– Todos, fiquem longe das janelas! – gritou Marjorie. Devem ser contrarrevolucionários. Joguem-se no chão, puxem os seus colchonetes acima de vocês e permaneçam deitados.

Os cavaleiros deram voltas e voltas ao redor da escola, gritando e disparando com seus rifles ao ar. Anita tentou entender o que os contrarrevolucionários estavam gritando, mas os disparos e o retumbar dos cascos dos cavalos e seus relinchos se misturavam tanto com as vozes que era impossível ouvir alguma coisa com clareza. Muitas meninas começaram a chorar. Marjorie rastejava ao redor, fazendo todo o possível para acalmar o atemorizado grupo. Os garotos haviam se arrastado de seu dormitório e se comprimiam onde fosse possível. Anita tampou os ouvidos com as mãos para tentar não ouvir os sons aterrorizantes. "Disparariam através das janelas? Entrarão na escola? Tocarão fogo no edifício? Teriam intenções de sequestrar ou matar alguém?".

Por quanto tempo estiveram todos tremendo enquanto os homens a cavalo davam voltas ao redor da escola gritando e disparando? Cinco minutos? Quinze minutos? Uma hora? Anita não tinha ideia. O barulho exterior cessou de repente e uma voz ameaçadora gritou: "Deixem este lugar enquanto ainda podem". Uma janela estilhaçou e algo volumoso entrou voando a grande velocidade e aterrissou com um som abafado. Os que estavam mais próximos ao objeto gritaram e correram para longe dele. Anita se viu gritando e chorando também. Gradativamente a gritaria cessou, pois Marjorie conseguiu tranquilizar todo mundo. Eles podiam ouvir o som dos cavalos que se afastavam a galope, depois nada. Até os grilos haviam deixado de estridular.

– Fiquem onde estão – disse Marjorie em voz baixa. É possível que ainda tenha alguns deles lá fora.

Ninguém se mexeu. Ninguém falou. Quando pareceu certo que os contrarrevolucionários haviam ido embora, todos começaram a falar de uma vez.

– O que foi que jogaram para dentro?

Alguém focou a luz da lamparina sobre o objeto. Todos ficaram abalados ao ver o que era. Os que estavam por perto gritavam e retrocediam se afastando o mais longe possível disso e batiam nos que estavam atrás deles. Uma cabeça de burro decepada, com o sangue ainda vermelho e coagulando, jazia entre eles. Tinha os olhos abertos e vidrosos. Uma menina desmaiou. Muitos começaram a enjoar. Suzi vomitou. Havia um bilhete amarrado a uma orelha. Anita sentiu que também desmaiaria se não fizesse alguma coisa. Arrastou-se perto da horripilante cabeça e tirou o bilhete, enojada quando seus dedos tocaram a orelha. Arrastou-se até onde Marjorie estava cuidando da menina que havia desmaiado.

– Leia. Leia – pediu todo mundo.

Anita olhou Marjorie, que assentiu com a cabeça e pediu que alguém acendesse as luzes. A voz de Anita tremia quando leu:

TAMBÉM ARRANCAREMOS AS CABEÇAS DE VOCÊS SE NÃO FOREM EMBORA DE BAINOA E VOLTAREM PARA SUAS CASAS!

Marjorie pegou o bilhete, dobrou e o colocou no bolso do seu pijama.

– Falaremos sobre isto mais tarde. Agora, todos coloquem as botas. Tomem cuidado para não pisar nos cacos de vidro. Primeiro vamos tirar essa coisa nojenta daqui.

Pediu aos que estavam mais próximos da cabeça de burro para que a jogassem fora pela porta. – Você, você e você! – disse apontando –, sacudam os vidros dos colchonetes com cuidado e varram tudo. Depois de varrerem os vidros, limpem o sangue do chão. Marietta, limpe o vômito de Suzi. Quando tudo estiver feito, vocês, garotos, devem ir para seu dormitório e trazer seus colchonetes e sacos de dormir pra cá.

Quando tudo foi limpo da melhor forma possível, Marjorie foi de um por um, checando a todos, tranquilizando-os e reconfortando-os. Alguns haviam se cortado com os vidros que voaram, mas ninguém gravemente. Ela enfaixou as feridas usando a caixinha de primeiros socorros. Acalmar o grupo assustado levou muito tempo.

– Está bem, Anita?

– Tenho medo de ir dormir. Isso me faz pensar o que aconteceu com Conrado Benítez.

– É pouco provável que eles retornem esta noite – disse Marjorie –, e Marietta e eu estaremos de guarda. Tente não se preocupar.

Marietta, sempre disposta a aliviar as coisas, sussurrou no ouvido de Anita:

– Ei, aqui estamos nós dormindo novamente com os garotos!

Aos poucos, conforme iam dormindo, as conversas e o murmúrio foram cedendo. Marjorie havia acendido uma vela e estava sentada num colchonete com as costas contra a parede e os braços ao redor de Pamela e Suzi que dormiam encolhidas entre sua mãe e Marietta. Anita ainda estava acordada quando os galos começaram a cantar ao amanhecer. Marjorie deixou Marietta no comando e disse que ninguém estava autorizado a deixar a escola, exceto para ir ao sanitário em grupos de quatro.

Ano da Educação
2 de julho de 1961
Querido Mário,
Nunca tive tanto medo na minha vida! Durante duas noites seguidas, os gusanos contrarrevolucionários cavalgaram ao redor da nossa escola gritando e atirando ao ar, esbravejando que todos nós devemos regressar de onde viemos, OU JÁ VEREMOS! A segunda noite foi ainda

mais selvagem e aterrorizante do que a primeira, porque derrubaram a porta a pontapés e um dos contrarrevolucionários parou na entrada e nos disse coisas horríveis. Antes de irem embora, tocaram fogo no sanitário. Marjorie foi ao escritório central da campanha em Aguacate depois da primeira noite, mas só depois da segunda noite que mandaram dois milicianos para proteger a escola durante o resto da campanha. Marjorie disse que seria destacado pessoal militar extra na região para localizar os contrarrevolucionários e fazer reconhecimento. Todo mundo se sente mais seguro agora que os guardas estão por aqui. Os guardas fazem turnos, dormem durante o dia e à noite sentam no teto com os rifles.

Um dos brigadistas do nosso grupo voltou para casa, mas os demais ficaram, mesmo que todos estivessem assustados. Alguns garotos ainda têm problemas para dormir (eu também) e alguns têm pesadelos. Lembra como tínhamos certeza de que coisas como estas não nos aconteceriam? Não vou contar nada disto a mamãe e papai. Promete que você também não vai contar! Tenho certeza que eles insistiriam em me levar de volta a Havana. Por causa do perigo, os brigadistas que vão e voltam de seus postos a pé (como eu) mudaremos para as casas dos nossos alunos, se eles concordarem. A minha família de alunos concordou. Escreva com mais frequência – POR FAVOR.

Com amor, Anita

A ADAPTAÇÃO

Anita ficou em pé na clareira se despedindo de Marjorie, acenando com a mão, até que o jipe desapareceu. Jogou a sua bolsa de lona no ombro, mas estava hesitante em se virar, hesitante de enfrentar o olhar ressentido de Zenaida sabendo que ela odiava a ideia de ter que dividir seu quarto com ela. Uma vez que a rede ficasse pendurada, ocuparia quase todo o espaço livre do pequeno quarto. Claro que a rede poderia ser retirada durante o dia, mas mesmo assim... Quando Anita se aproximou do *bohío*, Zenaida se virou, e entrou, deixando Clara na entrada.

– Bom, aqui estou. Espero que realmente todos estejam de acordo que eu venha morar com vocês – disse Anita, sorrindo timidamente.

– Não se preocupe – replicou Clara, com seu jeito calado. Entre e coloque suas coisas no dormitório.

– E Zenaida? Ainda está chateada, não é verdade?

– Passará.

Esse primeiro dia como brigadista residente não foi diferente de qualquer outro dia. Anita ajudou com as tarefas de casa, colheu feijões e cortou lenha, algo do qual ela estava secretamente orgulhosa por ter aprendido a fazer e por desenvolver a força para fazê-lo. No começo havia sentido medo de manejar o machado, mas Ramón era um bom professor. Agora gostava de ver como os pedaços de lenha pulavam do toco de cortar lenha. Ramón contou que a cicatriz na sobrancelha era resultado de um pedaço de madeira que batera na cabeça.

– Ramón, colocará os ganchos para pendurar a minha rede? – perguntou Anita após o jantar.

– Mostre onde.

– Zenaida, me ajude a decidir – ela pediu. Onde seria melhor?

Zenaida encolheu os ombros. Não havia dirigido um olhar nem uma palavra a Anita o dia todo.

– Acho que o melhor seria pendurá-la no quarto do lado oposto à cama de Zenaida.

Ramón fulminou Zenaida com o olhar, mas não disse nada.

A leitura dessa tarde tinha o título, "Povo sadio, país sadio". Falava sobre a necessidade de estabelecer policlínicas em todo o país, construir mais hospitais, formar mais médicos e enfermeiras, porque a saúde pública era um direito do povo. Como parte da lição, Anita os estimulou a falar sobre o texto.

– O que acontecerá aqui se houver uma emergência? O único telefone está em Bainoa.

– Como nunca houve um hospital ou uma clínica na região de Bainoa, nós dependemos de nós mesmos e dos curandeiros que moram na área – disse Ramón. Anita pensou nos exames regulares da sua família com o médico no sofisticado consultório.

– Não seria bom ter uma clínica por perto? – perguntou Anita. Eles assentiram com a cabeça, mas com pouco entusiasmo. "Provavelmente não acreditam que alguma vez haverá uma clínica e médicos para atendê-los".

A gramática e o vocabulário da lição estavam baseados no som "ch". Ela escreveu doze palavras que continham esse som, depois repassou várias vezes essas palavras até que eles conseguiram reconhecer e ler qualquer uma que ela apontava. Depois leu e escreveu frases com essas palavras. "Agora copiem as frases em seus cadernos". Ramón agora podia fazer muito rápido os exercícios de preencher, mas ainda tinha problemas com o ditado. Zenaida fazia tudo facilmente, mas estava sempre mal-humorada. Clara ainda sentava-se no canto. Uma lagartixa pequena que subia pela parede chamou a atenção de Anita. Lembrou uma imagem da sua infância: ela e Mário segurando essas criaturas e deixando que mordessem os lóbulos de suas orelhas e pendessem como brincos viventes. Percebeu que sentia muitas saudades do seu irmão.

À medida que a lição chegava ao fim, Anita se perguntava o que aconteceria agora que ela dormiria ali. "Irá todo mundo para a cama já que Ramón levantou cedo para ir à roça?" Quando a lição terminou, Ramón lhe agradeceu formalmente, como sempre fazia, e depois saiu. Clara começou a lavar os pratos do jantar e Anita estava enxugando-os quando Ramón chamou: "O fogo está acesso".

Uma fogueira! Que surpresa! Clara fez limonada fresca e torraram no fogo umas *chicharritas de plátano.* Ramón contou piadas e Anita respondeu perguntas sobre a sua família. Os mosquitos zumbiam atrás das orelhas, mas a fumaça ajudava a mantê-los longe. Anita imaginou que a fogueira e os petiscos foram planejados para fazê-la se sentir bem-vinda nessa sua primeira noite com eles. Zenaida

---

Tradicional petisco da culinária cubana. Conhecido como cigarrinhas ou joaninhas, são pequenas rodelas de banana salgadas fritas ou assadas. (N.E.)

continuava mal-humorada, sentada o mais longe possível de Anita. "Qual será seu problema?", perguntou-se Anita pela milésima vez.

Anita esperou que todos fossem para a cama antes de usar a latrina, lavou-se e escovou os dentes. Apagou a lamparina, andou na ponta dos pés no dormitório escuro e despiu-se silenciosamente. Um ruído no telhado a fez ficar rígida. Ela sabia que nas palhas podiam viver muitos tipos de bichos – escorpiões, ratos e até cobras. Disse a si mesma que devia se lembrar de sacudir as botas de manhã antes de calçá-las. Segurando a respiração, entrou na rede. As cordas chiaram. Zenaida virou-se.

– Sinto muito, Zenaida.

Nenhuma resposta, mas pôde sentir as ondas de ressentimento de Zenaida. A escuridão era completa, frente a seus olhos e em todos os arredores, dentro e fora do *bohío*. Anita colocou uma mão frente a sua cara, mas não conseguiu enxergá-la. Lembrava-se de que quando estava em Varadero havia tentado se imaginar numa rede, num quarto escuro como este.

> Caimanera,
> 9 de julho de 1961
> Querida irmã,
> Sei que você queria aventura, mas essas duas noites de terror foram aventura demais! Prometo não contar a mamãe e papai, mas você deve prometer ser muito cuidadosa. Esses contrarrevolucionários são maus! Sobre a minha família de alunos, é muito grande e barulhenta. O pai Eliades é um tipo grande e forte, um pescador. A sua esposa, Corazón, é uma mulher feinha, alta e ossuda que está sempre falando e rindo. Tem quatro garotos – eu os chamo de os meninos da Bíblia porque todos têm nomes bíblicos: Moisés, Jacob, Salomão e Josué. E tem também o avô Carmelo. Parece um ancião. Eliades foi à escola

quando jovem, mas parece que esqueceu tudo. Todos os outros, neste pequeno povoado de cem pessoas mais ou menos, são analfabetos, exceto duas pessoas, o dono da mercearia e o chefe dos barcos de pesca.

Eliades levanta às 4 da manhã todos os dias, exceto aos domingos, para estar mar adentro já no amanhecer. Ele faz parte de uma cooperativa pesqueira estatal e pescam atum e peixe agulha. Volta pra casa no meio da tarde e vai direto pra cama por um par de horas. Ele é o único tranquilo na família, embora tenha um malicioso senso de humor. Corazón é como seu nome – toda coração. Sempre faz tudo para todos e pouco pra ela mesma, mas sempre está de bom humor. Inventa canções para acompanhar as suas tarefas e nos faz rir o tempo todo. Hoje, após o jantar, ela cantou – "Comemos a sopa, comemos os peixes, agora é o momento de lavar a louça".

Os garotos têm 12, 10, 9 e 7 anos de idade. São muito alvoroçados, exceto Josué, o mais novo, que ficou aleijado pela pólio. As suas pernas estão atrofiadas e inúteis. Eliades fez um carrinho especial pra ele, e seus irmãos o levam a toda parte e brincam com ele. Espero que consigam uma cadeira de rodas para ele algum dia. Os garotos maiores sempre estão tramando brincadeiras pesadas. Outro dia colocaram um pescado debaixo da minha coberta. O avô pode ser velho, mas ainda está muito ativo. Cuida da horta e limpa o peixe – tem peixe todos os dias para o jantar. Que desafio! Você sabe o quanto detesto peixe!

Esta família é negra, Anita. Não mulatos, mas negros da África. Acho engraçado mencioná-lo. Por que haveria de ser importante? No começo senti uma verdadeira estranheza de morar com negros – era como ser o arroz branco no feijão preto – mas agora não me é estranho em absoluto. Esta campanha está realmente unindo as raças. Isso é muito bom.

Ensino as crianças de manhã e os adultos de noite. O aluno que aprende mais rápido é o Josué. Realmente descobri que não podia usar o livro com os garotos. Eles não se relacionam com ele e mantê-los calados é um problema. De tal forma que invento lições com o que estiver ao redor: a casa, o mar, os barcos, os peixes, o mangue, os animais, o povoado, as atividades das pessoas e principalmente as brincadeiras que eles adoram. Não tenho certeza se o avô Carmelo pode se lembrar do que aprende. Perguntei a sua idade, mas ele não sabe. Ele está todo torto como as plantas do mangue, a sua cara está tão enrugada como ameixa seca e não têm dentes. Estou me sentindo bem aqui, apesar do barulho, das diabruras, dos mosquitos e de comer peixe todos os dias. Não acho que esteja com saudades de andar por aí ou ir ao cinema. Sinto saudades, sim, é das minhas revistas de esportes. Pedi a papai que as envie pelo correio. Claro que faltam muitos meses, então ainda posso ficar maluco! Só os quatro meninos da Bíblia sozinhos podem enlouquecer qualquer um!

Com amor, Mário

P.S. Decidi deixar de te chamar de "irmãzinha". Feliz?

Havia poucos lugares para fugir do implacável sol de julho que brilhava sobre a planície de Bainoa. Não soprava brisa alguma. Somente havia um pouco menos de calor à sombra. Os animais permaneciam parados em pé ou jaziam imóveis, com a pele tremendo, mexendo as orelhas e o rabo para espantar as moscas que sempre os atormentavam. Clara regou água no chão perto do *bohío* para assentar a poeira. O estrondo profundo do trovão no meio da tarde anunciava que o aguaceiro diário estava por começar. O alívio durava pouco. Assim que clareava havia mais calor e mais umidade do que nunca.

A princípio, Anita ficava ao descoberto onde quer que fosse quando começava a chover, feliz ao deixar que a chuva a ensopasse. Mas quando percebeu que secar o uniforme e as botas levava tempo demais, corria à procura de refúgio assim que as nuvens escuras começavam a se amontoar e a retumbar. Ela teria gostado de tirar a roupa e tomar banho sob o aguaceiro, mas sabia que Clara e Zenaida se escandalizariam. Ao final do dia, tomava banho de esponja com a água fria da chuva armazenada num barril. A verdadeira privacidade não era possível, de maneira que tomava banho rapidamente nos fundos do *bohío* onde não havia janelas. Obrigava-se a deixar de pensar o tempo todo se cheirava bem, mas frequentemente pensava nas longas duchas que tomava em casa. A grande escapatória do sol forte era o rio. Que bem iria sentir-se agora ao se molhar quando fosse lavar roupa! Apesar do calor, as lições continuavam todas as noites ao redor da mesa iluminada pela lanterna. Clara ainda sentava-se afastada no canto e a atitude de Zenaida com relação à aprendizagem não havia melhorado. Anita havia decidido ser mais amigável com Zenaida, por isso havia comprado para ela uma caixa com lápis de cor no povoado. Escolheu um momento em que ninguém mais estivesse por perto para entregá-la.

– Os seus desenhos são muito bons, Zenaida. Gostaria de saber escrever os nomes das coisas que desenha? Se você deixar um espaço, eu escreverei o nome debaixo de cada desenho e você poderá copiar as palavras.

– E para que me serviria aprender a ler e escrever?

"Para que serviria?", Anita repetiu como um eco, surpreendida pela pergunta.

– Tem tantas coisas que você poderia aprender e fazer uma vez que você saiba ler e escrever.

– Tudo o que eu faço e farei sempre será trabalhar na casa, lavar, dar de comer aos animais e cuidar do filho da minha irmã. E logo virá outro, ou você não percebeu que Clara está grávida? E quando eu casar algum dia, farei mais do mesmo o resto da minha vida, com os pés cravados no chão de um *bohío*. Então por que preciso saber ler e escrever? Você é uma menina rica da cidade. Você irá embora. Eu estou presa aqui. A expressão de Zenaida levava Anita a discordar. Por um momento Anita sentiu-se confusa. "Por que alguém quereria ficar analfabeto? E seria desleal com Clara se animo Zenaida a pensar sobre si mesma de maneira diferente, ser mais independente?".

– Aprender a ler e escrever pode te libertar, Zenaida. Depois que eu for embora você pode continuar aprendendo na escola nova que estão construindo no povoado. Se você ler e escrever, terá mais educação. Pode conseguir um trabalho que você goste, onde você quiser. Você não tem que fazer trabalho doméstico se você não quiser. Para isso é esta Campanha, para mudar as coisas, para dar opções às pessoas. Sei que isto pode parecer só um discurso, Zenaida, mas dê uma oportunidade a si mesma e me dê a oportunidade de te ajudar.

Zenaida já estava sacudindo a cabeça. Pensando rapidamente, Anita lançou uma ideia justo quando Zenaida abria a boca para responder.

– Façamos uma aposta, Zenaida. Deixe lhe ensinar a ler e escrever e aposto que quando você tiver 20 anos terá um trabalho pago e não será um trabalho doméstico. Se eu ganhar, você tem que me pagar um almoço num bom restaurante com o dinheiro que ganhar. Se eu perder, você será a minha hóspede em Havana durante uma semana. Até pedirei ao meu bonito irmão para levá-la ao cinema. O que você acha?

– Acho que você está louca!

– Mas aceita a aposta?

– Está bem, apostamos, mas mesmo assim acho que está louca!

– Toca aqui então – disse Anita.

Anita decidiu tirar vantagem desse momento, Marjorie havia tentado duas vezes convencer Clara a estudar, mas Clara havia abaixado os olhos e havia negado com a cabeça duas vezes.

– Zenaida, por que Clara não vai às aulas?

– Porque ela pensa o mesmo que eu. Ela diz que não precisa ler nem escrever para ser a esposa camponesa de um camponês.

– Então, por que você tem participado das aulas, Zenaida?

A resposta de Zenaida foi o seu usual dar de ombros. "Não está me fazendo de boba, garota. É porque acha que saber ler e escrever é melhor que não saber, essa é a razão".

20 de julho de 1961

Querido Diário,

Não consegui dormir esta noite, fazia muito calor. Então acendi a lamparina e terminei de ler *O diário de Anne Frank*. Na contracapa do livro se diz que todos os cadernos nos quais Anne escreveu seu diário foram achados pelo chão, jogados por todos os lados quando os soldados vasculharam o esconderijo à procura de dinheiro e objetos valiosos. Os cadernos foram resgatados por amigos que os guardaram até o fim da guerra e os entregaram ao pai de Anne, o único sobrevivente da família. O diário é muito valioso porque a voz de Anne chega a nós nos contando a sua surpreendente história. Ela estava com 13 anos quando começou a escrever o diário e mesmo não podendo deixar o esconderijo e estar com os amigos, escreveu sobre muitas coisas sobre as quais qualquer adolescente normal teria escrito. Escreveu sobre a grande paixão que tivera por um garoto que também se escondia no mesmo lugar e é muito engraçada e maliciosa quando descreve seus honestos sentimentos sobre sua irmã e alguns outros que a importunavam no esconderijo. Eu queria ser inspirada como Anne para ser fiel e manter meu diário, especialmente descrever meu trabalho como brigadista e a campanha. Pergunto-me se Anne teria sido uma escritora se houvesse sobrevivido ao holocausto.

Sempre sua,
Anita, a brigadista

As noites eram tão quentes e úmidas que Anita se alegrava ao ouvir o cacarejo do galo e dava as boas-vindas à luz da aurora por poder se levantar. A rede estava boa para dormir, mas não para ficar deitada acordada durante horas na escuridão. Uma noite, além do calor, ninguém conseguiu dormir porque Nataniel adoeceu e chorou a maior parte da noite.

– Hoje não posso ir lavar – disse Clara. Quero ficar aqui com Nataniel para que possa dormir. Mas preciso de fraldas. Nataniel teve diarreia de noite. Nataniel, normalmente tão cheio de vida, jazia abatido na cama de Clara enquanto elas tomavam o café. Quando Clara e Zenaida arrumavam os fardos de roupa para lavar, Anita sentou perto de Nataniel. Tentou fazê-lo sorrir, mas ele não respondeu. O seu rosto estava vermelho. Ela tocou a cabeça e o corpo. A sua pele estava muito quente. Não suada do calor do verão: calor seco.

– Clara, acho que Nataniel está com febre alta. Clara veio e tocou o menino.

– Está com febre – concordou ela. Vou dar uma aspirina para o bebê. A roupa de lavar está recolhida. O almoço estará pronto quando você e Zenaida voltarem.

– Terminou o livro que estava lendo na outra noite? – disse Zenaida por cima do ombro quando elas caminhavam pela trilha rumo ao rio.

– Sim, teve um final triste.

– De que trata o livro? – perguntou Zenaida.

– É o diário de uma garota judia chamada Anne Frank cuja família e outra família judia estiveram escondidas durante dois anos para tentar escapar de serem enviados a um campo de concentração nazi. No entanto, seu esconderijo secreto foi descoberto.

– Não posso me imaginar lendo um livro por completo – disse Zenaida.

– Um dia lerá livros, Zenaida. Tenho certeza disso. Talvez leia o livro sobre Anne Frank.

– E talvez as árvores falem. Mas o sorriso no canto da boca de Zenaida dizia a Anita que a garota tinha mais esperança do que queria deixar ver.

Quando chegaram ao rio, ambas as garotas estavam suando. Anita sentia que a cabeça lhe coçava com o suor.

– Zenaida, vamos nadar peladas. Nuas como bebês recém--nascidos!

– Está louca? – disse Zenaida, olhando Anita como se tivesse ficado louca.

– Por que não? Não tem ninguém ao redor, e vai ser muito agradável. Além de ser divertido. Vamos.

– Não – repetiu Zenaida. Não... não é correto ficar nua.

– Bom, correto ou não, eu estou com muito calor, vou entrar nua na água.

Anita despiu-se rapidamente e entrou na água morna do verão. Entre as pedras planas onde ela lavava a roupa, o rio ficava mais profundo numa piscina de água tranquila. Anita se jogou de costas e flutuou.

– Está fantástica! – gritou. – Vamos, entra, Zenaida. Não houve resposta. Anita levantou a cabeça para ver o que Zenaida estava fazendo e se surpreendeu ao ver que estava tirando o vestido pela cabeça. "Ela realmente vai entrar". Assim que Zenaida se aproximou, Anita chutou forte a água, molhando-a. Gritando, Zenaida jogou água também e depois mergulhou por completo. Elas flutuaram felizes, com os olhos fechados contra o sol ardente. Era a primeira vez que Anita tinha visto Zenaida se divertir. Quando saíram do rio Zenaida rogou a Anita que não falasse a Clara e Ramón que haviam ficado nuas. "Sei que ficariam muito bravos", disse ela.

– Prometo, mas lavemos peladas – disse Anita. Será muito mais fresco, não?

Zenaida se recusou, completamente escandalizada, e colocou a roupa logo. Anita juntou a roupa suja e desceu às pedras só de calcinha e sutiã. Conversando enquanto lavavam, lembrou quão desajeitada e lenta havia sido Anita na primeira vez em que lavou.

– Escuta... – disse Zenaida, fazendo sinais a Anita para que se calasse.

– Parece que alguém está gritando – disse Anita.

– Depressa – disse Zenaida. – Se vista.

POR UM TRIZ

Deixaram as roupas dispersas sobre as pedras e andaram até a margem sem se importar com as pedras afiadas. Agora podiam ouvir que quem gritava era Clara: "Zenaida... Anita...". Anita lutava para entrar no uniforme. – Depressa, Anita – SUPLICOU Zenaida. Anita só havia vestido as calças quando Clara saiu correndo da trilha com Nataniel nos braços. Sua cara estava corada e ansiosa. O coração de Anita se sobressaltou. Nataniel jazia completamente desfalecido nos braços de Clara. "Estará morto?". Clara caiu no chão, sem fôlego, soluçando.

"Não, ele estava respirando; mas muito superficialmente, oh, tão superficialmente".

Entre soluços, Clara explicou: – Dei-lhe algumas aspirinas para bebê, depois sai para fazer algumas coisas, mas deixei as aspirinas na mesa, perto da cama. Quando voltei fui vê-lo. O pote estava na cama e ele estava esmorecido, respirando como agora. – Clara começou a gemer. – Não sei o que fazer. Não sei o que fazer. O que devemos fazer?

Zenaida ajoelhou ao lado de sua irmã e começou a beliscar as bochechas de Nataniel, mas ele não respondia.

– Quantas aspirinas ele engoliu, Clara? Perguntou Anita
– Não sei quantas haviam na caixa, mas acho que ele engoliu todas – disse, soluçando. O que devemos fazer? "O que podemos fazer?", perguntou-se Anita. "Não tem telefone para chamar um médico. Não tem hospital por perto. Nem transporte. Deve Zenaida ir procurar a vizinha, Rosa? Rosa saberá o que fazer? Ainda há tempo para isso?".

– Clara, não sei o que deve ser feito para um envenenamento com aspirina, mas sei que o melhor é tirar o mais rápido o veneno do corpo. Tem que fazer com que Nataniel vomite. Se não vomitar, então tem que levá-lo a Bainoa, na mula, para buscar ajuda.

Clara virou Nataniel de lado, enfiou o dedo na boca e pressionou para baixo a linguinha. Nataniel enjoou, mas não vomitou.

– Tenta de novo, Clara.

Desta vez Nataniel vomitou, um vômito leitoso com filamentos de aspirina. Anita molhou a meia e espremeu água do rio na boca de Nataniel. Ele tossiu e se mexeu, mas engoliu um pouquinho. Ela repetiu isso muitas vezes. – Agora faça com que vomite de novo, Clara. Quando pareceu que não havia mais nada por sair, Anita deu mais água ao menino, depois o levantou dos braços de Clara e o levou à beira do rio. Refrescou a cara, a cabeça e o peito, depois o envolveu na blusa do seu uniforme. A respiração de Nataniel parecia mais normal e poucos minutos mais tarde ele começou a chorar.

– Isto é um bom sinal, eu acho – disse Anita. Assim que Nataniel começou a chorar, Clara começou a chorar mais uma vez, mas agora eram lágrimas de alívio.

– Anita, você o salvou! Estava envenenado e você salvou a vida dele!

– Veja se toma leite do teu peito, Clara. Agora precisa de líquido.

Enquanto Clara amamentava Nataniel, Anita e Zenaida recolhiam a roupa úmida e faziam um fardo com ela.

– Como sabia o que tinha que ser feito? – perguntou Zenaida.

–Tive um curso de primeiros socorros na escola no ano passado.

À medida que calçava as botas, Anita viu que Clara a olhava fixamente. Claro! Ela somente havia colocado as calças, e não a blusa. Não deu nenhuma explicação, Clara também não a pediu. Quando chegaram ao *bohío*, Nataniel já estava dormindo pacificamente e a sua respiração era regular. Ao entrar no dormitório para deitá-lo, todos os olhares voaram para a caixinha de aspirinas na cama. Havia um par de comprimidos ainda sobre a colcha. Anita pegou a caixa. A ponta onde Nataniel havia chupado e mastigado estava molhada. Ela se lembrava das aspirinas para crianças, o doce que eram os comprimidos. "É por isso que ele queria mais", pensou. Uma vez que Clara se convenceu que Nataniel dormia normalmente, elas sentaram para almoçar, ainda que Clara estivesse muito abalada para conseguir comer.

– Clara, quero lhe mostrar algo – disse Anita, tirando a caixinha de aspirinas do bolso. Clara olhou ainda com os olhos vermelhos e inchados.

– Veja estas palavras impressas em grossas letras pretas. Dizem: "Precaução. Mantenha este medicamento fora do alcance das crianças. O envenenamento severo pode ocasionar coma, convulsão e a morte". Depois, mais embaixo, diz: "Se uma criança ingerir mesmo que umas poucas pastilhas, submetê-la ao tratamento de emergência o mais rápido possível. Sendo possível, induzir o vômito".

– Clara, numa emergência, saber ler, saber o que fazer, pode salvar uma vida. Anita não quis esfregá-lo no nariz de Clara, por isso saiu para estender a roupa lavada para secar. As que não haviam sido lavadas teriam que esperar até amanhã. Mas antes que ela pudesse fazer alguma coisa, precisou sentar na entrada e esperar até que passasse a tremedeira.

No fim da tarde, Nataniel já estava rindo e brincando como se nada tivesse acontecido. Essa noite, Ramón, apertando com os braços o seu filho, agradeceu Anita com todo o seu coração por ter salvado Nataniel. Mais tarde, enquanto os pais estavam juntos balançando o menino para que dormisse e passasse a noite em sua rede, Anita se preparou para a lição noturna como era comum. Zenaida sentou com seu caderno, sorrindo enquanto rascunhava.

– De que está rindo? – perguntou Anita.

– De um par de coisas – respondeu Zenaida. – Principalmente de você quando voltava pra casa de sutiã.

– Sim, isso deve parecer muito engraçado. Algo mais? Parece o gato que comeu o rato.

– Você vai ver – replicou Zenaida.

Quando a lamparina estava acessa, Anita chamou Ramón para vir pra aula. Para sua surpresa, Clara veio e sentou à mesa também. – Estou pronta para aprender – disse simplesmente. Por Nataniel... e pelo bebê que está a caminho. Estava pensado... quero ser capaz de ler histórias pra eles e salvar suas vidas se alguma vez tiver de fazê-lo.

Para ficar no nível dos outros, Clara concordou em tomar uma aula extra durante o dia enquanto Nataniel tirasse uma soneca. Todas as noites os três membros da família inclinavam a cabeça pra se dedicar à tarefa de descobrir melhor o mistério de ler e escrever. Algumas vezes, Ramón chegava tão exausto de trabalhar que Anita tinha que acordá-lo para a lição. Certa vez, depois que Anita o acordou, ele começou a se queixar amargamente da dura vida que levava.

– Algumas vezes me sinto como um burro puxando uma roda de moinho – disse ele –, e exatamente do mesmo modo que um burro trabalhando, não consigo me libertar. Quando ouvi no começo sobre a campanha de alfabetização, pensei: para que serve, que diferença faria na minha idade aprender a ler e escrever?

– O que fez você mudar de opinião? – perguntou Anita.

– Alguns companheiros me convenceram que era possível conseguir melhores trabalhos e salários se soubéssemos ler e escrever. Eu comecei a pensar que talvez este burro pudesse se libertar da roda de moinho e ter uma vida melhor. Então, quando o pessoal da campanha passou, eu molhei o dedo na almofadinha e coloquei a minha marca. Mas esta noite me sinto como um burro velho, cansado e com o lombo afundado.

– Que tipo de trabalho você gostaria de fazer, se pudesse? – perguntou Anita.

– Gostaria ser coordenador de produção agrícola. Então eu organizaria as coisas de tal maneira que o trabalho fosse realmente justo para todos.

Comovida com o desejo de Ramón, Anita teve uma ideia. Escreveu na mesa as palavras: "Ramón Pérez, coordenador de produção agrícola" e lhe disse o significado das palavras. Estendeu o giz a Ramón: – Copie embaixo as palavras – o orientou. A mesa era mais fácil para escrever com giz, porque Anita pedira a Ramón que a lixasse para ficar lisa. Enquanto ele copiava as palavras, ela recortou um quadrado de papel.

– Agora escreva essas palavras neste pedaço de papel – disse ela, e pediu a Clara que trouxesse um alfinete do seu estojo de costura. Talvez um dia isto vire realidade – disse Anita, prendendo o suposto crachá na camisa de Ramón, com as palavras "Coordenador de produção agrícola". Clara olhava Ramón como se ele já fosse o coordenador. "Os livros que estamos usando são bons, pensou Anita, mas tirar vantagem das oportunidades realmente funciona".

Abrindo *"Venceremos!"*, ela disse: – Está bem, senhor coordenador de produção agrícola e família, esta noite falaremos e escreveremos sobre as novas cooperativas pesqueiras e agrícolas. Escutem enquanto eu leio este parágrafo...

Mais tarde, quando eles faziam um exercício de preencher espaços em branco, Anita observou-os em silêncio e chegou à conclusão que as lições iam bem. Ramón suava menos no esforço e a atitude hostil de Zenaida havia desaparecido. Aluna rápida desde o início, agora progredia rapidamente. De fato, preocupava a Anita que Zenaida pudesse se entediar com o ritmo das aulas. Já sobre Clara, Anita tinha absoluta certeza de que logo ela os alcançaria.

Ano da Educação
23 de julho de 1961
Querido Mário,
A sua carta cheia de novidades chegou junto com as cartas de mamãe e papai e Marci. Estou tentando responder a todos de tal maneira que as cartas estejam prontas para serem enviadas no seminário do próximo domingo. A sua família parece genial, mesmo que sejam uns brincalhões barulhentos e maliciosos. Eu poderia aproveitar um pouco desse papo, a minha família aqui é muito calada e reservada. Levou um longo tempo, mas Zenaida finalmente ficou amável comigo. Graças a Deus! Posso apostar que se o brigadista aqui fosse você, ela teria sentido simpatia por você desde o primeiro dia!
A última carta de Marci me deixou muito triste. Seus pais estão realmente esbanjando dinheiro em sua festa

de debutante e ela diz que não está muito empolgada com isso, mas que finge estar por causa deles. Terei que ser cuidadosa com o que escrevo, a mãe dela é tão bisbilhoteira. Você sabia que os pais de Marci não a deixam vir me visitar junto com papai e mamãe? Eles não querem que ela socialize com brigadistas e estão realmente zangados com Marjorie. Mamãe mencionou uma surpresa na última carta dela. Você sabe algo sobre isso?

Com muito, muito amor,
Anita

– Logo estarão prontos para fazer uma prova – informou Anita aos seus alunos uma noite, no momento em que eles fechavam seus cadernos. Anita viu o pânico nos seus olhos. Explicou que haveria três provas pelas quais todos os estudantes de alfabetização teriam que passar.

– A primeira prova demonstrará que vocês chegaram a um determinado nível de compreensão. Prometo que não pedirão que façam nada que não tenha já sido ensinado. A segunda demonstrará que vocês sabem ler e escrever a um nível mais alto que o primeiro. E a prova final demonstrará que definitivamente vocês são capazes de ler e escrever qualquer coisa no manual *"Venceremos!".*

O pânico nos olhos não cedia.

– Deixem lhes mostrar algo – disse Anita. Foi ao dormitório e voltou com uma flâmula feita de papel e amarrada a uma varinha de madeira.

– O que está escrito nesta flâmula diz: "Território Livre de Analfabetismo". Anita pregou a flâmula na palha do teto acima de suas cabeças. – Quando todos vocês tenham passado no teste final, pegaremos esta flâmula e a colocaremos do lado de fora em cima, da porta, para que todos vejam que nesta casa mora gente alfabetizada. Exceto Nataniel, claro.

O pânico nos olhos havia sido substituído agora por olhares de incredulidade. Clara segurou a mão de Ramón. – Isso será verdade? – perguntou com voz trêmula. Ramón virou-se para Anita. – Posso fazer isso, professora? Acha que essa minha cabeça de burro será capaz de fazer essas três provas?

A lembrança da aterrorizadora cabeça de burro veio diante os olhos de Anita, mas ela afastou a imagem e respondeu de modo tranquilizador: – Tenho absoluta certeza que vocês três podem fazê-lo e o farão. "Mesmo que tenha que me matar para que o consigam".

29 de julho de 1961
Querido Diário,
É hoje a festa de debutante *de Marci. Deveria estar lá com a minha amiga?*
Havana está tão perto, mas parece estar a um milhão de quilômetros de distância. Espero que Marci desfrute este dia. Gostaria de vê-la toda vestida e bonita ainda que fosse só por um momento. Terei que me conformar com as fotos que papai disse que tiraria.
Anita, a brigadista

No seminário de domingo foi dito aos brigadistas como fazer a primeira das três provas. Nos dias seguintes, Anita terminou a primeira parte das lições com seus alunos. – Vocês estão prontos para continuar com a segunda parte da cartilha – disse Anita uma noite com a maior indiferença possível –, então amanhã de noite faremos essa primeira prova da qual lhes falei.

Eles receberam essa notícia em silêncio, mas Anita sentiu a tensão. No dia seguinte, Anita, Clara, Nataniel e Zenaida foram ao riacho se refrescar, como agora costumavam fazer todos os dias. Levaram inhame cozido, banana-da-terra frita, queijo de leite de cabra e suco de laranjas de casca verde. Comeram sob a sombra de uma enorme paineira de tronco maciço, espinhoso e da cor da pele de elefante. Anita estava lendo em voz alta a última carta de Mário, mas percebeu que Clara não estava prestando atenção.

– Clara.

Clara levantou o olhar e concentrou-se novamente.

– Não se preocupe com a prova, Clara. Sei que você pode fazê-la. O único que não será aprovado é Nataniel. O rosto alongado de Clara relaxou, mas só um pouquinho.

Brigadistas da campanha de alfabetização de Cuba, 1961
Créditos: Joanne C. Elvy

Bohío
Crédito: Museu Hilda de cartões postais cubanos

Brigadista segurando *Alfabetizemos!*, o livro do professor e *Venceremos!*, caderno dos educandos

Alguns brigadistas eram muito jovens

Brigadista com a mochila de lona

Uma mão que ajuda

Brigadistas segurando o livro do professor, caderno dos educandos e as lamparinas de querosene

49% do brigadistas eram homens

Camponesa fazendo suas lições

Notem os colares de sementes utilizados por muitas das brigadistas

Muitos idosos aprenderam a ler e a escrever

Aula ao ar livre

Seminário dos brigadistas na escola. Indicada à esquerda está Pamela Ríos Moore, à direita Marietta Biosca. A supervisora Marjorie Moore está sentada à esquerda

Marietta tocando violão na escola. Marjorie está no canto esquerdo da foto

Sorte em ter uma lousa

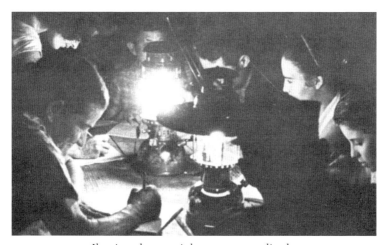

Iluminando o caminho para o aprendizado

22 de dezembro, comemorando o sucesso da campanha

Bandeiras com escrito Vencemos! (a luta para superar o analfabetismo)

Fidel Castro na celebração da vitória, 22 de dezembro de 1961

Cuba território livre do analfabetismo

Uma das milhares de cartas escritas pelos recém-alfabetizados. Há 707 mil cartas como esta no Museu Nacional da Campanha de Alfabetização

A PRIMEIRA

A lamparina estava acesa e seus alunos estavam sentados, esperando para fazer a prova. Ramón até havia tomado banho e se vestido com roupa limpa. Nataniel dormia na sua rede. O coaxar das rãs enchia a noite para além do *bohío*. Anita disse, com a voz mais calma possível: – Comecemos. Em uma página em branco do seu caderno, escrevam seu nome completo, os nomes dos outros membros da família e as idades. Três cabeças se dobraram sobre a página riscada e cada um começou a escrever. Quando terminaram, ela disse: – Agora escrevam uma frase completa com o nome do lugar onde moram. Os dedos de Ramón seguravam o lápis com tanta força que as pontas dos dedos estavam brancas. Zenaida largou o lápis. "Oh, não! Não desista Zenaida", mas ao dar uma olhada rápida à página viu que Zenaida havia terminado a tarefa e só estava esperando.

Ramón mordia a língua vigorosamente enquanto se concentrava. Agora podia escrever com grandes letras que se inclinavam para cima da página. Quando finalmente largou o lápis, esfregou os olhos. – Sinto como se tivesse colhido cinco *fanegas*[*] de amendoim. Ele e Zenaida olharam

---

[*] Fanegas: antiga medida espanhola que equivale a mais de 40kgs ou uma medida de uma caixa de madeira. (N.E.)

Clara discretamente. A sua mão se mexia lentamente, mas sem parar. Quando ela levantou a cabeça, o esposo e a irmã relaxaram.

– Agora – disse Anita –, vamos ler.

Ela havia escrito em letras grandes três curtos parágrafos de texto do livro, temas que eles já haviam lido e dos quais haviam conversado. Um era sobre agricultura, outro sobre os direitos dos trabalhadores e o último sobre igualdade. Os três parágrafos eram curtos e simples. – Ramón, quer começar? Leia estas três linhas sobre a agricultura e depois lhe farei um par de perguntas sobre o que você leu.

– Espere, por favor – disse Ramón se levantando para encher uma xícara com água fervida da jarra. Bebeu uma xícara e depois outra. Ramón leu o parágrafo com dificuldade, mas corretamente. Anita sorriu e ele respirou profundamente. As suas respostas às perguntas demonstravam que ele não somente pronunciava as palavras; ele havia compreendido o que lera.

– Quem quer ser o próximo? – perguntou Anita.

– Eu – disse Zenaida. Ramón e Clara escutaram com orgulho enquanto ela lia o parágrafo sobre serem iguais, com voz clara e precisa. Quando respondeu às perguntas sem vacilações, seus olhos não se desviaram dos de Anita. Quando Anita disse: – Zenaida, muito bem. Zenaida se virou e abraçou Clara. Essa foi a primeira vez que Anita viu Zenaida dar um gesto de afeto a sua irmã. Clara leu, então, sobre os direitos dos trabalhadores. Gaguejando umas poucas vezes, com os braços fortemente cruzados acima do peito. Depois respondeu às perguntas de Anita. Quando Anita disse: – Bravo! Clara – a tensão desapareceu.

A parte final da prova era o ditado de um dos parágrafos. Anita sabia que haveria erros de ortografia, mas os supervisores haviam orientado os brigadistas para que ignorassem os erros ortográficos. Eles disseram que se as palavras fossem legíveis e compreensíveis, isso seria suficiente.

Quando a prova terminou, Ramón, Clara e Zenaida sentaram com ansiedade.

– Vocês querem ir para a cama e eu lhes darei os resultados amanhã ou querem esperar enquanto faço a correção? – perguntou Anita.

– Professora, eu não conseguiria dormir – disse Ramón.

– Eu esperarei.

Os outros também disseram que esperariam. Se sentaram enquanto Anita revisava as provas. A escrita de Ramón e Clara era desajeitada e desigual. Clara tinha mais erros de ortografia e outros pequenos erros, mas ambos haviam terminado a prova satisfatoriamente. A letra de Zenaida era pequena, mas legível, e ela havia cometido só cinco pequenos erros. Anita não marcou os erros. Escreveu ao longo da parte superior de cada página, em letras grandes, "Aprovado", desenhou uma estrela com giz de cera vermelho no canto superior e devolveu os cadernos.

– Felicidades! Todos passaram pela primeira prova. Anita queria pular e correr gritando pelos arredores, mas se conteve. Os três estavam sentados olhando fixamente suas provas.

– O que aconteceu? Não estão contentes? Não se sentem orgulhosos de vocês mesmos, especialmente você, Clara? – disse Anita.

Ramón olhou os demais, com a boca aberta. – Sim, professora, estamos orgulhosos e contentes, só que é difícil de acreditar. Aprovamos numa prova. Estamos lendo e escrevendo de verdade. Estamos demonstrando que não somos só uns camponeses ignorantes. E quem poderia pensar que uma mera menina seria capaz de fazer isso por nós! Devemos tomar um trago de bom rum cubano para comemorar! Mas talvez eu não deva lhe oferecer rum. Depois de tudo, ainda é uma menina e seus pais não concordariam... e até se zangariam se soubessem.

– Bom, não sei com certeza, mas acho que eles entenderiam – replicou Anita. – É um acontecimento muito especial! Mas pouquinho, só bem pouquinho para mim, Ramón.

"Saúde! Saúde! À sua saúde!", brindaram todos batendo as xícaras. A barulhenta comemoração fez com que Nataniel acordasse chorando, o que os fez rir e brindar de novo à saúde de Nataniel.

***

– Gostaria de ver uma briga de galos, Anita? – disse Ramón. – Irei a uma hoje.

Anita sabia que as brigas de galos eram populares, mas nunca pensou que alguma vez iria a uma. Seu pai dizia que as brigas de galos eram um esporte sangrento, como as touradas. Ele dizia que deveriam ser proibidas em Cuba e em toda parte. A sua mãe tinha dito que só de pensar nisso lhe dava náuseas. "Mas é amável por parte de Ramón querer mostrá-las", pensou Anita, e ela não queria parecer infantil nem medrosa.

– Clara e Zenaida também virão? – perguntou esperançosa.

– Não. Elas foram uma vez e as detestaram – respondeu Ramón.

Anita pôde ouvir a animada gritaria ainda antes que ela e Ramón chegassem ao quintal do camponês onde estava se realizando a briga de galos. Ramón prendeu as rédeas de Bufi numa estaca da cerca e se apressou para se juntar ao ruidoso grupo de gente reunido no círculo da clareira. – Abram espaço para nós, companheiros – disse Ramón abrindo passagem na roda.

A primeira briga estava por começar. A multidão de espectadores era formada principalmente por homens e meninos entusiasmados. Todo mundo estava em pé ao redor de um buraco mal feito e pouco profundo no solo, de uns 30 centímetros de profundidade e uns 3 metros de diâmetro. Dois homens, em pé, frente a frente dentro do buraco seguravam uns galos com uma carapuça cobrindo-lhes a cabeça. Um homem a quem chamavam o *Gallero*, o mestre da briga de galos, caminhava ao redor do interior da cova recolhendo o dinheiro que as pessoas apostavam em um ou em outro galo. O homem era de compleição quadrada, vestido como um vaqueiro. Enquanto o *Gallero* fazia a rodada, não parava de falar.

– Estão aqui para um piquenique, companheiros? Não, vocês estão aqui para ver um combate. Façam as suas apostas, companheiros. Façam as suas apostas.

– Esses não são galos comuns, Anita – explicou Ramón – Esses são galos de briga, especialmente criados e treinados para serem brigadores. Agora não dá pra ver porque estão cobertos, mas a crista e a barbela de todos os galos de briga estão cortadas para que não sejam arrancadas durante o combate. Mas olha as suas patas. Anita olhou atentamente o galo de briga que estava mais perto dela. Uma espora de aço curvado estava fortemente assegurada em cada pata onde estariam seus esporões naturais.

– Última oportunidade para fazerem as suas apostas – gritou o *Gallero*. Uma briga até a morte entre dois grandes combatentes. O seu favorito é o *Diablo* ou o *Fierabrás*? Façam as suas apostas. Última oportunidade para fazer as apostas.

Ocorreu um frenesi de apostas de último minuto, as mãos se esticavam para empurrar as notas de 1 peso nas mãos do homem do dinheiro. Anita se perguntou como o *Gallero* conseguia controlar isso tudo. Ramón chamou o homem do dinheiro, ansioso por fazer uma aposta. Quando o *Gallero* parou para pegar o dinheiro de Ramón, olhou direto para Anita, com as sobrancelhas arqueadas. – E você o quê, senhorita? Fará uma aposta também? Havia algo ameaçador no *Gallero*. Anita negou com a cabeça e abaixou a vista para fugir do olhar de deboche.

– Que comece a luta – anunciou finalmente o *Gallero*. Cavalheiros – disse aos homens que seguravam os galos de briga –, coloquem os combatentes no meio do buraco, bico com bico. Quando eu contar até três, tiram as carapuças e saiam do buraco imediatamente. O galo que permanecer em pé será declarado vencedor.

Ao contar até três, os competidores retiraram rapidamente as carapuças dos galos e pularam fora do buraco. Imediatamente os espectadores se inclinaram à frente e começaram a gritar, animando seu galo favorito para que matasse o outro. Anita tampou os ouvidos. Os galos de briga se movimentaram um ao redor do outro durante uns poucos segundos, como animais que estão se farejando, depois formou-se uma mancha turva de corpos e uma afluência de penas enquanto os galos se lançavam um sobre o outro com as patas para a frente, esfaqueando com as esporas de aço.

Antes que Anita pudesse entender o que estava acontecendo, a multidão estourou em aclamações. Um dos galos andava trôpego ao redor do círculo enquanto o outro jazia morto, grotescamente torto e ensanguentado, o pescoço com um corte profundo da espora de aço do seu oponente. Penas de cor de ameixa e de cor preta jaziam espalhadas na sujeira. O proprietário do galo vencedor caminhou ao redor do círculo segurando o galo no alto, exibindo seu lutador com orgulho.

O perdedor, um camponês de cabelos grisalhos, pulou com dificuldades dentro do buraco para recuperar seu galo morto. Anita o viu arrastando os pés para fora do quintal com a criatura pendurada pelas patas e deixando no chão um rastro de sangue na poeira. o *Gallero* fez novamente as rodadas, distribuindo os ganhos aos apostadores, inclusive a Ramón. Eles ficaram para mais algumas lutas, mas Anita manteve a cabeça virada durante o jogo mortal. Logo o cheiro de sangue estava no ar, provocando-lhe naúseas. Ela virou-se para que Ramón não a visse assim, mas ele estava desfrutando tanto do espetáculo que nem percebeu. "O que é isso que fascina e entusiasma tanto as pessoas?", perguntava-se Anita. Ramón estava radiante de alegria enquanto contava o dinheiro que ganhou. Na volta à casa, ele ficou falando sobre as brigas de galo, mas Anita quase não o ouvia.

– O homem que chamam de *Gallero*... me deu calafrios, Ramón.

Ano da Educação
Caimanera
1 de agosto de 1961
Querida Anita,
Muitos alunos na minha região não conseguiram aprovação na primeira prova. Todos os dias me apanham num jipe para ir a Guantánamo, que fica perto, para dar aulas extras das 15 às 17 horas. Quando volto, pego alguma coisa para comer e ensino minha família de alunos até às 21h. Recebi uma carta de mamãe. Sabia que eles estão planejando uma viagem para estar com você no seu aniversário? Algo maravilhoso aconteceu recentemente. Durante a noite acordei com um barulho estranho, como um chacoalhar de centenas de pauzinhos de bambu a se mexer com o vento (algo poético para um esportista, não acha?). Levantei e olhei pra fora e havia caranguejos pretos e vermelhos em toda parte. Era a migração anual rumo

às colinas terra adentro. Lá, as fêmeas botam seus ovos, depois voltam ao mar. As pessoas que dormem em redes ao ar livre por causa do calor acordaram com os caranguejos se arrastando ao redor deles! Nos dias seguintes, os caminhos ficaram pegajosos com os caranguejos mortos atropelados por caminhões e tratores. Que sujeira!

O que Mário escreveu a seguir fez com que Anita se lamentasse em voz alta.

– O quê? – perguntou Zenaida.

Os olhos de Anita encheram de lágrimas. – Uma brigadista morreu. Um ataque de asma. O médico chegou tarde demais. Ela tinha a minha idade, Zenaida.

As duas garotas se olharam consternadas. Anita ouviu as palavras do seu pai repercutindo de novo na sua cabeça: "A vida entre os pobres do campo não é um piquenique".

***

– Acho que você tem um admirador – sussurrou Marietta, dando uma ligeira cotovelada em Anita.

– Do que está falando? – sussurrou por sua vez Anita.

– Claudio – voltou a sussurrar Marietta – Não tem percebido que ele sempre se senta em algum lugar perto de você nas reuniões do seminário?

Anita olhou ao redor e rapidamente olhou pra frente de novo. Claudio estava exatamente atrás delas.

– Talvez seja você quem ele admira.

Marietta comentou desaprovando. – Definitivamente não é a mim, querida. Eu tenho observado como ele olha para você já faz algum tempo. É verdade que você não havia percebido, boba? Marjorie se virou e mandou as duas se calarem. Marietta piscou um olho a Anita. Ruborizando-se até a raiz do cabelo, Anita olhou fixamente pra frente, se abanando com um livreto.

A diretora atualizou as informações para todos. Anita sentiu-se afortunada. Seus alunos haviam passado na primeira prova, mas nem todo mundo tinha as mesmas boas notícias para compartilhar. A diretora fez um esforço para animá-los.

– Pensem em vocês mesmos nas suas escolas. Não é todo mundo que aprende no mesmo ritmo. Diferentemente de vocês, a maioria dos seus alunos não tem tempo para estudar. Alguns deles estão tão cansados do seu trabalho durante o dia que apenas conseguem permanecer acordados para se concentrar. Não estamos culpando a maneira de vocês ensinarem. Sabemos que estão fazendo o máximo que podem. Para alcançarmos a meta da alfabetização de Cuba antes do fim de ano, temos que trabalhar só um pouquinho a mais.

Anita sentiu-se desanimada, como todos os brigadistas.

– Aqui vai um conselho – disse a diretora. Como estudantes, não é verdade que vocês querem fazer o melhor para o professor que mais gostam? Os brigadistas fizeram um murmúrio de aprovação. – Então o meu conselho é este: trabalhem mais nas suas relações pessoais de qualquer forma que possam, mas sempre de uma maneira correta. Lembrem que, como professores, vocês representam o país.

– Está quase na hora do almoço, mas primeiro, há alguns informes importantes, um bom e outro ruim. Primeiro as boas notícias. Cerca de 177 mil homens, mulheres e crianças inscritos na campanha fizeram exames com os oftalmologistas e têm recebido os óculos gratuitamente. Isso facilitará o aprendizado.

Anita riu tolamente. – O que é tão engraçado? – perguntou Marietta.

– Ramón é uma das pessoas que precisa de óculos. A primeira vez que os colocou começou imediatamente a brincar, dizendo que estava assustado pois podia agora ver como realmente sua esposa é. Clara o perseguiu pelos arredores fingindo que ia lhe bater com uma colher de pau. Foi realmente engraçado.

– E a notícia ruim? Os bandidos contrarrevolucionários ameaçaram sequestrar brigadistas. Outra cabeça de burro foi jogada ontem à noite na sede da Campanha em Bainoa. As risadinhas de Anita acabaram. Esqueceria alguma vez os homens galopando ao redor da escola, os disparos ao ar, os cavalos relinchando, o som do vidro quebrando, a visão da cabeça sangrenta do burro, a latrina em chamas, os calafrios de medo?

– A partir de agora verão uma maior presença da milícia e talvez do exército nesta área – continuou a diretora. Tivemos a sorte de não experimentar mais ataques diretos desde os anteriores na escola, mas não podemos nos arriscar. Sejam mais conscientes, mais cuidadosos. Se estiverem morando no campo com seus alunos, informem à família dos seus alunos sobre qualquer coisa suspeita, eles nos passarão a informação. Agora, o porco assado estará pronto em poucos instantes. Desfrutem! Podem dispersar o grupo.

Marietta não parecia preocupada com a notícia. A sua mente estava em fazer o papel de casamenteira, de modo que retomou a conversa do ponto em que havia parado. – Acho que você e Claudio gostariam um do outro – disse baixinho. Tenta conversar com ele durante o churrasco. Não será difícil. E nem tente fingir que não está interessada, senhorita.

– E o que se faz exatamente para começar uma conversa? – perguntou Anita.

– Joga o refrigerante nele. Derrama molho de tomate nele. Faz qualquer coisa para chamar a atenção. Ou se preferir, eu lhe digo que você quer falar com ele.

– Não, não faça isso! – afirmou Anita. – Pensarei em alguma coisa. Verdade que o farei.

Depois que Marietta ameaçou pela terceira vez que diria a Claudio que Anita queria falar com ele, Anita se obrigou a caminhar para onde ele estava com uns amigos. Ela não tinha a mínima ideia do que faria ou diria quando chegasse ao lugar, mas nem precisou preocupar-se. Quando Claudio percebeu que ela se aproximava, afastou-se do grupo e disse simplesmente: – Olá, Anita.

Enquanto conversavam de pé, comparando as suas famílias de alunos e seus desafios para ensinar, Anita analisou Claudio. Tinha uns cílios fantásticos, mais longos que a maioria das meninas. A sua pele era lisa de cor morena clara. Quando ria, revelava um espaço entre seus dentes incisivos superiores. No total, concluiu que Claudio era um belo garoto negro. E o seu melhor era o natural senso de humor. Havia muito tempo que ela não ria tanto.

Quando Ramón chegou para buscá-la, Anita estendeu a mão: – Vejo você na próxima semana, Claudio. A mão que apertou a sua mão permaneceu um pouquinho a mais do tempo que ela esperava. Anita se virou para olhar enquanto Bufi se afastava trotando e sentiu-se feliz quando viu Claudio ainda de pé onde eles se despediram, olhando-a se afastar.

> 5 de agosto de 1961
> Querido Diário,
> Hoje passei um momento agradável com um dos brigadistas chamado Claudio. Ele é muito agradável, realmente simpático. Gostaria de conhecê-lo melhor, mas somente o vejo rapidamente aos domingos. Hoje recebi uma carta de Mário. Acho que ele gostaria de Claudio.
> Anita, a brigadista

Ramón foi transferido do trabalho na plantação de amendoim para roçar terras para plantar mais cana-de-açúcar.

– Ramón, posso ir com você amanhã como voluntária para ajudar na retirada de tocos, se Clara concordar?

– Esse é um trabalho muito duro, Anita. Tem certeza que quer fazer isso?

– Tenho certeza – disse Anita, adotando uma pose que fazia sobressair os bíceps.

Na escuridão antes do amanhecer, Anita vestiu-se rapidamente e enfiou o cabelo dentro do chapéu de palha. Ramón lhe deu um lenço para que o amarrasse ao redor do pescoço e assim a ajudasse a impedir que as sementes e ervas se depositassem sob a gola da blusa. Enquanto Ramón colocava o facão na bainha de couro e a amarrava na sela, ela colocou uns pedacinhos de queijo de leite de cabra que Clara havia preparado e uma cabaça de água fresca dentro do alforje.

– Para que campo iremos? – perguntou Anita, montando em Bufi atrás de Ramón.

– Perto de *Santa Cruz del Norte*, perto do litoral – respondeu Ramón. Levará mais de uma hora montando em dois.

Anita não havia visto muito do campo, por isso ficou contente de ver que seguiam numa direção longe de Bainoa. Cavalgaram através da neblina que flutuava nos baixios. Quando amanheceu, o sol apareceu no horizonte. Ao chegar ao ponto mais alto de uma colina, o campo se estendeu perante seus olhos num panorama de ouro e verde. Havia algum lugar mais belo no mundo? Anita começou a cantar suavemente.

> Cuba, que linda é Cuba
> Quem te defende te ama mais

Ramón se uniu ao canto, as suas vozes ressoando na calmaria do amanhecer.

– Ramón, você nasceu e cresceu nestes arredores?

– Não, eu nasci e cresci numa colônia de cana-de-açúcar na província de Camagüey e nunca conheci mais nada.

Quando a minha primeira esposa morreu, quis sair de lá.

O dono da colônia não fez nada para ajudar na doença da minha mulher – ela estava com tuberculose –, então fui embora e vim pra cá trabalhar nas plantações de amendoim. Também é um trabalho de burro, mas aqui consegui poupar algum dinheiro e construir o meu *bohío*. Isso foi há sete anos.

– E Clara? – aventurou Anita. Ela esteve pensando o quão pouco sabia realmente sobre seus alunos. Uma vez tentou fazer algumas perguntas pessoais a Clara, mas ela lhe dissera:

– Deixemos o passado para trás – de modo que Anita nunca perguntou mais nada.

– A história de Clara e Zenaida é muito triste – disse Ramón. A família já era pequena, e com a morte por acidentes e doenças, com o passar dos anos elas ficaram órfãs e sem família. Eu conheci Clara colhendo, amendoim. Como você pode ver, essa é toda a família que tem.

"Órfãs! Agora entendo a tristeza que Clara leva consigo a toda parte e talvez o porquê de Zenaida agir de forma tão estranha algumas vezes". Uma onda de nostalgia invadiu Anita.

Quando chegaram aos campos, desmontaram junto a dúzias de camponeses que chegavam para trabalhar. Os bois zebus, com impressionantes pregas de carnosidade caindo pesadamente dos seus pescoços, estavam parados, com as cangas, esperando para puxar as primeiras carretas de mato roçado rumo às pilhas para queima. Enquanto Ramón amarrava Bufi junto aos outros cavalos e lhe dava água, Anita andou pelos arredores para observar alguns homens que afiavam os facões com longas limas.

– Vai me ensinar como usar um facão, Ramón?

– Pensei que você poderia ajudar a carregar o mato cortado, Anita. Terei que perguntar ao capataz. Pode ser que ele não queira dispor de tempo para isso – Ramón levou Anita para conhecer o capataz.

– A brigadista aqui quer aprender como manusear um facão, companheiro. O que você acha?

– Bem, bem, bem. Outra jovenzinha que quer fazer trabalho de homem – disse o capataz amigavelmente. – Lá está a minha mulher – disse ele indicando com o queixo –, então não estou em condições de dizer que não, por acaso posso? Vai trabalhar, amigo, e eu verei se a menina consegue manejá-lo.

"Alguns homens são tão machistas!", pensou Anita. Nesse momento ela decidiu não se dar por vencida facilmente, por mais difícil que fosse. O capataz lhe estendeu um facão e luvas de trabalho e a levou numa distância curta longe dos camponeses que já estavam cortando mato e se movimentavam velozmente com experiente ritmo. A terra era um emaranhado de ervas daninhas, cipós e pequenas árvores. O capataz mostrou como segurar o facão e a técnica para cortar cada tipo de broto de planta. As primeiras tentativas de Anita foram patéticas. As ervas daninhas e as ervas mais longas só envergavam e levou vários golpes de facão para poder cortar até um caule fino. Algumas vezes o facão voltava nos caules mais grossos. Anita esperava que o capataz risse ou sugerisse que ela deixasse pra lá, mas isso não aconteceu. Ele corrigia o jeito de bater e dizia para continuar tentando. Quando as coisas começaram a melhorar, ele não deu grande importância a isso. – Só mantenha distância dos outros caso o facão escape da mão – disse. Isso pode acontecer com quem está começando e você não quer ferir alguém, não é? Ele advertiu que parasse e descansasse com frequência e que bebesse muita água. – Obrigado por trabalhar como voluntária, senhorita – acrescentou por cima do ombro, enquanto se afastava.

188

Anita trabalhou o melhor que pôde. Logo teve que tirar o lenço do pescoço e amarrá-lo na testa para que o suor não ardesse os olhos. Não passou muito tempo para que lhe doessem as costas e os ombros, mas estava decidida a demonstrar que ela podia fazer o trabalho. Algumas vezes um camponês próximo a pegava olhando e lhe dirigia um sorriso alentador sem perder um golpe do seu facão. Quando ela começou a sentir tontura e percebeu que seus golpes estavam ficando fracos, decidiu parar. O sol ainda estava baixo no céu da manhã, mas ela havia limpado uma área considerável e sentia-se bem. Procurou o capataz e pediu que lhe desse outra tarefa.

– Eu estava observando, jovenzinha. Nada mal para uma primeira vez. Nada mal. Agora, procure alguma coisa para comer e depois ajude a carregar o mato nas carroças.

Anita conseguiu seguir adiante com o trabalho até o fim do dia. A sua roupa estava cheia de palhinhas, molhada de suor e fedorenta. A de Ramón também. Eles tiraram as palhas e carrapichos da roupa e jogaram água sobre as cabeças para se refrescar. Ramón deu água a Bufi antes de montar de volta para casa. Um grande grupo de camponeses montados e dois garotos brigadistas que Anita tinha visto nas reuniões, mas que não conhecia de nome, foram embora juntos. A luz do dia foi se dissipando enquanto cavalgavam conversando e se despedindo quando os cavaleiros separavam-se do grupo para seguir por estradas secundárias rumo a seus lares.

Anita estava tão exausta que começou a cochilar, balançando com o movimento de Bufi, cansada demais para dar importância ao fedor da camisa suada de Ramón, enquanto apoiava a cabeça nas costas dele. Na sonolência, percebeu que Bufi diminuía o passo e sentiu que Ramón puxava o facão da bainha de couro. Justamente quando ela ia perguntar o que se passava, o porquê de irem mais devagar, Ramón freou a égua de repente. Completamente acordada, viu qual era o problema. Três homens montados uns 20 metros à frente deles estavam bloqueando o caminho. Levavam lenços que cobriam seus rostos e todos apontavam os rifles. A boca de Anita secou e o seu coração começou a bater descontroladamente.

ESCAPEI POR UM TRIZ

– Entreguem os brigadistas – exigiu um dos mascarados.

– Esconda-se atrás de mim, Anita – disse Ramón. Apequenando-se o mais que pôde, Anita olhou ao redor e atrás. Havia menos pessoas do que quando saíram. Incluindo Ramón, ela contou nove camponeses e os dois brigadistas. "Doze pessoas, incluindo-me, mas o que posso fazer?".

– Eu disse para entregarem os brigadistas – disse o homem novamente.

– Deixem-nos passar e não lhes faremos mal – respondeu Ramón.

– Tolos! Somos nós os que podemos lhes fazer mal. Não veem que estamos armados? Entreguem esses jovens agora, incluindo a senhorita que está escondida atrás de você.

Ramón girou ligeiramente na sela e falou apenas alto o suficiente para que os outros ouvissem. – Companheiros, não podemos ceder. Vocês sabem o que esses homens farão com estes garotos. Devemos atacá-los de surpresa e se tivermos que fazê-lo, mostraremos como se sente o fio do facão. Todos concordam?

– De acordo, Ramón. Estamos com você – responderam.

– Segure o mais forte que puder, Anita – disse Ramón suavemente. Esporeando com força nos flancos de Bufi, Ramón berrou: – Vamos homens!

Os cavalos avançaram com ímpeto e os momentos seguintes passaram numa explosão de cavalos, gritos e disparos de rifles. Os camponeses atacaram a toda velocidade contra os contrarrevolucionários brandindo seus facões e gritando fortemente. Os cavalos relinchavam e seus cascos levantavam poeira e pedras. Anita estava agarrada a Ramón com um lado do rosto fortemente apertado contra as costas dele. Um dos atacantes lançou seu cavalo contra Bufi e tentou puxar Anita, segurando-a pela cintura. Anita apertou seu abraço ao redor da cintura de Ramón e se afastou de seu atacante com toda a sua força. Sentia a dor lhe correr pela perna apertada entre os dois cavalos. O atacante agarrou o braço de Anita, tentando tirá-la de Bufi. Anita já estava se soltando de Ramón, quando um brilho prateado passou na sua frente: Ramón abaixou o facão e fez um corte no braço do seu atacante que sustentava as rédeas do cavalo. Gritando de dor, o agressor libertou Anita e esporeou seu cavalo rumo ao bosque, chamando os outros dois homens para que o seguissem. Antes de desaparecer entre as árvores, o líder parou o seu cavalo e se virou para gritar: – Da próxima vez não escaparão tão facilmente, filhos do diabo!

Numa nuvem de poeira, os camponeses frearam seus cavalos numa roda apertada, cercando os brigadistas que estavam montados. Os cavalos corriam ao redor, desenfreados com excitação, os olhos ainda arregalados. Os homens os mantiveram freados até que se acalmaram. "Por favor, por favor, que ninguém tenha levado um tiro nem esteja ferido", rezou Anita enquanto olhava ao redor, contando. Os onze estavam montados em suas selas, todos sentados e erguidos.

– Está ferido, Ramón? Tem alguém ferido?

– Não, Anita. Eles atiraram para o alto para nos assustar. Quando não nos detivemos, tentaram pegar você e os meninos, mas conseguimos afastá-los com os nossos facões. Obviamente não queriam matar ninguém, de tal forma que quando o plano falhou, foram embora. Provavelmente não esperavam que nós os atacássemos e éramos mais do que eles. Pobrezinha, ainda está tremendo.

Ela e os meninos estavam a salvo porque os homens foram muito valentes. Os meninos foram valentes também. Mas Ramón... ele havia sido um herói! Todos cavalgaram mantendo-se juntos enquanto levavam os meninos a seus postos. Sob o manto da luz que se extinguia, Anita deixou correr as lágrimas enquanto se recuperava de ter escapado por um triz. Os tremores lhe percorriam o corpo enquanto pensava no que teria acontecido se as coisas fossem diferentes.

Quando chegaram à casa, Ramón estava agitado e começou a andar de um lado para outro enquanto contava a Clara sobre o ataque. Finalmente deteve seus passos e ficou em pé na frente de Anita.

– Anita, eu posso fazer pouco para lhe proteger se os contrarrevolucionários continuarem tão agressivos. Nós somos simples camponeses sem defesa. O que é um facão contra os rifles? – Ramón começou a raciocinar com Anita, decidido para que ela fizesse os trâmites para que a colocassem num lugar menos isolado onde houvesse mais gente e melhor proteção por parte da milícia.

– O que poderíamos fazer se os contrarrevolucionários viessem aqui? Como eu poderia lhe proteger, proteger a minha família? A nossa única vizinha é Rosa, a anciã viúva que mora sozinha. O que ela poderia fazer? Dando voltas, se deteve em frente de sua esposa. – Por que está tão calada,

Clara? Não concorda que a responsabilidade pela segurança de Anita é grande demais para que ela fique aqui?

– É uma grande preocupação. Se Anita sentir que deve ir embora... – respondeu ela com a voz se apagando.

Anita percebeu que Clara não queria que ela fosse embora. "Mas eu deveria ir embora para não colocar em perigo a mim e à família. Eu não tenho direito de fazer isso. E a minha própria família? As suas preocupações se tornaram realidade". Anita sabia que ela devia concordar em voltar pra casa ou que trocassem a colocação para um lugar mais seguro. Por que não dizer isso? Mas não podia dizê-lo. Havia investido tanto no esforço de ser uma boa professora, uma boa brigadista. Sentiu que a sua tendência à teimosia lhe subia como algo físico. Sabia que não estava sendo razoável, mas não queria ceder nem se render.

– Se eu for embora, como vocês vão continuar estudando e aprendendo? – disse Anita. Provavelmente não colocarão outro brigadista para morar com vocês. E sobre se converter em coordenador de produção agrícola algum dia? E o que aconteceria com o sonho de Clara de ler para Nataniel algum dia? E o futuro de Zenaida?

Os braços de Ramón pendiam pesadamente ao lado do seu corpo. Olhou Clara e seu filhinho. – Se ferissem a minha família, se lhe ferissem, ou algo pior, como eu poderia viver comigo mesmo? Desta vez tivemos sorte, Anita. A próxima vez... Não quero nem pensar numa próxima vez. Olhando de soslaio, Anita surpreendeu-se de encontrar os olhos de Zenaida fixos nela, suplicando em silêncio que não fosse embora.

– Ramón, eu tive que enganar meus pais para ser brigadista. Ela apontou a flâmula da alfabetização que havia colocado um mês atrás no teto, acima das suas cabeças. – Prometi a mim mesma que esta casa se converteria num território livre de analfabetismo; que juntos colocaríamos esta bandeira do lado de fora na porta deste *bohío*. O que aconteceu foi de dar medo, realmente... – fez uma pausa, cruzando os braços no peito. – Não vou embora, Ramón. Não os deixarei a menos que você e Clara assim o peçam, na minha cara, ou a diretora da campanha me obrigue.

Mais tarde, deitada acordada na rede, as ideias lhe batiam na mente. Ao final, Ramón havia concordado que ela ficasse, mas somente se a senhora Marjorie e a diretora da campanha em Bainoa assim o permitissem. Ramón pediria um rifle no quartel local da milícia popular e pediria que o ensinassem a usá-lo. Ele levaria o rifle quando a acompanhasse a Bainoa para os seminários de domingo e a trouxesse de volta. Eles decidiram que seria mais seguro dar as aulas mais cedo, na parte da manhã, antes de Ramón ir ao trabalho, para que todos pudessem estar mais alertas caso se aproximassem intrusos pela noite. Anita prometeu não sair nunca da clareira do *bohío*. Zenaida faria a segurança quando Anita estivesse tomando banho. Eles chegaram até a falar em criar um esconderijo para o qual ela pudesse correr num lugar afastado do *bohío*. Quase dormindo, Anita pensou em mais uma coisa. Levantou-se e parou de fora do quarto de Clara e Ramón.

– Ramón... Ramón... – murmurou.

– O que foi, Anita?

– Promete que não contará aos meus pais o que aconteceu hoje, quando eles vierem para o meu aniversário? A princípio, Ramón disse que ele não podia prometer isso, mas Anita insistiu. Finalmente, com um grande suspiro, ele concordou. Enquanto ela subia de novo na sua rede, percebeu o quanto o corpo lhe doía, especialmente o braço e as pernas. Provavelmente teria grandes manchas roxas.

– Anita...?

– O que é, Zenaida?

– Espero que deixem você ficar.

– Me alegra que você queira que eu fique.

17 de agosto de 1961

Querido Diário,

Viva! Permitiram que ficasse com a família Pérez, mas tive que rogar e suplicar ao diretor e a Marjorie e prometer que nunca deixaria o *bohío*, exceto aos domingos quando Ramón for me levar e trazer para o seminário em Bainoa. Ramón agora tem um rifle e tem me ensinado como usá-lo. As minhas manchas estão desaparecendo. Espero que sumam antes que meus pais cheguem para o meu aniversário.

Anita, a brigadista

O GRANDE DIA

Na manhã do seu aniversário, Zenaida levantou Anita da rede apressada, gritando: "Feliz aniversário! Felizes quinze anos!" Apesar dos protestos de Clara, de que ainda havia demasiadas coisas por fazer antes da chegada dos pais de Anita, ela insistiu em dar a lição depois de um café da manhã mais cedo que de costume. Anita havia tentado evitar que a família se preocupasse, mas era impossível. Todos os dias quando Ramón chegava à casa, trabalhava para limpar a pocilga e o galinheiro, refrescar as palhas velhas no teto do *bohío*, terminar o pequeno galpão que estava construindo para tomar banho do lado de fora. Apesar da barriga grande e dos tornozelos inchados, Clara estava como um redemoinho. Fez um novo avental de um lençol velho, costurou uma camisetinha para Nataniel, lavou e passou a roupa boa da família com o ferro de passar mais antigo que Anita havia visto. Clara insistiu para que Zenaida polisse as poucas peças de mobília. O piso sujo foi varrido e recebeu um fresco rociado de cal para controlar os insetos. Até Bufi e a mula foram banhados e escovados depois que Anita tirou todas as rebarbas de seus rabos e crinas.

Clara torceu o pescoço de dois frangos. Anita ainda não conseguia assistir à matança, mas depenou e sustentou os cadáveres dos frangos pelados e de pele irregular acima das chamas para queimar os brotos das penas nascentes. O ar ainda fedia à carne e penas queimadas. Ramón havia matado um leitãozinho, outra coisa que ela não suportava ver. Parecia que os porcos sabiam que algo terrível estava por acontecer com eles e tentavam fugir. Seus grunhidos aterrorizados soavam tão humanos.

Quando Anita foi corrigir o caderno de Clara, ela cobriu a página com as mãos. – Professora, hoje não consegui me concentrar na lição, deve ter muitos erros. Não posso deixar de pensar em tudo o que ainda tenho por fazer. Por favor, me libere do resto da lição – Cedendo, Anita deu por terminada a lição.

Enquanto a família estava deitada para uma breve *siesta* na tarde, Anita sentou do lado de fora para esperar, se esforçando para ouvir se o Studebaker se aproximava. "Parece que nunca vai chegar!". O aroma do leitãozinho assado no espeto acima da fogueira de carvão enchia o ar. A fogueira assobiava e chamejava quando a gordura caía sobre as brasas. O diário sobre o progresso descansava aberto no seu colo. Ela sempre estava atrasada, mas hoje não podia concentrar a sua mente nisso. Um movimento num arbusto próximo a distraiu. Um *zunzucito,* um beija-flor pequeno, o menor de todos os de seu tipo, zumbiu dentro e fora dos trompetes vermelhos das flores de hibisco. Anita pensou que o *zunzucito* parecia um minúsculo helicóptero brilhante.

– Anita! Anita! – era a voz da sua mãe. Ela estava tão cativada pelo *zunzucito* que não havia escutado o carro até que entrou na clareira. A sua mãe estava debruçada na janela acenando com a mão e lhe chamando. O voo de Anita até seus pais quase se igualou ao voo do *zunzucito*. Até seu usualmente reservado pai não podia conter a emoção, saiu do carro e a envolveu entre seus braços. E que surpresa! Tomasa saiu do banco de trás, com seus redondos braços totalmente abertos para abraçá-la. Depois de muitos abraços, Anita disse: – Venham e conheçam a minha família de alunos – e os conduziu ao *bohío*. Anita podia sentir a sua mãe registrando toda a cena, as primitivas construções, a suja clareira endurecida, a pobreza e más condições disso tudo. Anita percebeu que não podia identificar em que momento ela havia deixado de ver as coisas tal e como a sua mãe e seu pai deviam estar vendo nesse momento.

Ramón e Clara haviam ouvido o automóvel e se posicionaram na entrada, esperando. Preocupada que eles se deslumbrassem com o carro e com as roupas de cidade de seus pais, Anita ficou contente que a sua mãe estivesse usando calças, uma blusa simples e sandálias sem salto. Seu pai usava uma *guayabera*[*] e uma calça de cor de canela.

Ramón e Clara estavam em pé rigidamente, reprimidos pela timidez. Ramón secava as mãos na calça limpa antes de estendê-las. Durante as apresentações, Anita percebeu que Clara olhava fixamente as longas unhas de cor grená da sua mãe. Depois de apertarem as mãos, Clara escondeu as destroçadas unhas de seus finos dedos apertando-os fortemente. Zenaida estava dentro com Nataniel e não saiu até que Anita entrou e a arrastou para fora. Foi Tomasa quem fez que todo mundo relaxasse, quando se desfez em elogios para a vista e o aroma do leitãozinho assado. – Tínhamos que vir ao campo para encontrar comida cubana como Deus manda! – exclamou ela.

---

[*] *Guayabera*: camisa masculina de mangas curtas, com bordados verticais, com bolsos no peito e nos lados. (N.E.)

Papai ajudou Ramón a colocar a mesa da cozinha do lado de fora, onde sentaram em bancos feitos em casa, bebendo água de coco fresca com suco de limão e cana-de-açúcar.

– Bom – disse papai–, a nossa filha nos diz em suas cartas que está muito orgulhosa de vocês... que vocês todos estão aprendendo muito bem. Isso significa que ela é uma boa professora?

– Papai, não os constranja. O que vão dizer na minha frente?

– Podemos dizer a verdade, professora? – disse Ramón.

– Quando nós consentimos em participar na campanha de alfabetização e concordamos em que um professor viesse à nossa humilde casa, não conseguíamos sequer assinar os nossos próprios nomes no papel. Molharam com tinta os nossos polegares e assinamos fazendo uma marca de cor púrpura. Agora quando vamos ao armazém para comprar provisões, assino o recibo com o meu nome. Anita me ensinou a contar e escrever os números, e agora posso acertar a minha colheita de amendoim. A minha esposa aprende rapidamente e escreve ainda melhor que eu, estas minhas mãos estão tão calejadas e desajeitadas. E a irmã de Clara aqui... sinto orgulho de dizer que ela é mais rápida que qualquer um de nós. Senhor e senhora Fonseca, devem se sentir muito orgulhosos da sua filha.

Anita sentiu que o rubor baixava desde o couro cabeludo até a abertura em V da sua blusa. Até as orelhas sentia que estavam quentes! E essa foi a primeira vez que soube sobre a aplicação prática de Ramón com os números.

– Tomasa tem uma surpresa especial para você, Anita – disse mamãe. – Mas, primeiro, vamos tirar do porta-malas todas as coisas que você pediu. À medida que o porta-malas se esvaziava, tudo o que Anita havia pedido apareceu em meio a exclamações de entusiasmo e prazer. O quadro-negro tinha um bom tamanho; havia montões de giz e até um apagador. Clara mantinha a panela segura contra o corpo como se fosse uma joia inestimável. Os cachos de Nataniel se encaracolaram com uma pequena escova azul. Ramón examinou todas as peças móveis do canivete suíço antes de colocá-la na bainha e sujeitá-la ao cinto. Anita fez com que Zenaida fechasse os olhos, depois estendeu o vestido que a sua mãe havia escolhido para ela. Quando pediu para abrir os olhos, Zenaida ficou muda quando um vestido azul-celeste, de cintura apertada, de gola ampla e com saia rodada, foi colocado nos seus braços.

– Vá, Zenaida – Clara falou suavemente e com afeto. – Vá e vista.

– Estas também – disse mamãe, tirando de uma caixa umas sandálias de couro vermelho. Quando Zenaida apareceu na entrada poucos minutos depois, papai a fez enrubescer dizendo que era a jovem mais bonita de toda a ilha de Cuba.

– Marci pediu que te entregasse isto – disse mamãe, tirando um envelope bege-claro de sua bolsa. Anita tirou um cartão de felicitações por seus 15 anos e uma foto em primeiro plano de Anita e Marci se abraçando quando tinham 9 anos. Na parte posterior da foto, Marci havia escrito: 1955, ANITA E MARCI, MELHORES AMIGAS ONTEM, HOJE E SEMPRE.

Anita passou os dedos pelo seu relicário como sempre fazia quando pensava em Marci. Colocou novamente o cartão e a foto no envelope com os olhos cobertos de contidas lágrimas. Depois que tudo havia sido admirado pelo menos por duas vezes, Tomasa perguntou: – Não quer saber qual é a minha surpresa, senhorita Anita? Anita olhou ao redor, mas parecia não haver nada mais.

– O que é, Tomasa?

Ela observou com curiosidade enquanto Tomasa colocava o quadro sobre a mesa e pegava um giz da caixa. "Será que vai fazer um desenho para mim?", perguntou-se Anita. Lenta e cuidadosamente Tomasa começou a escrever no quadro. Anita não acreditava no que seus olhos viam à medida que as palavras apareciam. "Feliz festa de debutante, senhorita Anita. Sua grande amiga, Tomasa". – Tomasa, que surpresa fantástica! Mas, como?

– A senhora Mirta ensina a mim e a Gladis todos os dias durante uma hora antes que comecemos o nosso trabalho. Iniciamos assim que você foi embora. Foi ideia da senhora Mirta. Anita abraçou Tomasa, repreendendo-a: – Viu, Tomasa. Você não é velha demais para aprender coisas novas. Virando-se para sua mãe, só conseguiu dizer: – Mãe, você é uma mulher surpreendente!

– Tem mais uma surpresa – disse a mãe. Daniel, diga o que é.

– Eu estou ensinando a Fernando – disse papai simplesmente. No começo ele era contrário, mas se deixou convencer.

Quando a tarde ia virando noite, sentaram ao redor do fogo. Estavam tão saciados de porco e frango assado, arroz, mandioca, banana-da-terra frita e sobremesa de manga fresca cortada em fatias, que estavam quase cheios demais para seguirem conversando. "Que dia!", pensou Anita, com as pernas esticadas. Olhava suas botas gastas e poeirentas e sorria pensando em si mesma vestida de seda ou tafetá e os sapatos de baile que estaria usando se estivesse em Havana nesse dia. Ela pegou sua mãe a olhá-la fixamente. "Estarão mamãe e papai descontentes por estarem aqui em vez de comemorar a minha festa de debutante em Havana como eles esperavam?". Levantou-se e ajoelhou-se perto da sua mãe.

– Para mim, este é o melhor aniversário, mamãe. Lamenta estar aqui no lugar de estar no Country Club?

– Não vou mentir, filha. Gostaria de comemorar a sua festa de debutante com a família e os amigos em Havana. Mas estar aqui com você e com a sua família de alunos é igualmente especial. De verdade.

A conversa avançou preguiçosamente de uma coisa a outra enquanto a noite se aproximava. Papai perguntou se eles haviam ouvido falar sobre um brigadista que havia morrido esmagado quando dirigia um trator e este havia virado.

– Que terrível! O pior que aconteceu com alguém do nosso grupo de Bainoa é um garoto que foi mordido no ombro por um cavalo – disse Anita.

– Sabemos que isso não é verdade, Anita – disse papai, com voz séria. Você não quis nos alarmar, mas soubemos da emboscada contrarrevolucionária, da qual você e outros brigadistas escaparam por um triz. Quando comunicaram às autoridades locais, estas nos informaram garantindo que vocês estavam seguros e ilesos. Marjorie nos ligou também. Ela nos convenceu a não virmos aqui imediatamente para levá-la para casa. Mas a nossa intenção é levá-la quando formos embora amanhã.

Ramón e Anita trocaram olhares.

– Senhor e Senhora Fonseca, nos disseram que o exército e a polícia militar estão agora posicionados em toda a região de Bainoa. As pessoas dizem que os contrarrevolucionários agora estão com medo, mas isso não significa que não há com o que se preocupar. Clara e eu estamos fazendo todo o possível para proteger Anita, mas se vocês decidirem que Anita deve ir embora daqui, nós entenderemos...

– Mamãe, papai – interrompeu Anita. – Nem pensem nisso. Eu não vou embora. Tenho uma permissão oficial para ficar, então mudemos de assunto. Antes que seus pais pudessem fazer uma objeção, Anita se virou para sua família de alunos e anunciou com firmeza: – Amanhã de manhã durante a aula aprenderemos a escrever o nome dos seus presentes e a descrevê-los. Papai levantou as mãos, com uma expressão que era uma mistura de frustração e orgulho. – Estão vendo o que a minha esposa e eu temos que suportar desta valente e muito teimosa menina? Está bom, Anita, deixemos o assunto, por enquanto. O grupo ficou sentado num incômodo silêncio até que a mãe de Anita falou.

– Não está se perguntando sobre seu presente de aniversário, Anita?

– Pensei que o quadro-negro e o giz fossem o meu presente. Papai foi até o carro e tirou do banco dianteiro uma caixa alegremente enfeitada. Anita removeu o enfeite e tirou uma câmera e vários rolos para fotografar. Anita não perdeu tempo para inserir um rolo e tirar fotos das suas duas famílias, mesmo que Clara protestasse por causa da sua grande barriga. Papai tirou uma foto de Anita com a família Pérez. Como se tivessem tido um sinal, Ramón, Clara e Zenaida se levantaram, pediram desculpas e desapareceram no *bohío*. A mãe de Anita aproveitou o momento: – São boas pessoas, Anita... mas estas condições... Anita esperava que os outros não tivessem percebido a expressão de desaprovação no rosto da sua mãe enquanto cruzava o pátio anteriormente, quando voltava da latrina.

O pai a interrompeu antes que Anita pudesse dizer algo: – Mirta, você disse que não o faria.

– Anita, fecha os olhos – chamou Zenaida desde a entrada. Grata pela interrupção, Anita fechou os olhos e logo sentiu que colocavam coisas em seu colo. – Agora pode abrir os olhos – disse Zenaida. De algum jeito, Ramón havia encontrado tempo para fazer uma caixa de palha com ferrolhos com o nome dela gravado na tampa. Era perfeita para guardar cartas e fotos. Clara havia feito uma fronha para o travesseiro com seu nome bordado rodeado de flores e pássaros bordados. Zenaida deu-lhe uma pintura colorida sobre tela e emoldurada que representava Anita ensinando à luz da lanterna com a bandeira da alfabetização no fundo. Anita, sem fala, os abraçou fortemente.

– Ai, Ai, Ai! Está quebrando os meus ossos! – brincou Ramón.

– Abraçá-la nestes dias é como abraçar uma melancia – disse, zombando de Clara.

Zenaida devolveu o abraço com afeto.

Antes que seus pais fossem embora para Bainoa, onde passariam a noite num hotelzinho, Anita debruçou-se à janela do carro para falar com a sua mãe. – Acho que ainda está consternada, mamãe – disse tranquilamente.

– Não quis arruinar nada... – começou mamãe. – É só... bom, temos muito medo por você e tudo é tão... primitivo. Depois a mãe apertou a mão de Anita. – Não importa, Anita. Hoje é um dia inesquecível para todos nós. Você está fazendo algo maravilhoso por estas pessoas e seu pai e eu estamos realmente muito orgulhosos de você e de Mário.

– Eu também – disse Tomasa do banco traseiro.

– Bom – disse papai. – Temos uma sociedade de admiração mútua. Mas amanhã falaremos novamente sobre seu retorno para casa.

27 de agosto de 1961

Querido diário

Comemorei os meus 15 anos hoje – um tipo diferente de festa de debutante. Não foi tradicional, mas foi magnífico! Definitivamente não volto para Havana com eles! Estou muito cansada para escrever mais.

Anita, a brigadista

– Anita, nunca tinha ouvido você tão falante! – exclamou a sua mãe no dia seguinte quando iam à escola para se encontrar com Marjorie. – E parece que também tem mudado de outras maneiras – disse ela, dando uma ligeira cotovelada na filha, enquanto olhava ambos os lados do peito de Anita de modo expressivo. Anita sabia o que a sua mãe queria dizer. Os seus seios haviam crescido fazendo com que os botões da blusa tendessem a se separar pela tensão. Ela olhou o seu pai, que fingia não ouvir. "Que sorte que pedi um tamanho maior do uniforme", pensou. Ela respondeu à cotovelada da mãe e mudou de assunto.

– Conta sobre a festa de debutante de Marci – disse.

A sua mãe começou a descrever o mais relevante – o vestido de Marci, o penteado, as decorações, a comida, a orquestra –; mas Anita reparou que não estava escutando realmente. Tudo que estava relacionado a Havana lhe parecia agora tão irreal. Um ano antes ela teria se impressionado com o que ouvia, mas agora...

– ... e houve pelo menos 200 convidados...

Os convidados, Anita sabia, eram todos brancos. Alguém negro estaria estacionando os carros, servindo comida e bebidas ou arrumando a bagunça. O Country Club ainda era como Varadero fora antes, antes da revolução, quando os hóspedes eram brancos e o serviço era negro. Os seus pensamentos se dirigiram à lição que ela havia ensinado sobre a discriminação racial. A leitura havia começado com uma citação de José Martí que dizia: "homem é mais que branco, mais que moreno, mais que negro, diga somente *pessoa* e você já terá declarado todos os direitos que um homem e uma mulher merecem".

Anita interrompeu a sua mãe para contar sobre a lição e citou as palavras de Martí a seus pais. – Vocês sabem o que Ramón disse da citação? Disse: "Se o meu pai estivesse aqui, daria uma longa gargalhada dessas palavras bonitas. O meu pai trabalhou muito a vida toda e morreu sem educação, sem direitos, sem nada". Ramón diz que algumas vezes lhe parece que a sua vida é um pouquinho melhor do que a do seu pai.

– Baseado na história de Cuba, posso supor que é difícil para Ramón imaginar que um camponês pobre como ele fosse tratado por todos como um igual – disse papai.

– Contei a Ramón da aposta que fiz com Zenaida. Que em poucos anos ela estaria trabalhando em algum lugar ou estudando de uma maneira que ele e Clara nunca teriam sonhado que fosse possível.

– O que Ramón disse sobre isso? – perguntou papai.

– Disse que ele só acreditaria quando o visse. Zenaida me disse que reza todas as noites para que eu ganhe a aposta.

– Isso mostra que Zenaida tem esperanças para si mesma. Ela está começando a se ver como filha da Revolução. Isso é bom.

"Filha da Revolução...". Ela havia escutado pela primeira vez essa expressão quando seu pai a disse acerca de Conrado Benítez. Anita pensou no quão diferente era a sua vida desde que começou a ensinar e o bem que se sentia fazendo algo realmente importante.

– Sabe o quê? – disse ela. – Eu diria que agora eu também sou filha da Revolução. E é por isso que não posso voltar pra casa, nem o farei, antes de terminar a minha tarefa.

Havana
29 de agosto de 1961
Querida Anita,
Dá a impressão que você teve uma comemoração de aniversário maravilhosa. A sua mãe me trouxe a sua carta em resposta à minha. Tenho guardado todas as suas cartas e cartões postais e as levarei a Miami para

lê-las uma e outra vez quando estiver sentindo muitas saudades de você e de Cuba. A sua mãe me contou sobre o lugar onde você mora, sobre a sua família de camponeses, como são e o que você está fazendo – algo de que eu já sabia a maior parte. Imagino que sua mãe lhe contou tudo sobre a minha festa. Foi um acontecimento muito elegante. Recebi muitos presentes maravilhosos, mas terei que deixar quase todos quando for embora. Não poderia dizer que não gostei da festa, mas na verdade senti muito a sua falta por aqui, mesmo quando disse, naquele dia no Parque del Árbol Grande, que me alegrava que não estivesse lá. Frequentemente me pergunto se eu seria uma boa brigadista. Nunca o saberei.

Sabemos quando iremos no grande pássaro para Miami – no dia 15 de setembro. Tenho pavor desse dia. Sinto raiva de meus pais por me levarem para longe. Eles dizem que me sentirei diferente quando tiver me adaptado lá e tiver amigos e tudo o mais. Talvez eles tenham razão, mas isso não significa que não vou sentir saudades terríveis de você. E você sabe que dizem os meus pais e seus amigos? Dizem que este governo não vai durar, que Fidel Castro será derrubado logo pelos contrarrevolucionários e que toda a gente que foi embora voltará e Cuba será como antes. Tudo isso é um pouco confuso, não é verdade? Quando eu desafio o meu pai a dizer que você não está fazendo algo bom, ele não responde. Na realidade ele se preocupa por você, especialmente pelos perigosos contrarrevolucionários que estão fazendo coisas tão horríveis. Eu também me preocupo. Uso o seu anel da amizade o tempo todo. Você ainda está usando o relicário? Cuida-se muito especialmente, querida melhor amiga.

Amor e abraços,

Marci

Anita fechou a mão ao redor do pequeno relicário que nunca tirava.

Ano da Educação
3 de setembro de 1961
Caimanera
Olá Anita,
Mamãe e papai me contaram em sua última carta sobre
a emboscada que fizeram a você, a Ramón e aos demais.
Pensar nisso me faz ferver o sangue! Entendo porque
você não quis voltar pra casa, mas eu acho que deveria
fazê-lo. Afinal, só tenho uma irmã, e você não pode ser
substituída. Tenho ouvido que a maior parte dos grupos
contrarrevolucionários ativos foi capturada, mas isso não
significa que você não deva tomar as precauções.
É formidável que mamãe e papai estejam ensinando, não
é? Finalmente estão entrando no ritmo das mudanças.
Logo virão me ver. Deixei de fazer a barba, e agora Elíades
me chama de O barbudo. Mamãe e papai provavelmente
odeiem a barba, mas agora que estou dando aulas em dois
lugares, não tenho tempo de me barbear. Gostaria de te
escrever mais frequentemente, Anita, mas honestamente
não tenho tempo. Seja muito cuidadosa. Isto é uma ordem.
Com amor, Mário
P.S. Estou lhe devendo um presente de aniversário.

– Ai, ai, Nataniel! Pare de puxar as minhas orelhas.
Montado sobre os ombros de Anita enquanto caminhavam
pela trilha do rio para voltar ao *bohío*, Nataniel continuava.

– Solte-me, pestinha! – disse Anita, fazendo-lhe cócegas.

Zenaida caminhava à frente balançando na cabeça uma
cesta cheia de roupa úmida. Anita mantinha a sua promessa
de não deixar nunca a clareira do *bohío*, de modo que cabia
a Zenaida fazer a maior parte da lavagem, pois a barriga de
Clara estava maior. Hoje a pilha de roupas era muito grande,
e Zenaida teve que ver se a vizinha Rosa podia ajudá-la, mas
ela não estava em casa. As garotas haviam garantido a Clara
que seriam supercuidadosas e supervigilantes. Clara disse que
viria ao rio assim que levantasse após um pequeno descanso.

Como Clara ainda não havia chegado quando terminaram a lavagem, iniciaram o retorno.

Anita começou a cantar a canção favorita de Nataniel, sobre a barata que não podia caminhar porque havia perdido a pata mais importante. *La cucaracha, la cucaracha.*[*] Nataniel repetia essas palavras, balbuciando uma ou outra vez enquanto Anita cantava.

– Estou com os braços cansados. Troquemos os fardos – disse Zenaida, esperando por Anita. Elas trocaram as cargas. Anita ia agora à frente. As garotas cantavam a tola canção, uma e outra vez, para divertir o menino. Mais adiante, onde a trilha abria à estrada poeirenta, Anita percebeu uma sombra alongada através do chão. Ela parou e fez um sinal para que Zenaida parasse.

– O quê? – disse Zenaida.

Anita levantou o dedo aos lábios. – Tem alguém por lá, na estrada – sussurrou, apontando.

Nataniel continuou pedindo mais *"cucaracha, cucaracha".* – Acho que é Clara escondida... tentando nos assustar – sussurrou Anita. Vamos assustá-la. Seguiram ao longo de uns poucos metros da trilha, tão silenciosas quanto podiam. A uns poucos passos do caminho, Anita apertou o passo e pulou gritando: BÚÚÚ!

---

[*] *"La cucaracha"* é uma tradicional canção do folclore mexicano do século XIX que foi apropriada pelos soldados revolucionários durante a Revolução Mexicana. Os versos são improvisados com os nomes dos revolucionários. (N.E.)

PESADELO

ssim que Anita saiu da trilha para a estrada, dois homens a agarraram. A cesta de roupa saiu voando e a roupa úmida se espalhou pelo chão sujo. Os homens, todos mascarados com lenços, exceto os olhos, arrastaram Anita para trás, enquanto ela se retorcia e gritava. Zenaida colocou Nataniel, agora em prantos, no chão e os perseguiu correndo, gritando com os homens. Quando os alcançou, agarrou um deles e começou a lhe dar chutes nas pernas e a puxá-lo pelo braço. O homem deixou Anita e segurou Zenaida com as duas mãos e a derrubou de costas.

– Vai embora, garota, ou será pior para você – disse entre dentes.

– Corra, Zenaida, corra! Procure ajuda – gritou Anita, enquanto os homens a arrastavam para longe. "Como pude ser tão estúpida? Eles devem ter um veículo escondido por perto, então preciso me libertar!" Ela se contorceu, cravou o calcanhar das botas no chão e lutou com todas as suas forças, mas não conseguiu se soltar, então mordeu o mais forte que pôde a mão de um dos sequestradores.

– Cachorra! – gritou o homem. – Devíamos tê-la amordaçado logo! – Tirou um lenço sujo do bolso da calça e enfiou na boca de Anita, depois a arrastou para fora da estrada em direção às árvores e amarrou suas mãos nas costas. Anita ainda podia ouvir Nataniel berrando e Zenaida pedindo ajuda aos gritos. Havia dois cavalos amarrados a uma árvore. No meio do seu pânico, alguma coisa disse a Anita que desse uma boa olhada em seus sequestradores. Eles usavam a roupa dos camponeses comuns, nada de incomum. Chapéus de palha maltratados lhes cobriam os cabelos e a testa. Ambos tinham olhos escuros, mas com os chapéus e lenços que lhes cobriam a maior parte do rosto, ela não podia distinguir nenhum sinal distintivo. Então eles a vendaram.

Aterrorizada, Anita resistiu o quanto pode enquanto os homens a forçavam a montar no cavalo. Um montou atrás dela, segurando-a fortemente pela cintura. Ela ouviu o segundo homem montar no cavalo e agitar as rédeas para que os cavalos se movimentassem. Desesperada, Anita tentou se jogar do cavalo, mas o homem a segurou mais fortemente pela cintura, fazendo-a dar um grito abafado.

"Sequestrada!". O seu coração batia aceleradamente e ela tremia incontrolavelmente. A mordaça na boca era nauseante. Anita lembrava-se de como ela e Mário zombaram do temor de seus pais sobre sequestro; de como eles haviam acusado seus pais de exagerarem. Os dois ataques à escola, e a tentativa de sequestrarem ela e os outros brigadistas haviam demonstrado que a preocupação de seus pais era justificada. Mas quando a segurança havia aumentado consideravelmente em toda a região de Bainoa, a preocupação toda sobre sequestros havia se dissipado.

"Vão me matar, colocar uma corda ao redor do meu pescoço e me pendurar como a Conrado? Vão me torturar, antes? Ai meu Deus, vão me violentar?". Mais aterrorizada a cada segundo, Anita inclinou-se à frente tudo o que pôde e jogou a parte superior do corpo e a cabeça para trás com toda a força possível.

– Cachorra! – grunhiu o homem de novo quando a cabeça de Anita bateu na sua cara.

"Bom! Espero ter arrebentado o seu nariz". A própria cabeça lhe doeu muito pelo impacto, mas não se importava. O seu pensamento saltou para seus pais, imaginando a agonia que sentiriam logo que soubessem disso. Anita pensou no pânico no *bohío*. Depois pensou em Mário, Claudio, Marjorie, Marietta... em todos os demais que logo saberiam que ela havia sido sequestrada. Tentou cuspir fora o pano que amordaçava a sua boca, mas não conseguiu. As mandíbulas estavam lhe doendo. "Tente se manter calma, pode ser que alguém lhe veja. Alguém tem que me ver!".

Não demorou muito até que os cavaleiros detiveram os cavalos. Os galhos roçavam o rosto de Anita. Não estavam na estrada. Ela lutou de novo quando os homens a puxaram para apear do cavalo, mas estava indefesa contra os dois. Quando os homens começaram a empurrá-la para frente, ela relaxou os músculos, obrigando-os a arrastá-la. Forçaram-na a subir em algo duro e a ficar de bruços. Amarraram os seus pés. Estavam colocando algo por cima. O que será? O odor e a aspereza indicaram que era palha. Estavam-na cobrindo de palha por completo. Sentiu que se sufocaria. Então o que quer que fosse onde ela estava começou a se mexer. O *clip-clop* lento e pesado de cascos soou alto através das tábuas do piso. Ela estava numa carroça puxada por cavalos. Ocasionalmente havia um agudo golpe de chicote quando o condutor forçava os cavalos a trotar. Tensionando o seu corpo, Anita tentou controlar a forma que ela saltava quando as rodas da carroça davam saltos pelos sulcos da estrada. O peito doía. Devia ter hematomas.

– Bom dia – disse alguém.

– Bom dia – chegou a resposta.

Anita tentou levantar o corpo; tentou fazer barulho com as pernas amarradas; tentou lançar grunhidos. A carroça passou. "Ninguém pode me ver nem me ouvir. Para onde estão me levando? Ninguém saberá onde me procurar". A gravidade da sua situação desvaneceu todo o seu ânimo de luta. Os soluços subiram à sua garganta. A mordaça na sua boca quase a estrangulava e a pele lhe picava violentamente pelo áspero da palha. Ela devia ter voltado a Havana com seus pais. Insistir em ficar foi tolice. Por que havia se comportado tão estupidamente... pensando que a sombra era Clara? Indefesa, aterrorizada, Anita deixou que os saltos da carroça castigassem o seu corpo.

Quando a carroça parou, Anita ouviu o condutor se afastar. Ficou rígida, escutando. Passos. Tiraram a palha. Ela inalou profundamente pelo nariz. Umas mãos desataram as cordas ao redor dos tornozelos, mas não a dos pulsos. Com os olhos vendados e amordaçada, Anita jazia quieta, esperando.

– Bem, jovenzinha, espero que a viagem não tenha sido desagradável demais.

"Essa voz... Onde havia ela ouvido essa voz?".

– Vou levá-la a um lugar. Mas advirto para que não resista. Se cooperar, não sofrerá danos. O homem a arrastou para fora da carroça e a colocou em pé. Segurando-a pelo braço, conduziu-a para frente. O terreno estava cheio de buracos. Anita tropeçava com frequência. À exceção dos ruídos secos debaixo dos seus pés, havia muita calmaria. Anita farejou o ar. Não havia cheiro de animais. Sentia como se estivesse no bosque.

– Pare – ordenou o homem.

Uma porta com ferrolhos chiantes abriu. O homem empurrou Anita pra frente dentro de um quarto, onde havia uma escuridão mais escura que a vendagem nos olhos. Umas mãos a forçaram a se sentar numa cadeira, a desataram e ataram de novo os pulsos no encosto da cadeira e amarraram os pés juntos. Depois – graças a Deus! – tiraram a nauseante mordaça da boca. Anita conteve-se para não agradecer. Que maravilhoso era se sentir capaz de engolir normalmente, ainda que as mandíbulas lhe doessem.

– Se gritar, menininha, este pano voltará a tua boca e ficará ali. Entendeu?

Anita assentiu com a cabeça. – Tirará a venda dos meus olhos? – perguntou ela. – Prometo não fazer nada estúpido.

A resposta foi um ressonante não.

– Alguém vai lhe dar de comer e a levará lá fora para fazer as suas necessidades, mas aqui dentro, sempre estará amarrada. Um guarda armado estará do lado de fora da porta o tempo todo. Até conseguirmos o que queremos, aqui é onde vai ficar, menininha. Esperemos pelo seu bem que o pessoal que contatamos cumpra as nossas demandas.

Uns poucos passos, o som da porta ao fechar e o clique do cadeado.

Anita tentou se mexer, mas a cadeira quase caiu. Precisava urinar, muito. "Quanto tempo posso segurar?". Anita tentou imaginar o que havia ao redor, escutando, sentindo na pele, saboreando o ar. "Isto está úmido e frio e tem cheiro de terra. O chão está desnivelado, é provavelmente de terra". Virou a cabeça em diferentes posições, mas não conseguiu detectar alguma luz através da venda. Chegou à conclusão de que a mantinham numa espécie de cômodo com o chão sujo, sem janelas. Ou talvez houvesse uma janela coberta. Um montão de perguntas sem resposta inquietava a sua cabeça. "Quem foi que me sequestrou? Onde estou? O que vão fazer comigo? Trarão comida? Darão uma escova de dentes? Vão me deixar caminhar por aí ou alguma vez vão tirar a venda? Onde vou dormir?". Um pensamento lhe preocupou mais que qualquer outro. "Algum dos homens colocaria as mãos nela?".

A fria umidade do quarto e a forçada quietude estavam começando a se notar no seu corpo. Começou a tremer. Tentou manter os pensamentos sobre o que pudesse acontecer fora da sua cabeça, mas não conseguiu. "Quanto tempo já tenho aqui? Quinze minutos? Uma hora?". Agora Anita tinha que urinar com verdadeira urgência. E estava se sentido aterrorizada, era como se houvesse coisas na escuridão, coisas como baratas de verdade, das grandes, com suas antenas longas e ondulantes. Sentia uma comichão que não podia coçar. Queria gritar, mas não o fez ao se lembrar do horrendo pano sujo que havia sentido na sua boca. Às vezes queria chorar, mas de que isso ia servir? Ela retorceu as mãos tentando se libertar, mas só as friccionou até que os pulsos ficaram em carne viva. Fez o melhor que pôde para pensar no resgate. "Mas quem ia resgatá-la e como?".

A porta abriu.

– Tenho que urinar! – falou. – Agora.

Umas mãos desataram os pulsos detrás da cadeira, voltou a atá-los atrás nas costas, depois desatou as pernas.

– Levante-se e eu a levarei.

Uma voz de mulher. "Graças a Deus por isso!". A mulher a conduziu para fora. Uma voz de homem, não a do mesmo homem de antes, disse: – Não tente fazer qualquer brincadeira, menininha. Eu estou do lado de fora da porta.

"Estaria ele olhando enquanto eu urino?". A mulher a levou a alguma distância, depois disse, "Você terá que deixar que lhe ajude nisto", e começou a tirar a calça de Anita.

– Isto é tão humilhante! Não pode me desamarrar para que eu possa fazê-lo?

– Não, não posso.

De volta à cadeira, a mulher amarrou de novo os pés de Anita. Colocou algum tipo de sanduíche nas suas mãos amarradas. Anita não sentia desejos de comer, mas obrigou-se a isso. Quando acabou de comer, a mulher chamou o guarda para ajudá-la a colocar a cadeira com o encosto contra a parede. – Assim ela pode apoiar a cabeça contra a parede para dormir.

– Pode me conseguir uma escova de dentes... e uma manta. Estou com muito frio. E vão permitir que me lave?

– Voltarei mais tarde – foi tudo o que disse a mulher.

– Como você se chama? – perguntou Anita, mas a mulher não respondeu. A porta fechou e passaram o ferrolho. Anita encostou a cabeça contra a parede. Eles não haviam arrastado a cadeira para longe, portanto o espaço era provavelmente pequeno. Ainda não ouvira sons que pudessem lhe dar alguma ideia de onde estava. "Mas posso estar próxima de uma casa, já que eles estão me trazendo comida. Sinto como se estivesse no meio do nada. A mulher parece bastante amável. Talvez consiga averiguar mais com ela".

A porta abriu e fechou... "Talvez seja a mulher trazendo a manta". Ninguém falou, mas Anita sentia que alguém estava em pé à sua frente. Apesar de estar muito frio, alfinetadas de suor começaram a sair pelo corpo todo e deixavam a pele arrepiada. Ela notou algum movimento, depois sentiu um hálito quente sobre a sua cara. Tudo o que pôde fazer foi virar o rosto. Se atreveria a gritar?

– Vou morder – disse ela.

– Não grite ou te amordaço – foi a voz do guarda.

As mãos deslizaram dentro da blusa, mexendo sobre os seios, apertando-os. Ela ouviu e sentiu a respiração do homem a centímetros da sua cara. Segundos depois ele retirou as mãos, a porta abriu e fechou e ela ficou sozinha de novo. Que humilhante! Lágrimas ardentes molharam o pano que cobria os olhos e correram pelo rosto. O que será a seguir? Obrigou-se a respirar fundo algumas vezes. Exausta, fechou os olhos e adormeceu.

***

– Então a *professora* está tirando uma soneca. "Quão sarcasticamente ele disse 'professora'!". Anita não se mexeu. "Que pense que ainda estou dormindo".

– Ela ficará dolorida se não a deixarmos caminhar ao redor de vez em quando – era a voz da mulher.

– E com Aurélio do lado de fora, acho que podemos deixá-la dormir de noite sem amarrá-la. O que há de mal nisso? É só uma menina.

O som de uma forte bofetada e o grito abafado de dor da mulher fez Anita pular de modo que a cadeira caiu de lado com ela junto. A dor atravessou seu ombro quando caiu.

– Bateu nela? Por que bateu? Ela só queria ser decente. A ira transbordava o corpo de Anita. – Que tipo asqueroso é você? Ela e a cadeira foram ajeitadas. Uma mão áspera lhe segurou o queixo, apertou até que doeu e sacudiu a cabeça violentamente para trás e para frente antes de soltá-la.

– Melhor cuidar da língua, garotinha, e se ocupar de você, ou haverá mais e pior de onde isso veio. Se a sua gente responder corretamente às nossas demandas, logo estarás dormindo em sua própria cama. Enquanto isso, as coisas ficam exatamente como estão. E você – disse ele. Anita supôs que estava falando com a mulher e a voz transparecia ameaça –, você só fará o que eu disser. A porta abriu e fechou batendo fortemente.

– Está bem? – perguntou a mulher.

– Dói a mandíbula e o pescoço. E molhei um pouco a calça. E você? Está bem?

– Não se preocupe comigo – respondeu a mulher. – Vou levá-la novamente ao bosque e depois vai comer. Trouxe comida quente.

– Terei de dormir amarrada desse jeito?

– Pois é... Temo que sim.

Cumpriram a rotina de desatá-la e atá-la de novo, levá-la para fora para "fazer as suas necessidades" no bosque, atá--la novamente e comer. A mulher lhe deu a comida – arroz fervido, algo de carne dura. A mulher trouxe uma escova de dentes e água, mas negou-se a desamarrar as mãos de Anita. Anita tentou escovar os dentes, mas era difícil demais e logo desistiu. Antes de ir embora, a mulher amarrou os pulsos de Anita atrás da cadeira e depois começou a envolver uma pesada manta de lã ao redor dela com cadeira e tudo.

"Deveria lhe dizer que o guarda me tocou?", Anita decidiu que não, com medo de ser amordaçada de novo por ser dedo-duro.

– Estou prendendo a manta firmemente com alfinetes para que não escorregue.

– É muito amável. Obrigada – disse Anita, com a esperança de que a manta a protegeria também das exploradoras mãos dos guardas. Talvez a mulher tenha entendido. Quando ela foi embora, o som da porta ao fechar e o som do cadeado que caía firmemente no seu lugar foi tudo o que Anita pôde ouvir. Sentia-se tão só.

Anita havia aprendido umas poucas coisas, mas importantes. Quando a cadeira caiu, a venda dos olhos subiu ligeiramente, permitindo ver um pouquinho por baixo. O que viu a chocou. Reconheceu as botas do homem. O sequestrador e chefe era o *Gallero*, o homem que dirigia as brigas de galo. Por isso a voz lhe pareceu familiar. Quando ele havia parado na sua frente na rinha naquela atitude de chacota, ela havia abaixado o olhar para evitar seus olhos e havia notado as botas inconfundíveis: couro preto com desenhos em relevo, tachinhas prateadas ao redor da parte superior, bicos pontiagudos cobertos com ponteira de prata e perfurados com pontos de linha. E colocava as calças dentro do cano das botas. Lembrou-se disso também. E também sabia o nome do guarda que a havia tocado: Aurélio. "Talvez ele seja um dos que me arrastaram; o que mordi. Ou talvez é o que me segurou no cavalo. Não deve ser esse, porque esse homem seria realmente mau comigo porque lhe dei uma cabeçada. Este homem não é mau – mas repulsivo. Se colocar as mãos em mim de novo, terei de dizer. E acho que a mulher deve ser a esposa do *Gallero*".

Anita estava furiosa pensando na forma que o *Gallero* havia tratado à mulher. "Devo tomar cuidado para que não saibam que eu sei algo acerca deles. Não devo cometer nenhum erro ou isso seria ruim pra mim". Sozinha, com frio apesar da manta, confrontada com uma noite amarrada na escuridão. Anita foi novamente impactada pela terrível situação em que estava.

Chorando tão caladamente quanto podia, fez uma nota mental: "Cativa, fim do dia um".

***

Anita tinha certeza que não poderia dormir, de maneira que se surpreendeu quando acordou. Acordada, não podia pensar em outra coisa que não fosse a esperança de que a mulher viesse logo. A sua boca estava seca e com gosto ruim, os lábios ásperos. Sentia-se rígida e dolorida por todas as partes do corpo. Precisava de água. Tinha que urinar. Queria falar. Anita pensou em falar consigo mesma, mas teve medo de fazê-lo. "Por mais quanto tempo me manterão assim? O que é que os sequestradores querem? Algo sobre a Campanha provavelmente". Ela pensou na conversa que tiveram na aula sobre os *gusanos*, acerca de por que os contrarrevolucionários assassinaram Conrado Benítez. Ela pensou na forma zombeteira em que o *Gallero* havia dito a palavra "professora". "Ele deve odiar os brigadistas. Deve odiar toda a campanha de alfabetização. E por isso, imagino, deve odiar a revolução. O que mais poderia demandar me usando? Talvez esteja pedindo dinheiro aos meus pais". Esse pensamento alarmou Anita. Ela não sabia quanto dinheiro a sua família tinha. Eles viviam bem, mas sabia que não eram ricos, ao menos, não eram tão ricos como a família de Marci.

O terrível final de Conrado sempre estava em seus pensamentos. Que ela estivesse viva ainda era o suficiente para dar a Anita alguma esperança de que o destino de Conrado não seria o dela. Esforçou-se teimosamente em se convencer de que poderia ser resgatada. Talvez até mesmo hoje. Mas as horas passavam como antes, exceto que o guarda agora era um homem diferente. Este não amarrou as cordas tão apertadas como Aurélio, mas o suficiente para que ela não pudesse se soltar. A mulher veio e foi embora como tinha feito ontem, trouxe comida e a levou fora para fazer as suas necessidades. Fora, Anita rogou à mulher que a deixasse ficar mais um pouquinho para poder respirar o ar fresco.

– Não posso. O guarda perceberá e contará ao meu esposo – disse ela.

"Então o *Gallero* é seu esposo. O que farão com esta mulher quando me resgatarem?". Pela leitura dos romances de detetives, Anita sabia que a esposa seria considerada cúmplice, mesmo que ela tivesse sido forçada a fazê-lo contra a sua vontade. "Que lento parece estar o tempo!". Anita recitou a tabuada na sua cabeça. Lembrou nomes, datas e fatos importantes da história de Cuba. Experimentou balançar a cadeira de um lado a outro, o suficiente só para não cair. O balançar de alguma forma a acalmou. Começou a sentir falta de um banho, qualquer tipo de lavagem. Pensou no rio, o bem que havia se sentido flutuando na água morna empoçada entre as pedras. Pensou nos banhos frescos de esponja do barril de água da chuva de fora do *bohío*. Pensou no seu quarto em sua casa, na cama confortável, em ler na cama. Desejou poder fazer *clic* com os saltos do sapato três vezes, como a Dorothy em *O mágico de Oz*, e se transportar a Havana.

Ela pensava constantemente em todas as pessoas que estariam doentes de preocupação por ela. Uma e outra vez se censurava por ter baixado a guarda ao caminhar de volta pela trilha, por cantar *La cucaracha* e de ter sido no geral tão tola. Frequentemente, a garganta apertava dolorosamente com vontade de chorar, especialmente quando a mulher a envolvia na áspera manta de lã de novo e a deixava a noite.

E assim, o segundo dia como cativa veio e se foi.

***

– Guarda! Me ajude! Me ajuda! Socorro! – gritou Anita. Ela não podia se conter, ainda que isso significasse que amordaçassem de novo.

O guarda entrou de repente. – Que diabos está acontecendo? – a voz era a de Aurélio.

– Tem um bicho aqui. Algo correu por cima dos meus pés e posso ouvi-lo se mexendo por aí, talvez uma ratazana.

– Terei de sair e procurar uma lamparina e um facão – disse Aurélio.

– Não feche a porta. Por favor, não feche a porta.

Quando Aurélio voltou, ela pôde ouvi-lo caminhar devagar pela cômodo. Ouviu um golpe. Aurélio lançou um palavrão e depois houve um outro golpe, desta vez mais próximo. Anita gritou mais uma vez.

– Não grite. Já a matei.

– Era uma ratazana?

– Sim.

– Grande?

– Uma ratazana normal. Tem migalhas da comida no chão perto de você. Foi isso que provavelmente a atraiu. Direi a Marlena que varra qualquer comida que cair depois de você comer.

– Por favor, não feche a porta. Prometo não gritar mais. Fico com muito medo de ficar sozinha na escuridão com a porta fechada.

– Terei de consultar o chefe primeiro.

– Está levando a ratazana morta?

– Sim.

– E não se atreva a me tocar de novo ou vou contar.

– Só se acalme, menininha.

Mas Anita não conseguia se acalmar. Poderia haver mais de uma ratazana. Aguçou o ouvido para escutar ruídos de correrias. A cabeça doía. Tudo doía. Não conseguia lembrar que dia era este. Passos.

– O chefe disse que podia deixar a porta aberta um pouco durante o dia, mas que tenho que fechar à noite. O chefe disse que qualquer barulho que você fizer eu fecho a porta e mantenho fechada. Entendeu, menininha?

– Obrigada – murmurou Anita. Ficou sabendo de algo mais. "O nome da mulher é Marlena e ela e seu marido moram perto daqui".

O que restava do dia três se alongava, as horas de forçada quietude a deixavam dormente. Com a porta semiaberta, sentia-se grata pelo ar fresco que entrava, pela distração de escutar Aurélio se mexer de vez em quando, de ouvir a fricção dos fósforos quando ele acendia seus cigarros. Até o cheiro da fumaça do cigarro que enchia o ar era um alívio para o cheiro de umidade quando a porta estava fechada. Esteve tentada a falar com Aurélio, mas conteve a língua, por temor que fechasse a porta, ou pior, que a amordaçasse.

Algumas vezes pensava em Claudio e imaginava conversas com ele acerca de como se escreveriam quando a campanha terminasse, e fariam planos para se visitarem. Imaginava escrevendo longas cartas ao seu irmão, contando sobre ter sido sequestrada, como se isso fosse só um relato apaixonante. Pensava na família Pérez. Quando ela ficasse livre de novo e seus sequestradores presos na cadeia, seus alunos fariam a segunda prova. Anita tinha a esperança que eles estivessem estudando um pouco, por mais preocupados que estivessem por ela.

Quando a esposa do *Gallero* veio e se foi, Anita não deixou que ela percebesse que sabia o seu nome. Anita sentia muita sede, mas não bebeu toda a água que queria para não ter que se preocupar tanto em reter a urina. E, graças a Deus, ouviu Marlena varrendo o chão sujo antes de ir embora de noite. O galpão havia ficado mais frio com a porta aberta o dia todo, mas valeu a pena, sabendo que Aurélio estava ali, sentindo o mundo exterior. Mas quando a porta fechou, quando ela ouviu o som do cadeado, Anita sentiu como se estivesse sozinha no mundo. Então, de repente e sem razão alguma, um sentimento maravilhoso invadiu Anita, um sentimento que surgia do seu interior e que a aquecia até a ponta dos dedos. "Os meus pais não estão longe. Talvez no povoado. Talvez na escola. Mas estão por perto. Posso senti-los".

Apesar do ar úmido e frio e do seu corpo duro e dolorido, Anita sentiu que poderia dormir sem medo mesmo ainda estando cativa ao final do dia três.

Quando Marlena veio de manhã para fazer as tarefas habituais, Anita pressentiu que alguma coisa andava mal, muito mal. Marlena estava desajeitada, atrapalhando-se quando desatou as cordas. A sua voz soava apertada na garganta. Fez com que Anita se apressasse para voltar ao galpão depois da sua saída.

– O que está acontecendo? – perguntou Anita finalmente, temerosa de ouvir a resposta.

Marlena não respondeu e ficou em silêncio enquanto Anita comia um pão molhado no café morno. – Cubra-me com a manta outra vez antes de ir embora – disse Anita. Não consigo parar de tremer.

Quiçá a paciência do *Gallero* estava se esgotando. Anita não pôde evitar pensar no que aconteceria se o *Gallero* não conseguisse o que estava pedindo, as suas "demandas", quaisquer que fossem elas. "Ele não me deixará ir embora. Mas, poderia me matar, realmente?". A possibilidade de que ela pudesse terminar morta apareceu fugazmente. Sentiu náuseas. Às vezes era capaz de lembrar que a sua intuição lhe disse que seria resgatada, que ela sairia desse pesadelo. Mas hoje não parecia capaz de reter esse pensamento durante muito tempo. Lutou contra o pânico que aumentava à medida que passavam as horas. A sua cabeça batia com força. Queria que apertassem mais a manta. Será que em algum momento se aqueceria!

Uns passos que se aproximavam reconcentraram seus pensamentos. O *Gallero* entrou falando com a voz colérica. – As coisas não parecem muito boas para você, menininha. A sua gente teve muito tempo para cumprir as nossas demandas, mas nada tem acontecido. Agora sou obrigado a considerar o que fazer com você – disse ele, em tom ameaçador.

– Diga quais são as suas demandas? Talvez possa ajudar.

O *Gallero* demorou a respondeu.

– As demandas são simples – disse finalmente. – Queremos que todos os brigadistas e os supervisores da região de Bainoa caiam fora, que retornem de onde vieram. A campanha de Bainoa deve terminar. Essa loucura de ensinar a lavradores comuns que não prestam para nada a não ser para manejar um facão nos campos de cana ou colher amendoim tem que parar. E ensinar aos desgraçados bastardos de escravos que eles são iguais a mim? Oh, não, menininha! Isso tudo tem que terminar! – a voz do *Gallero* tremeu com a paixão de suas palavras. – A administração foi informada que tem até amanhã às 17h – continuou com a voz mais controlada. – Então, menininha, sugiro que comece a rezar para que eles se mexam rápido de verdade – Anita ouviu ele se virar para ir embora.

– Espere... Talvez eles precisem de provas de que... estou viva ainda. Eu poderia escrever um bilhete.

– Boa tentativa, menininha. Mas essa venda fica onde está. Se você sair daqui, não gostaríamos que você identificasse alguém, não? Como eu disse, reze.

O tempo e a paciência do *Gallero* estavam se esgotando.

"Como ficar calma quando não se pode fazer nada para se ajudar, quando está imobilizada, quando se está presa, temendo por sua vida e a escuridão que envolve seu corpo

por toda parte parece estar lhe empurrando para frente...
para a frente em direção a que...?"

Anita obrigou-se a pensar em todas as coisas que faria
quando a resgatassem. Primeiro, viu-se como estava agora, suja, com as pálpebras doloridas e endurecidas com as
secreções secas de sujeira e das lágrimas que não podia
limpar, a roupa amassada, suja, malcheirosa, seu cabelo
todo emaranhado. Depois, viu-se mergulhada no luxo de
um banho quente, a água aromática, ela completamente
limpa. Depois disso, fez umas quantas resoluções, promessas que cumpriria quando estivesse livre. "Número um:
prometo não ser respondona com a minha mãe e tentar
me relacionar melhor com ela. Número dois: prometo me
ocupar com maior responsabilidade das minhas coisas em
casa. Número três: prometo escrever a Marci uma carta
a Miami uma vez por semana". Ao pensar na sua amiga,
sentiu uma desesperadora necessidade de tocar o relicário
em sua garganta; os dedos das suas mãos atadas abriam e
fechavam detrás de suas costas.

Por fim, sentiu-se o suficientemente firme para pensar sobre algo mais do que as ameaças do *Gallero*. "Se as demandas
não foram cumpridas é porque há um plano, raciocinou ela.
Os responsáveis pela campanha não abandonarão tudo – só
a mim. Não... eles sabem, sim, onde estou e há um plano para
me resgatar. Seja qual for o plano, acontecerá em breve. Tem
que ser logo". Convencida disto, Anita parou de tremer e a dor
de cabeça atrás dos olhos deixou de latejar com tanta força.

Quando Marlena a conduziu para fora essa tarde, Anita
rogou-lhe em voz baixa.

– Eu sei que você não gosta de fazer isto, que você está
fazendo contra a sua vontade. Por favor, me ajude, me ajude
a escapar.

A resposta de Marlena foi breve. – Não posso. Ele me mataria.

– Você acha que ele me matará se as coisas não acontecem do jeito que ele quer? – perguntou Anita. Marlena não respondeu. "Suponho que isso significa que ela sabe que ele assim o fará". Sentia como se as suas pernas fossem de geleia ao voltar ao galpão. Quando Marlena foi embora de noite, ela vacilou antes de fechar e passar o cadeado na porta.

– Até amanhã senhorita.

"Talvez não – pensou Anita. – Talvez amanhã eu esteja fora daqui". Mas outra vez Anita fez uma nota mental: "Cativa, fim do dia quatro".

Anita tentou não pensar no *Gallero*, ele em casa imaginando o que fazer com ela se as suas demandas não fossem cumpridas. Ela não queria dormir e de qualquer maneira, como estava tão tensa, calculou que dormir seria impossível. Mas à medida que transcorria a noite, custava-lhe mais manter os olhos abertos...

...Conrado parou para descansar. Ignorando sua mochila pesada, sentou-se encostado numa árvore. Havia subido rapidamente as trilhas íngremes através das montanhas, ávido por chegar ao povoado antes de escurecer. Depois de uma semana longe visitando a sua família, voltava ao seu trabalho como professor voluntário de um programa piloto de alfabetização. Mal podia esperar por voltar às crianças, à escolinha que ele havia ajudado a construir. O bosque era denso e escuro por toda parte, uma selva de árvores e cipós. Secando o suor do rosto e do pescoço com o seu lenço, inclinou o cantil e tomou um grande gole. Justamente quando levantava para continuar seu caminho, uma voz ameaçadora rompeu a quietude.

– Vai para algum lugar, negrinho?

Assustado, Conrado virou-se em direção à voz. Um homem a quem nunca havia visto antes estava em pé a poucos metros, apontando com um rifle. Uns ruídos lhe fizeram saber que havia outros se aproximando. Conrado olhou ao redor. Estava rodeado de homens e todos eles tinham rifles. Escapar era impossível. Apesar do calor do fim da tarde que tinha sufocado o canto das aves, um calafrio de medo percorreu o corpo de Conrado. O homem que se aproximou dele tinha o rosto picado de varíola, distorcido com uma expressão de desdém e em seus olhos lia-se o ódio. Nunca antes Conrado havia visto olhos semelhantes, de cor tão clara que pareciam transparentes. Confrontado com tais olhos, Conrado teve que abaixar os seus contra tão cruel expressão. Ali não havia piedade.

As advertências que os camponeses tinham feito na noite anterior e novamente esta manhã apareceram agora rapidamente na sua cabeça. – Enquanto você estava longe, um bando de contrarrevolucionários esteve ativo na área. Eles tentaram emboscar dois professores voluntários perto de Sancti Spiritus, mas os professores tiveram sorte e escaparam. Poderia ser perigoso para você andar agora pelas montanhas.

– Por que os contrarrevolucionários haveriam de atacar os professores voluntários?

– Rapaz, eles têm várias razões, mas a verdade é que os contrarrevolucionários odeiam tudo o que a revolução está fazendo no país, incluindo os programas de alfabetização – disse um. – E eles odeiam que agora devem nos pagar salários decentes – disse outro. – Fique – disseram eles. – Espere que peguem o bando numa batida. Mas Conrado estava impaciente por ir embora. Agora desejava tê-los escutado.

– Esvazie a sua mochila, negrinho – ordenou o homem dos olhos cruéis.

– Só são coisas pessoais – protestou Conrado.

– *Faça o que estou dizendo* – ordenou o homem lhe dando uma coronhada na cabeça com seu rifle. Conrado viu estrelas, mas não gritou. O homem sacudiu a mochila e esvaziou o conteúdo no chão. Na noite anterior, Conrado havia mostrado aos camponeses os presentes que trouxera para as crianças. "Estes brinquedos, livros para colorir e giz de cera serão os primeiros que essas crianças terão visto". Agora, os brinquedos estavam espalhados no chão. O homem chutou-os, jogando-os pelos arbustos. O homem pegou os livros.

– *E estes?* – disse.

– *Livros que pretendo estudar* – respondeu Conrado. Os livros de estudo haviam deixado a mochila pesada, mas ele não se importava. Tudo o que ele sempre quis fazer era estudar, aprender mais. Lembrando-se dos muitos anos como menino engraxate e vendedor de pão, feliz que aqueles anos ficaram para trás, ele ia cantando à medida que subia pela trilha. O novo governo revolucionário havia lhe oferecido uma oportunidade de ser professor voluntário, de ser alguém, e ele havia agarrado a oportunidade. Algum dia, esperava poder ensinar numa escola pública.

– *Imagina isto!* – disse o homem, virando-se aos seus sequazes, com os livros ao alto para que pudessem vê-los. – *Anatomia. Matemática. Que grandes ideias tem o negrinho!*

Colocando-se a centímetros do rosto de Conrado, arrancou as páginas dos livros com um gesto de desprezo, primeiro de um, depois do outro, observando Conrado com menosprezo e com esses olhos terríveis. Jogou para o mato o que restou dos livros, seguido de um espesso escarro. Depois obrigou Conrado a ficar de joelhos e lhe disse que estava num julgamento.

– *Julgamento? Por quê? O que é que eu fiz?* – perguntou Conrado.

– *Ser um preto que não sabe qual é o seu lugar* – disse o homem. Está sendo julgado por ser um agitador, por seguir esse maldito Fidel Castro, o maior agitador de todos eles – ele e a sua maldita revolução – que acredita que a sua revolução pode tirar as propriedades de homens como nós e entregá-las a uma gentalha como você. À medida que falava, o rosto do homem ficava vermelho de raiva e seus olhos pareciam ainda mais pálidos, o que aterrorizava ainda mais Conrado. O homem fez um gesto com a cabeça em direção a Conrado. O bando o cercou.

– Tudo o que estou fazendo é ensinar as crianças a ler e escrever... – tentou dizer, mas os homens não o deixavam terminar, não o deixavam dizer nada. Toda vez que tentava dizer alguma coisa, batiam com as coronhas de seus rifles e lhe bateram até que não conseguiu mais falar, até que ficou calado, encolhido no chão, com os ouvidos latejando por causa dos golpes na cabeça.

– Nós somos seus juízes e seu júri, garoto.

Virando-se a seus homens, o chefe do bando contrarrevolucionário disse, "Se deixarmos este preto viver, ele e outros como ele ensinarão os filhos e as filhas de vocês algum dia. Vamos permitir isso? Vocês ouviram as acusações contra este agitador. Agora o deixaremos ouvir o veredicto".

Com os olhos quase fechados de tão inchados, Conrado viu os homens girarem os polegares para baixo e os ouviu dizer um a um:

– Culpado.

– Culpado.

– Culpado.

O homem dos olhos pálidos fez um gesto a um dos homens que jogou uma corda por cima de um galho grosso e fez um laço. Batendo e empurrando-o, levaram Conrado à árvore.

– A sua última boa ação na terra é servir como advertência para que todos os benfeitores como você parem de tentar mu-

dar as coisas em Cuba – disse o homem. Se eles não pararem, muitos outros terão o mesmo destino.

Quando o laço foi deslizado por cima da sua cabeça e estava apertando ao redor do pescoço, Conrado Benítez lembrou que faltavam poucos dias para completar 19 anos.

***

Anita acordou sobressaltada pelo pesadelo. A boca e a língua estavam extremamente secas, o seu corpo tremia dentro da manta. Tensa e alerta, aguçou o ouvido para escutar sons, aguçou o ouvido para escutar qualquer coisa incomum. O coaxar das rãs. Sons que podiam ser de bichinhos correndo entre as plantas do lado de fora, ao redor do galpão. Grilos chirriando estridentemente. Havia sons vagos que ela não podia identificar em absoluto. Anita começou a interpretar cada som como o movimento furtivo e oculto dos resgatadores que se aproximavam sigilosamente do galpão para emboscar o guarda. Como o renderiam? Desesperada, decidiu que todos os sons só eram sons corriqueiros. "E se ninguém vier? E se eles vierem, mas as coisas derem errado? Se o guarda ver ou ouvir algo suspeito, ele me usará como refém. E aí?".

O cadeado fez um *clic* e a porta abriu-se. Ela fingiu estar dormindo, deixando sua boca se abrir. "Deve ser o guarda". Ela o sentiu parado frente a ela. "Que não me toque, que não me toque", rezou silenciosamente. Ele foi embora. *Clic.* "Estava só me checando, *graças a deus*". Um pouco depois, Anita ouviu os roncos. Uma coruja piou por perto. Outra coruja piou de outro lugar. Será a mesma coruja, voando pelos arredores, caçando ratazanas ou ratos do mato? Anita ouviu um grunhido estranho, depois silêncio de novo. "O que está acontecendo?". O seu coração começou a bater descontroladamente. "Devo gritar?". Então houve sons de estalos na porta que ela não pôde explicar. De repente, entrou o ar frio e uma mão lhe cobriu a boca. Uma voz de homem sussurrou. – Está a salvo, senhorita. Fique totalmente calada. Não se mexa.

GUINADA

Os disparos romperam o silêncio. O resgatador de Anita jogou a cadeira ao chão e a protegeu com seu próprio corpo. Anita ouviu passos que corriam, mais disparos, depois gritos.

– Está ferido, capitão. Um tiro na perna. Está no chão, desarmado e rodeado.

Umas mãos tiraram a manta e a venda e estavam desatando suas mãos e pés. Umas mãos a colocaram em pé. Umas vozes lhe reafirmaram que estava a salvo, que os seus sequestradores foram detidos. Os joelhos de Anita dobraram. Umas mãos a seguraram. Luzes de lamparinas varreram ao redor do galpão. A dor percorreu a parte superior do seu corpo quando levantou os braços para cobrir os olhos contra a luz intolerável. Quando os olhos se focaram, ela viu vários homens com roupa preta, as suas caras manchadas com algo preto. Todos lhe sorriam, com os dentes reluzindo de branco em seus escurecidos rostos. Um homem uniformizado entrou e todos se colocaram em posição de sentido.

– Capitão da Silva, polícia militar à sua disposição, senhorita Anita. Tenho certeza que você quer ver os seus pais antes de qualquer coisa. Eles estão esperando na escola. Pode caminhar até o veículo? – Anita tentou se mexer para apertar a mão estendida do capitão, mas as pernas não responderam. O chão pareceu avançar sobre seu rosto enquanto ela caía de frente.

Quando voltou a si, Anita estava estendida sobre a manta no chão sujo do galpão. Um dos homens vestido de preto estava ajoelhado ao seu lado.

– Como está se sentindo agora, senhorita?

Anita sentou-se. – Estou bem. Sedenta, mas bem. O que aconteceu? Vocês são policiais?

– Polícia militar – corrigiu o soldado. – Você desmaiou. Provavelmente pelo estresse. Tome, beba isto. Ele passou um cantil militar do qual ela bebeu até a última gota de água.

– Como me encontraram? – perguntou ela.

– Terá que perguntar ao capitão da Silva sobre isso – disse ele. – Somente nos disseram como executar a operação de resgate.

– Como entraram tão silenciosamente? A porta estava fechada com cadeado. Um cadeado de combinação, eu acho.

– Eu desparafusei os ferrolhos e retirei a porta.

– O que aconteceu com os sequestradores? Ouvi disparos.

– As três pessoas que estavam aqui foram capturadas e detidas. O capitão diz que provavelmente há outros envolvidos. O sujeito que estava de guarda na porta foi nocauteado, mas não seriamente machucado. O outro homem que estava na casa resistiu à prisão. Ele estava armado e abriu fogo. Tentou fugir e foi ferido na perna. Um dos nossos homens foi ferido durante a operação, mas sem perigo para sua vida.

– E a esposa do homem? Ela está bem?

– Ela rendeu-se logo e foi detida junto com os demais.

– O esposo obrigou-a a tomar parte disto. Ela foi muito amável comigo. O que acontecerá com ela?

– É difícil saber, senhorita. As acusações serão muito sérias. Você é uma jovem de sorte por estar viva. Como certamente já sabe, os contrarrevolucionários dispostos a ir tão longe em seu ódio à revolução são extremistas. Eles já assassinaram outros que sequestraram.

– Os meus pais já sabem que estou a salvo? E a família Pérez, a minha família de alunos... Já sabem? Quando posso ir embora daqui?

– Estamos esperando o retorno do Capitão da Silva. Ele lhe dirá se seus pais e os outros foram informados.

– Diga-me honestamente, estou pavorosa? Cheirando mal?

Embora o galpão estivesse iluminada só por um raio de luz da lamparina, na mão do resgatador, Anita poderia dizer que o homem estava corando.

– Essa não é realmente a minha área de conhecimento, senhorita.

***

O capitão da Silva levou Anita à escola. Na estrada, contou como eles souberam do local onde estaria presa.

– Interrogamos todas as pessoas que poderiam ter passado na estrada principal e nas estradas vicinais que levam ao *bohío* da família Pérez no dia em que foi sequestrada. Um camponês nos disse que havia sido ultrapassado no caminho por uma carroça puxada por cavalos com uma pilha de palha. Ele cumprimentou o condutor, a quem reconheceu, e nos disse que ouviu algum tipo de ruído quando a carroça passou.

– Era eu batendo e tentando fazer qualquer barulho que fosse possível – interrompeu Anita –, mas eu estava amordaçada e atada tão forte, e havia tanta palha – não pensei em absoluto que tivesse feito algum ruído.

– O barulho que conseguiu fazer foi muito importante, senhorita, porque ao final nos levou à identificação positiva dos seus sequestradores. O camponês disse que não deu a devida importância a esses sons fracos que ouviu até que foi interrogado. Ele identificou o condutor da carroça, a quem prendemos e interrogamos durante várias horas. No começo não falava, mas ao final o fez. Depois disso, era só questão de observação e de formular a maneira mais segura de resgatá-la. À medida que o veículo se aproximava da escola, Anita mal podia conter a emoção. O capitão da Silva lhe disse que ninguém sabia se a operação de resgate tinha sido bem sucedida.

– O temor de todo mundo era que seus sequestradores já a tivessem matado, senhorita.

Quase chegando, Anita pôde ver muita gente sentada nos degraus ou em pé no fundo. Quando perceberam que o carro se aproximava, os que estavam sentados levantaram-se ao mesmo tempo, todos se viraram para esperar o veículo que se aproximava. Ali estavam a sua mãe e o seu pai, iluminados pela luz dos faróis do veículo! Anita saltou do carro antes de parar completamente. Correndo, tropeçando, voou para os braços abertos de seus pais. Todos ficaram loucos de alegria comtemplando o emocionante reencontro. Para surpresa de Anita, ali estava Mário, o seu querido irmão, lindo, barbudo e mais musculoso! Um a um, todos a abraçaram, Marjorie, Pamela, Suzi, Marietta, Claudio, todos os seus companheiros brigadistas, os supervisores, a diretora da campanha. Anita esqueceu todas as suas preocupações sobre o mal cheiro e estar pavorosa.

– Nita, Nita.

Anita se virou para ver Nataniel lutando nos braços de Ramón para tentar alcançá-la. Ali estava toda a família Pérez esperando silenciosamente para saudá-la, com os olhos luminosos e as lágrimas correndo por seus rostos. Anita abraçou fortemente a todos e lhes pediu desculpas por suas besteiras.

O pai de Anita afastou-se do grupo e caminhou até o veículo militar onde o capitão da Silva estava encostado, fumando. Ele jogou para longe o cigarro quando o pai lhe estendeu a mão para apertar a sua. Num gesto espontâneo, o grupo inteiro se adiantou para agradecer e felicitar o capitão. Bombardeado de perguntas sobre a operação de resgate, o capitão levantou as mãos e negou com a cabeça.

– Somos afortunados de termos a senhorita aqui conosco agora, sã e salva. Amanhã, entrevistaremos a senhorita e daremos informações sobre os sequestradores e a operação de resgate. Devemos interrogar as três pessoas detidas esta noite para saber quantos mais estavam envolvidos. Estamos à procura de pelo menos mais outro homem. A senhorita me disse que acredita ter causado lesões na mão e na cara de um, talvez dois, dos seus capturadores no momento do sequestro. Pode inclusive ter quebrado o nariz de um dos sequestradores. Essa pessoa, um homem, não está entre as quatro pessoas detidas.

– Bravo, Anita – gritaram as pessoas ao ouvir isso.

– Por sua segurança – continuou o capitão –, a polícia militar manterá uma maior presença na região, mas continua séria a ameaça a todos os brigadistas. A administração da Campanha deve exercer extrema cautela e vigilância para protegê-los de qualquer perigo. Amanhã, eu conversarei sobre tudo isso com a senhora diretora e com a sua equipe de supervisores regionais. Até amanhã, boa noite.

Com isto, o capitão saudou à pequena multidão, entrou no carro e foi embora. Vários guardas da polícia militar, que Anita não havia notado por causa da emoção, tomaram posições ao redor da escola enquanto todos entravam.

– Ficou com medo? – todo mundo queria saber.

– Sim, muito medo. O tempo todo. O *Gallero*, o chefe, era um homem brutal. Mas sabem de que sentia mais medo? – de repente Anita sentiu-se muito envergonhada de falar da humilhação de ser acariciada, ou pior, do medo de ser violentada... – Amarrada à cadeira durante horas e horas, sentia medo de urinar nas calças.

– Anita! – a repreendeu mamãe, enquanto todos os demais riam. Anita lançou um olhar a Claudio. Ela estava consciente que ele não havia tirado os olhos de cima dela nem um segundo. Com o braço de Mário ao redor dos seus ombros e a sua mão segurando firmemente as da sua mãe, Anita descreveu a sua terrível experiência e respondeu às perguntas até que foi arrebatada pela exaustão.

***

Vestida com roupa limpa da cabeça aos pés, usando pijamas quentes trazidos da sua casa, Anita deitou pela primeira vez em cinco dias entre lençóis limpos e mantas quentes num hotelzinho em Bainoa. Às 3h, a sua mãe e o seu pai lhe deram o boa-noite e estavam dormindo no quarto ao lado. Anita pensou em Mário, dormindo na escola. Ele tinha de voltar ao seu posto, de tal forma que só teriam tempo de tomar o café da manhã juntos antes que ele voltasse a Havana com seus pais e pegasse um voo ao leste, de volta ao seu posto.

Quando estava prestes a dormir, as pálpebras de Anita abriram de repente. "Havana! Amanhã!". Pulou da cama e bateu na porta do quarto de seus pais. Ouviu seus pais correndo para abrir a porta.

– O que foi, Anita? Está bem, querida?

O rosto do pai expressava ansiedade, a mãe apressou-se a abraçá-la, fazendo murmúrios de consolo.

– Estou bem. De verdade, estou bem – disse Anita. – Apenas preciso lhes dizer algo importante. Antes que seus pais pudessem perguntar o que era, Anita avisou: – Não importa o que vocês digam, eu não vou voltar a Havana até que a campanha esteja concluída. Se me obrigarem a fazê-lo, não vou lhes perdoar nunca!

Apressou-se a voltar ao seu quarto antes que seus espantados pais pudessem pronunciar uma só palavra, fechou a porta e em minutos adormeceu.

A SEGUNDA

Num agradável dia de setembro, durante o primeiro seminário depois do seu resgate, as pessoas tratavam Anita como uma espécie de celebridade. Havia ficado um pouco tedioso responder às mesmas perguntas várias vezes, e ela sentiu-se aliviada quando os supervisores chamaram todos para reunião. Anita e Marietta sentaram-se com as pernas cruzadas sobre a grama, entre todos os brigadistas, para escutarem os informes sobre o progresso da campanha. Nesse momento, estava claro para quem estava a cargo da campanha que, no ritmo que as coisas andavam, não conseguiriam alfabetizar 1 milhão de pessoas até o final do ano. Os organizadores da campanha em Havana haviam concebido novas estratégias que a diretora regional explicava agora.

– Aproximadamente 40 mil trabalhadores das fábricas serão liberados dos seus trabalhos para se integrarem em brigadas especiais de alfabetização chamadas Brigadas Pátria ou Morte. Elas brigadas serão instaladas por todo o país para dar aulas onde for necessário. Estão exortando às mulheres das cidades para que deem aulas em seus próprios bairros. Será exigido às juntas escolares locais que supervisionem todos os operários brigadistas em suas áreas. E ontem foi anunciado que a reabertura das escolas foi adiada para janeiro...

Assim como todos os demais que ouviam estas notícias, Anita e Marietta aplaudiram e assobiaram até que todos os supervisores, sentados entre eles, ficaram em pé e levantaram os braços como sinal para pedir silêncio.

– Como dizia, a reabertura das escolas foi adiada para que todos os professores profissionais pudessem se unir à campanha. Um grande grupo de professores, chamados de guias, será enviado para solucionar problemas onde for mais necessário. Além disso, há pedidos para que todas as pessoas instruídas se apresentem como voluntários para ajudar a ensinar no local onde moram. Com tudo isso junto, Cuba será uma gigantesca escola. Alguns de vocês têm reclamado que não têm tempo suficiente para confraternização, então os supervisores organizarão uma festa, uma festa de verdade, com uma banda para dançarem.

Os sorrisos ao redor poderiam ter iluminado uma caverna.

Durante o tempo livre, Anita e Marietta riam de algumas coisas que haviam aparecido durante a reunião dos grupos de orientação. Uma garota de nome Silvia contou sobre um sério problema que estava vivendo. Desde o começo de sua designação, a esposa de sua família de alunos havia sido pouco acolhedora. Apesar dos esforços de Silvia, a esposa ia ficando mais e mais desagradável, o que tornava o ensino muito difícil. – Agora percebo que a mulher tem ciúmes e os ciúmes estão tornando-a uma má pessoa. Joga sal na minha comida, me obriga para fazer o trabalho mais sujo e inventa tarefas ridículas para que eu as faça quando o seu marido está em casa. Às vezes a ouço me insultando entre os dentes.

– O mais provável é que tenhamos que lhe designar para algum outro lugar – concluiu Marjorie. Diante disso, a brigadista começou a chorar.

– Mas eu não fiz nada para merecer isso – protestou.

Para tranquilizá-la, Marjorie disse: – Esse tipo de coisas não é incomum. A única solução é designar um professor para essa família. E como se comportou o esposo? Garantiu à sua esposa que não havia motivo para estar ciumenta?

– Está brincando? – respondeu Silvia. – Ele adora todo o alvoroço ao seu redor e se exibe como um galo. Todo mundo riu, inclusive os garotos que coraram até a ponta das orelhas.

Ano da Educação
15 de setembro de 1961
Querido Mário,

A polícia encontrou e prendeu o sujeito em quem dei a cabeçada. Realmente quebrei o nariz dele! Ele revelou os nomes de outros que faziam parte do grupo de contrarrevolucionários que também foram presos. O *Gallero* era o líder dos contrarrevolucionários na região. O sequestro me parece um terrível pesadelo, mas ainda tenho alguns hematomas em technicolor: da viagem na carroça e os pulsos e tornozelos doloridos por ter ficado amarrada para poder me lembrar de quão real foi tudo. Marjorie tinha razão – Bainoa tem sido uma aventura. Aventura demais!

Estou com um nó na garganta, agora mesmo, porque Marci vai embora de Cuba para Miami hoje – o dia em que perco a minha melhor amiga. Zenaida e eu agora somos amigas, mas levou um longo tempo para vencer as suas atitudes ríspidas. Os supervisores organizaram uma fantástica festa para todos os brigadistas da região e eu trouxe Zenaida. Ela foi a rainha da festa com o vestido e os sapatos novos que mamãe lhe deu. Havia muita paquera rolando, e ela desfrutou. Meus pés ainda doem de tanto dançar. Fico tímida em escrever isto, mas pode ser que eu tenha um namorado – Claudio, um dos brigadistas que você conheceu. Não sei se quero um namorado fixo, mas é agradável ser cortejada. Devem ter lhe informado que não voltaremos à escola, só em janeiro. Que sorte! Não acredito que tenham se passado já quatro meses desde que estou aqui. Ainda restam três meses e meio.

Com amor,
Anita

Estar próxima de uma mulher grávida era uma nova experiência para Anita. Ela observava a barriga de Clara que inchava, e algumas vezes Clara a deixava apalpar o bebê quando este se mexia. Clara estava quase no sétimo mês de gravidez e, embora se queixasse poucas vezes, Anita sabia que estava se sentindo incomodada. Trabalhava como sempre, mas tinha que deitar para descansar várias vezes ao dia.

Um dia Anita estava parada na entrada desfrutando a sensação do sol de manhã cedo quando Clara saiu do seu quarto bocejando. Seu rosto estava manchado e inchado.

– Bom dia, Clara. Como está se sentindo hoje?

Clara movimentou-se lentamente ao longo do quarto com as mãos segurando a barriga.

– Vou me sentir melhor em alguns minutos, Anita, depois de tomar um cafezinho. O interior do *bohío* ainda estava escuro, e enquanto Clara preparava o café, Anita acendeu a lamparina, num ritual que ainda lhe fascinava, e virou as páginas de *"Venceremos!"* até a lição do dia. Ramón entrou vindo do quintal trazendo com ele o cheiro dos animais.

– De que tratará a lição de hoje? – perguntou ele, sentando-se à mesa.

– "Cada cubano dono de sua casa" – disse Anita.

– O governo está prometendo que nós, os camponeses pobres, teremos casas de verdade? – disse Ramón, com expressão de incredulidade.

– Marjorie me disse que, em outras regiões, os brigadistas estão ajudando os camponeses a se mudarem com seus pertences a casas e apartamentos recém-construídos em cooperativas, por isso tenho certeza que isso também acontecerá na região de Bainoa.

– Seria bom ter uma casa com piso de verdade e água corrente dentro – disse Clara – Haverá também banheiros dentro?

– Acho que sim – disse Anita.

– Quando eu puder ver, vou acreditar – falou rapidamente Ramón.

– Eu também – disse Zenaida, ainda esfregando os olhos por causa do sono.

Quando terminou o simples café da manhã de pão e café com leite e a mesa ficou limpa, Anita mudou a voz de conversa para a do seu jeito de ensinar. – OK, incrédulos, comecemos a lição agora. Leiam e escutem: "Nos anos vindouros, o povo não estará morando em *bohíos* no campo ou em cortiços nas cidades...".

À medida que cada um dos membros de sua família de alunos lia o parágrafo depois dela, Anita ficava maravilhada do quanto os seus estudantes haviam avançado. Agora podiam pronunciar palavras mais difíceis e ler orações simples, gaguejando menos. Podiam tranquilamente fazer exercícios de preencher espaços em branco e escrever o ditado com menos erros. – Não sei quando, mas logo nesta região todos farão a segunda prova – informou Anita ao final da lição. O que vocês acham disso? Anita sentiu-se aliviada ao ver que eles aceitavam a notícia sem entrar em pânico.

– Eu quero ter terminado todas as lições até o momento do bebê nascer – disse Clara. – Com duas crianças, pode ser que não tenha cabeça nem tempo para estudar.

– Gostaria de ter aulas extras antes do bebê chegar? – perguntou Anita.

– Isso seria uma boa ideia – disse Clara, com o rosto iluminado.

– E eu posso também? – perguntou Zenaida.

– Está bem, se Clara estiver de acordo – respondeu Anita.

– E eu? – disse Ramón, fingindo estar ofendido. – Todas as mulheres vão se formar e me deixar pra trás?

– Sim – disse Clara, empurrando-o para a porta. – O homem deve ir trabalhar para colocar arroz, feijão e amendoim na mesa.

Ramón fez como se arrancasse os cabelos. – Vocês, mulheres, não são mais do que tiranas e os homens são seus escravos – colocou a mão ternamente sobre a grande barriga de Clara por um momento, depois foi trabalhar, assobiando.

8 de outubro de 1961
Querido Diário,
Claudio é tão divertido! O garoto me faz rir. Pediu para que eu passasse o tempo livre com ele no próximo seminário dos brigadistas. Não acredito que Marietta se importe. Ela sempre está me aborrecendo com Claudio. Diz que ele é bonito e que se eu não aceitar um rapaz tão bonito, ela o fará. Hoje, depois do seminário, todos os brigadistas foram em caminhões para ajudar na colheita de tomates. Alguns tomates estavam partidos e o suco me corria pelos braços. As mãos adormeceram muito com o frio, mas me senti bem trabalhando com todos. Lembro que quando chegamos em Bainoa a primeira vez, todos no povoado nos olharam de forma esquisita. Agora quase todo mundo é muito carinhoso com a gente e nos tratam como se fossemos daqui. Que triste será quando chegar o momento de irmos embora!
Anita, a brigadista

Agora que o tempo havia esfriado, Anita ficou alegre que o seminário seguinte mudasse para dentro do prédio escolar arruinado e sem uso no povoado. Quando a diretora anunciou que alguns brigadistas de outras regiões já haviam fincado a bandeira da alfabetização nas portas onde ensinavam, e que alguns lugares estavam perto de fazê-lo nas praças das cidades, Anita não podia crer no que ouvia. E os demais também não.

– Como pode ser isso! – exclamavam os brigadistas. – A maioria dos nossos alunos nem sequer fez a segunda prova ainda. Muitos brigadistas pensavam que seus alunos ainda não podiam fazer a prova. As vozes desoladas dos brigadistas percorriam as filas de bancos até que gradativamente foram se apagando. Rostos lúgubres olharam a diretora.

– Meninos – disse ela –, não se trata de ser o primeiro. Trata-se de ter o trabalho feito no tempo que temos para fazê-lo. Estamos na metade de outubro. Ainda temos mais nove semanas, e como professores vocês são tão bons como qualquer outro grupo de brigadistas. Um grupo das Brigadas Pátria ou Morte e alguns professores profissionais chegarão logo para nos ajudar. Hoje, nos seus grupos de orientação, é importante que sejam absolutamente honestos com o seu supervisor ao avaliar se vocês precisam ou não de ajuda adicional para que seus alunos estejam prontos para passar a prova final em dezembro.

**

– Anita... Anita... E você? Anita levantou o olhar, surpresa. Todos no grupo de orientação a olhavam. Ela não havia prestado atenção.

– Estava perguntando se vocês querem que faça os acertos para o ensino extra – repetiu a supervisora.

– Não – respondeu Anita, rapidamente. – Acho que estou bem.

– Tem certeza? Parece um pouco preocupada – disse a supervisora.

– Tenho certeza – repetiu Anita tão convincentemente quanto pôde.

Balançando sobre Bufi enquanto ela e Ramón trotavam rumo à casa, Anita ia perdida nos seus pensamentos. "Eu devo ser capaz de me virar com só três alunos. Alguns brigadistas estão ensinando a mais... Marietta, por exemplo... e acho que Pamela com 11 anos, não... ela completou 12 faz pouco, está ensinando a sete pessoas". Anita se preocupava, sim, com Clara. Mesmo com aulas extra, Clara não ia tão bem como no começo. A cada dia a sua barriga crescia mais, fazendo-a se sentir mais incômoda e menos capaz de se concentrar. Anita tinha certeza que Zenaida podia, sim, e o faria, mesmo com o trabalho extra de ajudar quando o bebê chegasse em dezembro. E Ramón? Ele trabalhava tanto e estava sempre exausto, mas talvez isso mudasse agora que a colheita estava perto de terminar. Anita observou a sombra de Bufi que aparecia e desaparecia no caminho entre as últimas sombras do entardecer à medida que se aproximavam ao *bohío*. Dando palmadinhas no ventre morno de Bufi, ela esperava ter tomado a decisão correta de não aceitar ajuda.

***

A segunda prova tinha que ser aplicada antes do próximo seminário. Os alunos que não fossem aprovados automaticamente receberiam aulas extras. Ramón já estava recebendo aulas extras no trabalho com os professores da Brigada Pátria ou Morte, e Anita podia ficar tranquila com relação a ele. Ela se concentraria em ajudar Clara. Pensou que se trabalhasse mais no *bohío*, Clara ficaria menos cansada durante as aulas e poderia se concentrar melhor.

Para começar, insistiu que Clara não fizesse mais a lavagem pesada de roupas. – Zenaida pode fazer a lavagem. Não é verdade, Zenaida?

Ficou agradecida quando Zenaida assentiu com a cabeça, porque ela não havia lhe perguntado antes. E ela não podia ajudar com a lavagem porque nunca deixava a propriedade, exceto com Ramón, quando ele estivesse armado.

Os tornozelos de Clara estavam sempre inchados, as fibrosas veias azuis sobressaiam em suas pernas. Ao olhá-las, Anita sentia leves náuseas. Perguntou a Zenaida se as pernas de Clara estavam assim quando ficou grávida de Nataniel, mas Zenaida disse que não tinha percebido. Nataniel estava sempre se metendo em tudo, de maneira que Anita empregava o tempo todo que podia em cuidar ele. Algo que Anita nunca havia feito era cozinhar, por isso agora, quando Clara e Zenaida preparavam as refeições, ela insistia em ajudar. Nunca antes havia feito mais do que cortar uma fatia de pão. Agora aprendeu a cortar cebolas, a descascar e picar o alho, a tirar ervilhas da vagem.

– Tenho duas notícias – disse ela uma manhã ao final da aula antes que Ramón saísse para o trabalho. – Uma, hoje à tarde cozinharei a comida para todos. Devem prometer que comerão tudo e não ferirão os meus sentimentos. De acordo? Ramón não disse nada, mas a olhou com uma expressão divertida no rosto.

– Isso é muito amável, Anita, mas eu acho que você não sabe o suficiente para cozinhar uma refeição completa – disse Clara.

– Vamos dar uma oportunidade a ela – disse Zenaida. – Até os professores precisam aprender a cozinhar, né? – disse ela com a cara séria. – Eu prometo não rir, mas não prometo comer tudo.

Ramón e Clara pareciam céticos, mas concordaram.

– Me conformarei com isso – disse Anita. – A segunda notícia é que, depois de amanhã, terão a segunda prova – as expressões divertidas desapareceram dos rostos.

– Você acha que estamos prontos para fazer a segunda prova? – perguntou Ramón.

– Eu não acho, eu sei – respondeu Anita, com os dedos cruzados nas costas.

Quando Anita começou a preparar a comida da tarde, insistiu para que Clara descansasse e a deixasse fazê-lo sozinha. Havia decidido fazer sopa de frango, um guisado estilo espanhol com favas, arroz e vegetais, e banana frita de sobremesa. Anita viu preparar essas coisas muitas vezes durante os últimos meses. "Não deve ser muito difícil", pensou. Aproximou-se dos frangos, decidida a torcer o pescoço de uma galinha exatamente como havia visto Clara fazê-lo dezenas de vezes, mas não conseguiu se obrigar a fazê-lo. Envergonhada, pediu a Zenaida que o fizesse em seu lugar. Ela depenou e estripou o frango, mesmo enjoando o tempo todo.

"Como é que as pessoas fazem isso?", perguntava-se enquanto trabalhava durante a tarde. "Não há água corrente. Só esta tosca mesa de cozinha para preparar a comida. Cozinhar num fogão de querosene onde não se pode regular o calor". Visualizou a cozinha da sua casa, com as longas e lisas mesinhas, todos os utensílios de cozinha, as pias duplas com as torneiras brilhantes, o moderno fogão elétrico. Quando tudo estava pronto para servir, era tarde, e Anita estava completamente quebrada.

– A comida está servida – chamou valentemente. – Hora do jantar.

Ramón lavou-se e sentou com os olhos brilhando. Clara amarrou Nataniel numa cadeira alta feita em casa, depois se sentou com a barriga apertada contra a mesa.

– Já estava na hora – brincou Zenaida. – Estou realmente faminta!

Eles comeram em silêncio. A sopa estava insossa e gordurosa. O guisado estava aguado. O arroz tinha gosto de queimado. A banana estava torrada. Anita abaixou o garfo e levantou o olhar.

– Nem eu consigo comer a banana toda torrada – disse ela se desculpando e afastando o prato. Todos começaram a rir. Riram mais ainda quando viram que Nataniel havia comido todos os pedacinhos de banana e queria mais.

Que trabalheira para limpar! Anita consentiu e permitiu que Clara e Zenaida ajudassem.

– Não vou me dar por vencida – disse Anita. – Da próxima vez sairá melhor. Ramón gemeu e colocou as mãos em posição de rezar. – Deus, nos salve a todos das boas intenções da nossa professora – dizia, olhando para cima.

Ano da Educação
24 de outubro de 1961
Queridos mamãe e papai,
Que maravilhoso que Tomasa e Gladis passaram na prova! O Fernando fará a prova outra vez com mais ajuda? Assim o espero. Os meus alunos farão a segunda prova amanhã. Eles parecem mais tranquilos com isso do que eu. Pode ser que tenha que dar cotoveladas em Ramón para que permaneça acordado porque tem estado muito cansado por esses dias. Ele está colocando húmus na terra, reparando cercas e fazendo todo tipo de trabalho de campo. Papai, lembra que você me disse que Bainoa é o microclima mais frio de Cuba? Bom, o estou sentindo nestes dias. Por favor, mandem pelo correio meu agasalho mais quente, se não tiverem planos de me visitar logo.

Não vão acreditar no que vou contar. Um dos brigadistas disse a Marjorie que a criança de 4 anos na sua família de alunos lhe disse que ele também sabia ler. Ele pediu para que a criança lesse algo da cartilha e o menino o fez. Marjorie tinha certeza que o menininho havia só memorizado o texto de tanto ouvi-lo repetir, de tal maneira que foi visitar a família. Ela disse ao menino, "tenho ouvido dizer que você pode ler. Pode ler para mim?" O menino disse: "ninguém acredita que posso ler, mas eu posso. Posso ler inclusive na escuridão com os olhos fechados". Marjorie havia levado o livro para crianças O Lobo Triste. Eu me lembro de tê-lo lido quando pequena, mas não com 4 anos. De qualquer maneira, Marjorie pediu ao menino para que o lesse. Imaginem! Ele leu o conto completo sem parar. Havia aprendido a ler enquanto ensinavam os demais. Que assombroso! Vocês sabem que eu podia ler antes que vocês soubessem que podia fazê-lo? Mantive o segredo porque pensei que vocês deixariam de ler para mim antes de ir pra cama.

Papai, você não tem me escrito nem uma só vez desde que estou aqui! Sei que você não gosta de escrever cartas, mas poderia riscar umas poucas letras. Vamos papai, é só fazer, por favor.

Com amor, Anita

Havana
28 de outubro de 1961
Minha querida Anita,
Quis escrever, mas como você sabe, tenho a tendência de deixar um montão de coisas a sua mãe. Bom, escrever uma carta não deve ser muito difícil para o editor de um jornal. Sei que está preocupada porque Fernando não foi aprovado na primeira prova. Ele tem recebido aulas extras de um professor voluntário, um advogado aposentado do bairro, e tem melhorado. Muito em breve haverá uma nova prova. Ele está aprendendo com mais confiança. Eu desfruto as aulas, que continuo dando de manhã cedo (como você) antes de ir trabalhar.

Por onde quer que você vá nestes dias, estão ensinando – nas praças, nas cantinas das fábricas e dos hotéis, até nos saguões dos prédios de apartamentos. A cidade de Havana é uma enorme escola! No clube, todo mundo está falando sobre o que vai acontecer quando todas as pessoas aprenderem a ler e escrever. Deixarão seus serviços de empregadas domésticas e jardineiros e recolhedores de entulhos e garis e mensageiros e centenas de outros trabalhos que fazem os que não têm instrução? Esperarão "subir" na vida? A resposta é óbvia, ou deveria sê-lo. Claro que o farão. Quem fará todo esse trabalho? Perguntam eles. Boa pergunta. Talvez eu deva pedir a Fernando que me ensine tudo sobre jardinagem, poda de árvores, fertilização de plantas. O que você acha?

Tudo está bem por aqui, mesmo que haja escassez de algumas coisas. Os ianques ainda se negam a comercializar conosco e têm influenciado outros países para que também não comercializem com Cuba. Eles chamam isso de "comércio com o inimigo". Quando as coisas chegam aos armazéns, a maioria vindo de países da Europa Oriental e da China, formam-se longas filas. As pessoas se queixam e se sentem frustradas. Me pergunto por quanto tempo mais vamos suportar o racionamento. Pelo menos, com o racionamento, todo mundo obtém uma parte do que houver disponível.

Sei que a sua mãe tem um pacote pronto para você. Estamos pensando em fazer outra visita em duas semanas. Rezamos para que sempre esteja a salvo. SEMPRE, SEMPRE, seja cautelosa, filha. Dê os meus melhores cumprimentos à família Pérez.

Com muito amor,
Papai

Ano da Educação
4 de novembro de 1961
Queridos mamãe e papai,
Embora vocês logo retornem, não posso esperar para lhes dizer que os meus três alunos foram aprovados na segunda

prova. Eu estava muito preocupada que Clara ficasse para trás devido à gravidez e tudo isso, mas a fez muito bem. Coloquei a bandeirinha da alfabetização um pouco mais perto da porta. Em geral, os supervisores estão preocupados porque a região de Bainoa não está avançando tão rápido como deveria, mas todo mundo está trabalhando muito. Como Mário, Marietta agora está fazendo trabalho dobrado e brinca dizendo que mal tem tempo para lavar as suas meias.

Papai, gostei muito da sua carta. Diga a Fernando que penso nele e lhe desejo sorte. Como você consegue ir ao clube e aguentar uma conversa tão egoísta? Faria muito bem a essas pessoas malcriadas fazer o seu próprio trabalho e sujar as mãos de vez em quando. Suponho que isso vale para todos nós, não é verdade?

Quando vierem lhes apresentarei Claudio, um brigadista muito agradável que virou um amigo especial.

Minhas lembranças afetuosas a Tomasa, Gladis e Fernando (e um abraço especial para Tomasa).

Com amor,

Anita

4 de novembro de 1961

Querido diário,

Mencionei Claudio numa carta aos meus pais. Só disse que era um amigo especial, não um namorado. E ele é especial! Não nos vemos muito frequentemente, mas quando o fazemos, falamos e falamos acerca de qualquer coisa e de tudo. Os meus alunos foram aprovados na segunda prova. Viva! Me sinto muito orgulhosa deles e de mim mesma. Tudo parece estar avançando. Que comemoração teremos quando Bainoa hastear a bandeira da alfabetização na praça do povoado!

Anita, a brigadista

Anita e Clara estavam no galinheiro recolhendo ovos quando Clara deu um forte gemido.

– O que foi, Clara?

– Começaram as dores do parto – respondeu Clara. – Termine de recolher os ovos. Eu tenho que ir ao *bohío* e deitar.

– Mas isso não pode ser. Ainda não está em tempo! – gaguejou Anita. – O bebê só está para chegar no início de dezembro.

– A natureza nem sempre faz caso das nossas datas, Anita – outra dor fez Clara gritar de novo e teria caído se Anita não a tivesse segurado.

– Me ajude a chegar à cama, Anita. Zenaida deve procurar Rosa.

Enquanto Anita e Zenaida estavam deitando Clara, Anita percebeu que ela não sabia nada sobre como Clara havia planejado ter o bebê. Sabia que os bebês prematuros precisavam de cuidados especiais. "Onde havia nascido Nataniel? Quem atenderia o parto deste bebê que vinha com semanas de antecedência?". Zenaida respondeu umas poucas perguntas enquanto se viravam tentando que Clara se sentisse confortável.

– Nataniel nasceu aqui no *bohío*. Ramón cuidou do parto, cortou o cordão e isso tudo. Eu ajudei como pude, principalmente deixando que Clara me apertasse as mãos. Agora vou procurar a Rosa.

A mulher idosa chegou logo com seu cavalo e sua carroça, com uma expressão preocupada no rosto. Disse umas poucas palavras de ânimo a Clara, depois falou em voz baixa para Anita e Zenaida. – Quando um bebê vem cedo demais, pode haver muitos problemas... complicações. O bebê será pequeno, e pode vir rápido. Eu buscarei a parteira. Zenaida, você e Anita devem fazer o melhor que puderem para preparar as coisas e fazer com que Clara esteja confortável até a parteira chegar. Nataniel, que havia chorado o tempo todo, foi levantado pelos braços de Rosa quando ela se dirigia à porta. – Levarei Nataniel comigo.

– Mas o que devemos fazer? – disse Anita, seguindo Rosa.

– Eu não sei o que fazer e a Zenaida também não.

– Esquentem água na maior panela que tiverem. Façam com que Clara beba água em grande quantidade. Se ela quiser, deem-lhe de comer. Conversem com ela. Deem-lhe ânimos. Eu voltarei com a parteira o mais rápido que puder.

E foi embora.

Anita voltou para onde Clara estava. Soluçando em silêncio, ela repetia:

– O que vai acontecer? O que vai acontecer? – Anita afagou o cabelo de Clara, tirando-o de seu rosto cheio de ansiedade.

– A parteira virá logo, Clara. Tudo ficará bem. Clara tentou sorrir, mas sua face se crispou com uma contração súbita e gritou chamando Ramón. "E se o bebê vier antes que chegue a parteira?". Isso era só o que Anita conseguia pensar.

Zenaida acendeu o fogão de querosene e colocou no fogo uma panela grande cheia de água. Esquentou sopa para Clara e tentou dar-lhe um pouco, mas ela não conseguia tomá-la, só uns goles de água de vez em quando. Anita ficou junto a Clara segurando a sua mão, conversando sobre qualquer coisa que lhe viesse à cabeça para tentar distraí-la entre suas dores. Para Anita, parecia que as contrações eram mais próximas, mas não tinha certeza. "A parteira estaria a caminho?". Entre as contrações, Clara parecia dormir. Quando a dor a acordava, não falava com Anita nem com Zenaida, nem respondia às perguntas. Só apertava as mãos delas com força.

O cabelo de Clara foi se embaraçando e ficando empapado de suor, e o seu rosto empalideceu. Parecia estar muito fraca. As contrações vinham definitivamente menos espaçadas e para Anita parecia que a barriga de Clara estava contraindo-se como um grande punho. A ansiedade de Anita aumentava a cada minuto. Pediu a Zenaida para ir à estrada para ver se alguém estava chegando. "Oh, venha. Que venha qualquer um, por favor", rezava Anita, secando o suor do rosto e do pescoço de Clara com um pano úmido.

Zenaida voltou, negando com a cabeça.

PEIXINHA

Quando por fim Anita ouviu o ruído de um cavalo e uma carroça, correu até a entrada. Uma negra pequena como um turbilhão, gritando: – Não se preocupe, Clara. Estela está aqui.

Anita desabou na entrada do *bohío* com alívio.

– Levante-se, menina – ordenou a parteira. – Não é o momento de fraquejar. A parteira começou a tirar coisas de uma grande bolsa de tecido que ela levava. – Me ajude a colocar este pano emborrachado debaixo de Clara. Zenaida, envolva uma tesoura com um pano limpo e coloque numa panela pequena com água fervendo para esterilizá-la, depois prepare um lugar limpo para pôr o bebê. E arrume algum pano limpo e macio para envolver o bebê. Você, menina – disse olhando Anita –, você fica aqui comigo. Agora, Clara, vamos trabalhar você e eu para termos um lindo bebê.

Anita ficou ao lado de Clara, segurando a sua mão, dando-lhe goles de água, refrescando de vez em quando o rosto, o pescoço e os braços. Algumas vezes Clara desabava entre as contrações, o que assustava Anita, mas a parteira não parecia se preocupar. A cada contração, Clara se queixava gritando, quase esmagando a mão de Anita. Estela mantinha uma corrente constante de estímulo, animando Clara a fazer força quando as contrações começaram a se repetir com mais frequência. O suor molhava o corpo todo de Clara à medida que ela empurrava e empurrava. Quanto mais empurrava, mais pálida e suada ficava.

– O bebê está chegando – disse a parteira em voz baixa. Anita sentiu o cheiro do sangue antes de vê-lo. Respirava pela boca, se forçando a ficar calma.

– Mais um empurrão, Clara – disse a parteira. Anita viu o bebê deslizar para fora do corpo de Clara entre as mãos ansiosas da parteira – deslizar como um peixe, um escorregadio peixinho, escuro, pegajoso e calado.

– É uma menininha! – gritou a parteira, batendo de leve com os dedos nos calcanhares do bebê e friccionando suavemente o corpo para fazê-la chorar. Colocou a menina manchada de sangue e mucosidade que gritava sobre a barriga desinflada de Clara. Anita pensou que desmaiaria ao ver o cordão umbilical transparente, parecido a uma corda que se pendurava no abdômen da peixinha. Clara enrolou as mantas ao redor da menininha que berrava enquanto repetia: – Minha bebê! Minha bebê! A parteira lavou as mãos, depois amarrou e cortou o cordão, deixando uma pontinha em carne viva que sobressaia do lugar onde estaria o umbigo. Lavou as mãos de novo e suavemente enfiou o dedo na boca do bebê a procura de mucosidades. Quando a placenta saiu atropeladamente com outro jorro de líquido sanguinolento, a parteira a recolheu habilmente numa bacia. Anita viu os lábios da parteira se movendo; percebeu que Estela estava a lhe dizer algo, mas o quê? A parteira sacudiu o braço de Anita.

– Garota!... Vá se sentar antes que você caia. Está mais branca que a polpa do coco.

Anita sentou-se na entrada do *bohío* esperando que Ramón voltasse do campo. Dentro, Clara dormia profundamente, exausta do trabalho de parto. Podia ouvir Zenaida brincando com Nataniel. A parteira havia sido um turbilhão, não só atendendo o parto e depois limpando a mãe e o bebê, mas mandando todas limpar e preparar o *bohío* para que tudo estivesse na mais perfeita ordem.

– Ficarei até amanhã para ajudar a pequena senhorita a começar a mamar e observar que não haja complicações – disse ela. Anita havia observado fascinada como a parteira dava à menina chá preto adoçado, espremendo gotas do líquido dentro da boquinha murcha com um pedacinho de tecido fervido. Os peitos de Clara começavam a inchar com leite. A bebê, envolta em uma manta quente, dormia nos braços de Clara. Estela cochilava numa cadeira junto à mesa, com a cabeça caída sobre seu peito magro. Ainda agora, horas depois, Anita sentia-se atordoada por testemunhar toda confusão de jorros gosmentos. Ela havia sentido tanto medo, medo que Clara morresse, que o bebê morresse; medo que ambas morressem diante dos seus olhos.

Ficou em pé de um pulo quando ouviu que Bufi se aproximava. Ramón não havia desmontado ainda quando Anita já lhe contava numa torrente de palavras que a bebê havia chegado antecipadamente; que tinha uma filha; que a bebê era pequena, mas estava bem. Quando Ramón passou ao seu lado correndo ao *bohío*, tudo o que tinha experimentado a entorpeceu, então se dirigiu à sua rede. A parteira ainda dormia na cadeira junto à mesa apoiada nos seus braços cruzados. Anita lançou um olhar à pequena habitação de Clara e Ramón, iluminada apenas por uma vela. Ramón estava sentado numa cadeira, inclinado sobre a cama com um braço jogado por cima da sua adormecida esposa. A bebê estava deitada tranquilamente na dobra do braço de Clara. Zenaida embalava Nataniel em sua rede para que ele dormisse. Cansada demais até para tirar a roupa, Anita largou-se em sua rede, rezando entre os dentes: "Por favor, por favor, que Clara e a peixinha fiquem bem".

Ramón não foi trabalhar no dia seguinte ao nascimento de sua filha. O primeiro a fazer foi enterrar a placenta no jardim "e assim nutrir a terra para a alimentação futura do bebê", explicou. Zenaida disse que ele havia feito a mesma coisa com a placenta de Nataniel. A parteira foi embora, deixando instruções de que a bebê e Clara deveriam ficar sob observação caso houvesse certos problemas, e que Clara deveria permanecer descansando.

– Amanhã, aula como sempre – disse Anita otimista, mas perguntou-se se Clara poderia continuar.

Ela e Zenaida fizeram todas as tarefas da casa. Quando Anita estava recolhendo ovos no galinheiro, surpreendeu-se ao ver que as galinhas haviam botado mais ovos do que o normal. "Talvez os frangos tenham se alterado também, Zenaida". Sentindo pena de Nataniel, que chorava quando a sua mãe não podia lhe dar a atenção que ele queria, Anita brincou muito com ele. Na hora do jantar, o sentou em seu colo para alimentá-lo.

– Anita... – começou Ramón, num tom de voz que fez com que Anita se perguntasse o que viria depois. – Clara e eu decidimos colocar seu nome na menina. Nós somos gratos pelo que você tem feito e queremos que a nossa filha cresça e que seja igual a você. Anita escondeu o rosto entre os cachos de Nataniel, aguardando até poder controlar as suas emoções. Nataniel levantou a mão e puxou-lhe os cabelos. Desembaraçando os dedinhos gordos de Nataniel, Anita levantou o olhar com olhos brilhantes.

– Sinto-me muito honrada – se esforçou para dizer.

– Nós ensinaremos à bebê Anita para lhe chamar de tia, tia Anita – disse Clara, observando a irmã com afeto. – As duas foram maravilhosas, obrigada por tudo o que fizeram por mim e pela menina.

***

– Acho que Clara não percebeu que eu estava nauseado e a ponto de desmaiar o tempo todo enquanto ela estava dando a luz – disse Anita quando contava a Marietta e a Claudio todos os detalhes do parto de Clara e o nascimento da bebê, antes de começar o seminário. A expressão de Marietta ficava cada vez mais assombrada à medida que Anita descrevia o nascimento. Claudio parecia querer estar em qualquer outro lugar.

– Você viu de verdade a bebê sair e tudo! – exclamou Marietta. – Foi muito nojento, hein?

– Eu não diria nojento, mas meio bagunçado, mas também realmente incrível. E sabe o quê? Colocaram o meu nome na menina.

– Uau, isso faz com que o vínculo entre você e a sua família de alunos seja realmente especial! – disse Marietta. – Estou me perguntando algo, Anita. Quando a campanha terminar, me pergunto se muitos dos brigadistas manterão o contato com os seus alunos. Você provavelmente o fará, certo?

– Claro que o farei, especialmente agora que tenho uma ligação verdadeiramente especial! – disse Anita. – Você manterá o contato com a sua família de alunos?

– Não quero dizer que o farei. A gente sempre diz que fará as coisas, como prometer manter o contato com os amigos que faz nos acampamentos de verão ou com alguém que você conhece numa viagem. Mas depois não o faz de verdade. E você, Claudio? Tem pessoas com as quais manterá o contato? – Talvez com Anita, se ela quiser – disse ele, com os seus olhos procurando os olhos dela.

Dirigindo-se à assembleia dos brigadistas, Anita segurou os braços de Marietta e Claudio, grata por ter tão bons amigos.

– Temos ótimas notícias! – disse a diretora quando todos os brigadistas se reuniram. – Ontem ao meio-dia, o povoado de *Melena Del Sur*, na província de Havana, foi o primeiro no país a hastear a bandeira da alfabetização na praça do povoado. Fidel assistiu aos festejos.

Anita levantou-se de um pulo junto com todos os outros brigadistas gritando "Viva a campanha de alfabetização! Viva Cuba!".

– Outros povoados estão perto de hastear as bandeiras em novembro – continuou a supervisora. – Mas há também algumas notícias que não são tão boas. Todos os alunos da região de Bainoa fizeram a segunda prova, mas uma quantidade considerável deles não foi aprovada.

Os "vivas" converteram-se em lamentos de decepção.

– Estamos na última etapa da campanha – disse a supervisora –, e sei que vocês estão trabalhando muito. Mas devemos trabalhar mais ainda. As aulas devem ser dadas nos sete dias da semana para preparar a maior quantidade possível de pessoas para a terceira prova e a final. Por essa razão, não haverá outro seminário até o último domingo de novembro. Avaliaremos, então, em que ponto estamos.

Anita e Marietta se olharam. Sete dias por semana...! Isso significa que não haverá tempo para socializar, nem tempo para namorados nem amigos, nem tempo para andar por aí. O grupo inteiro gemeu como um animal ferido.

– Alguma pergunta? – disse a diretora.

Anita surpreendeu-se quando Marietta se levantou.
– Quando encontraremos tempo para lavar as meias? – perguntou com a cara séria. Todos gritaram e assobiaram.

– Senhorita Marietta, no dia em que hasteemos a bandeira da alfabetização aqui em Bainoa, eu pessoalmente lavarei as suas meias – afirmou a diretora.

– As minhas também – gritaram todos.

– Uma hora de tempo livre até começar o jogo de futebol – disse a diretora.

Anita e Claudio pararam na rua para comprar amendoim torrado com um vendedor antes de saírem para um passeio. O vendedor pegou o amendoim salgado e quente e colocou em pequenos cones feitos habilmente com papel pardo. Um lançava para o outro o amendoim para pegá-lo com a boca. Claudio nunca falhava. Quando chegaram à beira da vila, sentaram-se numa mureta para conversarem. Os campos próximos estavam quietos e vazios. As colheitas haviam terminado por esse ano.

– Não vamos nos ver por algumas semanas – disse Claudio. – Vai sentir a minha falta?

– Sim, sentirei a sua falta – respondeu Anita sem vacilar.

– Ei, eu pensei que você faria uma brincadeira ou algo assim – disse Claudio.

– Por que haveria de brincar? – disse Anita. – Realmente sentirei a sua falta. Você me faz rir.

– É para isso que eu sirvo? Você não gosta de mim pela aparência atrativa ou por minha mente brilhante?

Anita beijou Claudio, um beijo de verdade. Ela não havia planejado beijá-lo, mas alegrou-se de tê-lo feito. Claudio ficou totalmente encabulado, sem fala, de fato. Anita o puxou para que ficasse em pé. – Vamos, vamos andar um pouco mais antes de voltar – deram-se as mãos enquanto caminhavam.

– Alguns músicos camponeses virão à escola esta noite para tocar por algumas horas. Você acha que Ramón poderá trazê-la e esperar para levá-la? – sugeriu Claudio.
– Não esta noite. Por causa da bebê. É muito cedo para deixar Clara e Zenaida a sós por tanto tempo – falou Anita.

Quando chegaram de volta, Claudio teve que correr para trocar de roupa para o jogo de futebol, mas não sem antes roubar um rápido beijo.
– Humm, vejo que o romance chegou a uma nova etapa – comentou Marietta. – O garoto estava enrolando? – perguntou.
– Não – disse Anita sorrindo. – Mas eu sim.

Ano da Educação
10 de novembro de 1961
Querido Mário,
Não consigo me lembrar da última vez que te escrevi. Tantas coisas aconteceram. A minha família passou na segunda prova. O bebê de Clara nasceu prematuro, com seis semanas de antecedência e eu presenciei tudo! Em minha homenagem, colocaram o meu nome na menina.

Zenaida e eu estamos nos virando com o trabalho adicional, mas Clara parece que perdeu a capacidade de se concentrar durante as aulas agora que tem duas crianças para cuidar. Decidi pedir ajuda.

Como vai você e seu amalucado grupo? Ainda está barbudo? Se assim for, a barba deve estar caindo sobre teus peitos, como a de Rip Van Winkle.* Nossos pais me contaram que você tem mudado muito. "Agora é um adulto", dizem.

Também disseram que você está mais bem-apessoado do que nunca, mesmo com a barba. Não vire "adulto" demais, irmão. Você não será mais tão divertido. Escreva logo.

---

* Personagem principal que nomeia o conto (1819) de Washington Irving, autor estadunidense, baseado nas lendas de origem germânica, inspirando-se na independência dos Estados Unidos. (N.E.)

Com amor, Anita

P.S. Acho que Claudio é o meu namorado agora.

– Decidi deixar as aulas, Anita. Não consigo me concentrar na lição de manhã e de noite estou demasiado cansada – anunciou Clara uma manhã durante o café, pouco depois do nascimento da bebê.

Anita começou a refutar, mas Clara a interrompeu. – Tenho distrações demais, Anita. Sei que você está decepcionada, mas não posso fazer tudo o que tenho a fazer e além disso acompanhar as aulas. Desculpe, mas é demasiado – nesse momento Nataniel perdeu o equilíbrio, caiu e começou a chorar. Clara correu para levantá-lo.

Anita já havia pensado no que diria a Clara se ela decidisse deixar as lições.

– Não é somente a mim que você decepciona, Clara. Você ficará decepcionada consigo mesma. Ao final da campanha, praticamente todo mundo saberá ler e escrever, mas você não, e provavelmente esquecerá o que aprendeu até agora. Não se lembra do quanto você estava emocionada pensando que um dia poderia ler contos a Nataniel e à bebê Anita? A escola nova que está sendo construída no povoado abrirá logo. Nataniel irá a essa escola, mas você não saberá nada dos seus estudos. Não poderá ajudar nos seus deveres de casa.

À medida que Anita falava, o corpo de Clara ficava rígido e seu rosto angular endurecia como pedra, como acontecia sempre que estava determinada a resistir.

– Zenaida lerá os contos. Ramón ajudará Nataniel com os deveres – disse ela, levantando-se da mesa.

– Clara, Zenaida logo completará 17 anos – disse Anita. Provavelmente ela continuará seus estudos e conseguirá um trabalho para garantir o seu próprio sustento. Pode parecer difícil, mas talvez você não deva esperar que Zenaida fique por aqui.

– É verdade – disse Clara, ficando rígida, abraçando Nataniel fortemente –, e é essa campanha de alfabetização que a levará para longe, isso dividirá a minha família.

Anita não soube o que responder. Depois de tudo, Zenaida era tudo o que restava da sua família de sangue para Clara. O que Clara acabara de expressar era algo parecido ao medo que expressavam as pessoas no Country Club: a campanha de alfabetização, toda a ênfase em continuar a educação, estava vinculada a mudar drasticamente as coisas. As pessoas que queriam melhorar de vida deixariam seus lares e suas famílias. Ela lembrava o seu pai dizendo que todos sentiriam de alguma maneira o impacto da campanha.

"Eles estão tão perto de se converter numa família alfabetizada. Não posso deixar que Clara retroceda de novo". Anita lembrou-se de certas conversas para dar ânimo aos alunos que os brigadistas aprenderam em Varadero.

– Preferiria que a campanha não estivesse acontecendo, Clara? Preferiria que Zenaida ficasse analfabeta... morando com você até casar ou conseguir algum trabalho como empregada doméstica ou como ajudante no campo? Queria que Ramón continuasse analfabeto, sem ter uma oportunidade para fazer outra coisa que não seja a de trabalhar como peão o resto da sua vida, levar uma vida de burro carregador como o pai dele fez antes dele?

Clara afundou numa cadeira, estreitando Nataniel.

– Clara, eu entendo que está se sentindo sobrecarregada agora com a bebê e tudo o mais. Mas talvez eu possa ajeitar as coisas para tornar o aprendizado mais fácil. Pedirei a Marjorie que mande um professor aqui para te dar aulas no mesmo horário todos os dias...

– E as crianças? – interrompeu Clara. – Seja com você ou com qualquer outra pessoa, não consigo me concentrar nas aulas quando as crianças precisam de mim, e sempre está acontecendo algo com as crianças quando pequeninas.

– Zenaida e eu sairemos com as crianças durante o tempo da lição. Será durante uma hora só. Nós estaremos do lado de fora, de tal maneira que você possa se concentrar.

– Mas e se precisar amamentar a menina? Não posso deixar que passe fome.

– Você a alimentará até ficar saciada antes de nós sairmos. Além disso, a bebê Anita quase nunca chora quando está no colo.

– E a promessa que você fez de não sair sozinha para lado algum e não se expor ao perigo dos contrarrevolucionários?

– Desde que houve as detenções, não há sinais de atividade de contrarrevolucionários, mas prometo que nunca sairei do quintal. E pensa nisto, Clara... se você não continuar, se você não aprender a ler e escrever e passar na terceira prova, a bandeirinha não poderá ser colocada do lado de fora da porta. Nem mesmo se Zenaida e Ramón terminarem. O que você acha?

– Não sei o que dizer – expressou Clara. – Nunca encontrei alguém que pudesse dissuadir outra pessoa de algo do jeito que você o faz, Anita.

– Diga que sim, Clara. Pelo menos tente por um tempo.

Nesse momento, ouviram lá fora uma grande confusão quando todos os frangos começaram a cacarejar. Zenaida entrou correndo e gritando: "Tem um *majá* enorme no jardim e pegou um frango!".

    Majá: cobra não venenosa de cor amarela, cresce até 4 metros, originária de Cuba. (N.E.)

UM PRESSÁGIO

Anita e Clara correram para a entrada e viram uma cena frenética. No chão, a uns 5 metros da entrada, havia uma cobra enorme e um frango que desaparecia – com penas e tudo – dentro das suas mandíbulas abertas. O resto dos frangos dispersou-se rumo ao teto do galinheiro e aos galhos mais baixos das árvores. Alarmados e excitados pelo escândalo das galinhas que cacarejavam, os porcos grunhiam, a mula rebusnava e a cabra tentava se safar da sua corda.

Anita olhou fixamente a *majá*, mais fascinada do que assustada. "Que repulsivo!", murmurou. Haviam-lhe contado acerca das *majaes*, chamada por todos de *majá* de Santa Maria. Embora todas as crianças aprendessem na escola que não há serpentes venenosas em Cuba, toda vez que Anita recolhia ovos, tinha medo de se encontrar com uma *majá*. Ela calculou que esta *majá* tinha ao menos 2,5 metros de comprimento. Era realmente bela, pensou ela, de cor amarelo alaranjado brilhante com faixas pretas e olhos de cor preta intensa e brilhante. Os músculos da *majá* se contraíam e expandiam à medida que o frango ia entrando cada vez mais no seu corpo. As penas estavam dispersas pelo chão.

– A *majá* ficará aí por longo tempo – disse Clara. – Estará muito pesada para poder se mexer depois de comer. Não é a primeira vez que perdemos um frango para uma *majá* e esta não será a última. Deus fez a *majá*, e a *majá* tem de comer.

– Clara... – disse Anita, sem tirar os olhos de cima da *majá*. – Acerto os detalhes para um professor?

Clara ficou calada, olhando o pátio.

– Sempre acreditei que as serpentes são um bom presságio – disse ela casualmente, como se estivesse falando consigo mesma. – Falarei com Ramón. Se ele não fizer objeção, experimentarei o seu plano. Anita relaxou. Tinha absoluta certeza que Ramón não faria objeção. A *majá* estava completamente quieta agora: tinha a parte superior do corpo distorcida, inchada com sua comida.

– Por que acha que a serpente é um bom presságio, Clara?

– Alguns dizem que a serpente representa a tentação e a maldade, mas já ouvi outros dizerem que as serpentes são filhas amadas da terra porque não precisam de pés para se movimentar e acariciam a Mãe Terra com o corpo todo. Ouvi dizer também que as serpentes representam a antiga sabedoria. Na Bíblia, a serpente seduziu Eva a comer o fruto da árvore da sabedoria e ela o fez e compartilhou a fruta com Adão. Talvez esta *majá* seja o sinal de que devo aceitar a sabedoria para compartilhá-la com a minha família.

Voltando-se, olhou Anita e disse: – Eu acredito em sinais.

Ninguém percebeu quando a criatura deslizou de volta para o mato, mas finalmente os frangos retornaram ao jardim e voltaram a ciscar e a bicar. Quando Ramón voltou nessa tarde, Clara contou sobre a sugestão de Anita e sobre a *majá* de Santa Maria.

– O que você acha do plano de ensino de Anita para mim, Ramón?

– Eu acho que você deve deixar que a professora faça o que for possível para colocar a bandeira da alfabetização do lado de fora da nossa porta.

Com o consentimento de Clara, Marjorie procurou um tutor voluntário.

Poucos dias depois, chegou o tutor num jipe aberto. Depois das apresentações – o seu nome era Eugênio –, Clara o convidou a se sentar e lhe serviu um café recentemente coado. – Por favor, desculpe-nos um momento, senhor Eugênio – disse Clara, segurando fortemente Anita pelo braço e levando-a para fora.

"O que foi agora?", perguntou-se Anita.

– Eu supunha que o tutor seria uma mulher, Anita. Eu não posso ficar sozinha com um homem. Não é correto – declarou Clara com um murmúrio.

– Mas Clara, ele faz parte da campanha, é um voluntário como eu, membro da Brigada Pátria ou Morte – protestou Anita.

– Não, não é correto. Ramón também não aprovaria.

Isso pegou Anita desprevenida. Ela sabia que Clara era modesta e tímida, mas não havia percebido que esse tipo de ideias ultrapassadas impediria esta situação.

– Clara, isto é completamente diferente. Eugênio não veio lhe visitar enquanto seu esposo não está em casa. Ele é um professor. Quando estávamos nos preparando para a campanha, em Varadero, nos disseram que o nosso comportamento deveria ser sempre correto e respeitoso ou seríamos a vergonha da campanha e de Cuba. Tenho certeza que Eugênio atuará correta e respeitosamente.

– Você está me deixando a sós com um homem, um completo estranho. Simplesmente, não é correto – repetiu ela, com o rosto começando a ficar com expressão de teimosia.

– Clara, você faz parte da nova geração de mulheres das que a revolução está falando. Muitas coisas do passado devem mudar, incluindo essa noção antiquada. Então, quer aprender a ler e escrever, ou não? O tutor terminou o café e está esperando por sua aluna.

– Meu Deus! Não há jeito de ganhar uma discussão com você, Anita Fonseca? Eu sei que sou teimosa, mas você... você é dez vezes – não, cem vezes – mais teimosa ainda. E tem uma língua de um quilômetro de comprimento! Pegue as crianças e vá embora. Me deixe nas mãos do destino hoje. Mas se Ramón tiver alguma objeção, definitivamente não continuarei com o tutor.

Essa tarde Clara perguntou a Ramón o que ele pensava sobre deixar que um homem estranho lhe desse as aulas sem alguém mais estar presente.

– Acho que as circunstâncias especiais me obrigam a confiar na revolução, confiar no tutor e confiar na minha esposa.

– Está bem! – disse Clara com raiva. – Suponho que não lhe importe a reputação da sua esposa. Desse modo, Anita Fonseca, você saiu-se bem de novo. Vejo que a partir de agora devo proteger a minha própria honra e reputação.

Ramón, Anita e Zenaida tentaram não rir, mas não puderam evitá-lo.

***

Todos estavam contentes de estarem juntos novamente no seminário do último domingo de novembro, ficando em dia com as notícias e as fofocas. Exemplares da revista *Bohemia* passavam de mão em mão. Nesse número havia um artigo sobre a campanha de alfabetização no qual aparecia Marjorie e os brigadistas sob a sua supervisão. Falava-se muito do fato de Marjorie ser estadunidense. Anita quase havia esquecido das entrevistas: tantas semanas haviam passado desde que os jornalistas haviam estado ali.

– Olha a Marjorie, Claudio. Que bonita está! E olha, aqui está Pamela ensinando seus alunos. Suzi foi fotografada com o pônei e a cabra que um camponês havia lhe dado para entretê-la enquanto a sua mãe ensinava. Anita estava numa pequena foto do grupo, tirada em um dos seminários, e uma de Marietta a mostrava na escola, tocando violão, rodeada de músicos camponeses.

Quando todos estavam se reunindo para o seminário, Anita observou que a diretora conversava com Marjorie e com os outros supervisores. Marjorie colocou as mãos na boca e duas supervisoras começaram a chorar.

– Claudio, aconteceu alguma coisa terrível.

Anita tinha razão. Quando a diretora começou a falar, a sua voz era grave.

– Brigadistas, aconteceu uma grande tragédia. Acabo de ser informada que um brigadista de nome Manuel Ascunce Domenech foi emboscado e assassinado ontem pelos contrarrevolucionários. Ele tinha 18 anos. Os contrarrevolucionários torturaram e mutilaram Manuel antes de enforcá-lo. Ele ensinava em uma fazenda perto de Trinidad, em *Las Villas*. Os contrarrevolucionários assassinaram também um homem chamado Pedro Lantigua, um dos camponeses com os quais Manuel estava trabalhando.

Enquanto a diretora falava, os brigadistas sentavam perplexos em silêncio, as lágrimas corriam em muitos rostos.

– O triste é que Manuel pediu que o mandassem à mesma área nas montanhas do Escambray onde esteve Conrado Benítez – disse a diretora –, por isso ele estava ali.

Ao redor de Anita, os brigadistas, garotas e garotos, tamparam os rostos com as mãos. As vozes faziam a mesma pergunta: "Por quê? Por quê?". Anita se lembrava das suas próprias perguntas acerca de por que os contrarrevolucionários haviam assassinado Conrado Benítez. Ela se lembrava do seu terrível pesadelo. Agora de novo... gente cheia de ódio tentava arruinar os planos de Cuba para alfabetizar o povo todo... assassinando, para tentar dramaticamente... assustar as pessoas para que não participem...

– Anita... – Claudio estava puxando-a para ficarem em pé.

– Durante este momento de silêncio, enviemos as nossas condolências às famílias de Manuel Ascunce Domenech e Pedro Lantigua – disse a diretora. Todas as cabeças se inclinaram, as mãos afastando ainda as lágrimas. Quando a diretora levantou o próprio rosto cheio de lágrimas, disse: – Sei que vocês querem conversar, façam um recesso de 15 minutos.

Anita não queria conversar. Ficou onde estava, sentindo uma mistura de tristeza e de raiva. Claudio ficou ao seu lado e segurou a sua mão dando um leve aperto. Sentaram, sem falar, até que chamaram todo mundo para se reunir de novo.

– Apesar do trágico acontecimento, devemos continuar com o nosso trabalho aqui – disse a diretora. – O faremos em nome dos companheiros professores, Conrado Benítez e Manuel Ascunce Domenech. A segurança será ainda mais reforçada. Depois de tratar sobre as medidas de segurança, a diretora informou sobre o progresso na região de Bainoa.

– Aqueles alunos que não passaram na segunda prova receberam aulas extras e fizeram a prova novamente. A maioria passou, mas não todos.

– Como é possível? – murmuravam os brigadistas entre eles.

– Devemos aceitar que algumas pessoas não têm a capacidade de aprender a ler e escrever – disse a supervisora.

– Não somente aqui em Bainoa, mas em todas as partes. Há várias razões: velhice, doença. Algumas pessoas possuem deficiências cognitivas. Também, na província de Oriente, há grupos de pessoas que vivem em lugares remotos onde o primeiro idioma não é o espanhol, por exemplo, haitianos, que falam francês ou patois. E há jamaicanos morando em Cuba que só falam inglês ou creole. Assim Bainoa não está isolada. Temos redobrado os nossos esforços, e agora devemos triplicar os nossos esforços, quadruplicar se for necessário para conseguir que a maior quantidade possível de pessoas passe na prova final nas poucas semanas que restam. Do lado positivo, as bandeiras da alfabetização estão sendo hasteadas ao longo de toda Cuba, provavelmente neste momento está acontecendo em algum lugar.

– A data para a prova final em todo o país foi marcada para 15 de dezembro – houve uma respiração profunda na sala. Era 26 de novembro. Faltavam menos de três semanas. Vocês podem fazer a prova antes do dia 15 se avaliarem que seus alunos estão preparados, mas nem um dia depois. Não há exceções – acrescentou a diretora. Agora, aos seus grupos e nós veremos como obter os melhores resultados no tempo que nos resta.

REFLEXÕES

Aos brigadistas que moravam na escola ou no povoado foram indicadas tarefas adicionais de ensino. – Pode ter certeza de que agora as meias vão apodrecer nos meus pés, Anita. Mas estamos chegando ao final da campanha. Não é emocionante? – perguntou Marietta.

– Suponho que sim.

– Está deprimida pelo assassinato, não é verdade?, disse Marietta.

– Sim... isso... e porque a campanha está chegando ao fim. Marietta olhou Anita com assombro. – Você deve estar brincando, minha jovem amiga! Eu estou desejando me meter numa banheira durante três horas e observar como a crosta de sujeira se derrete e sai. Depois colocarei uma maquiagem, um vestido da moda e sapatos bonitos e sairei para tomar um sorvete numa cafeteria em La Rampa.

– Ramón virá me buscar logo, Marietta. Vou procurar Claudio para me despedir. Claudio estava conversando com os amigos, e ela não se aproximou para não interromper. Quando ele a viu, deixou seus companheiros e veio junto dela. Anita teve que sorrir. Assim como muitos dos garotos, Claudio havia crescido durante seus meses em Bainoa. Dava para ver um grande pedaço da meia por baixo das calças e os pulsos da mão já se mostravam baixo dos punhos das mangas da sua camisa. "Alguns pais não reconhecerão seus filhos", pensou ela. "Eles cresceram; as vozes mudaram; viraram homens jovens". Obviamente, as meninas mudavam também. Ela pessoalmente tinha a esperança que os seios não tivessem crescido. Não queria ter os seios grandes que tanto pareciam fascinar à maioria dos garotos.

***

O silêncio dentro do *bohío* e fora das suas paredes era o tipo de silêncio que parecia encontrar o seu caminho dentro da cabeça – como quando se coloca uma concha do mar no ouvido. Anita sentou-se na quietude, observando a chama amarelo azulada da lamparina. Todos dormiam. Bocejou profundamente e ficou sentada um pouco mais pensando acerca do tema da lição que havia ensinado de manhã.

Normalmente ela se sentia bem com as lições, mas esta lhe deixou um sentimento de desgosto. A leitura era sobre como Cuba havia sido sempre tão popular para os turistas e como a cada ano enormes quantidades de turistas vinham a Cuba e deixavam milhares e milhares de dólares. Antes da Revolução, as praias eram restritas aos brancos e muitos turistas vinham a Cuba para jogar e ir aos prostíbulos. Como Anita previu que aconteceria, falar acerca de prostitutas e prostíbulos fez com que seus alunos se sentissem constrangidos. "Oh, o olhar no rosto de Clara quando li estas palavras!". Ela lhes disse que os prostíbulos, os cassinos e as casas de jogo foram fechadas logo depois da revolução. Leu a carta que a sua mãe havia escrito sobre os voluntários que alfabetizavam as prostitutas. O texto continuava dizendo que estavam desenvolvendo novos centros turísticos e que agora qualquer cubano poderia ir a qualquer centro turístico cubano. Foi então que as coisas se alteraram.

– Nós nunca estivemos num centro turístico – disse Clara. – Nunca tivemos dinheiro suficiente. Nem sequer temos roupas de banho.

Anita não havia pensado nisso antes; nunca havia pensado que a maior parte dos camponeses desta área nunca havia visto um centro turístico; talvez nunca haviam estado sequer numa praia. O que mais, provavelmente, eles nunca tinham feito? Ela nunca viu eles receberem correspondência. Provavelmente nunca haviam falado com alguém ao telefone. Teriam ido alguma vez ao cinema? Assistido a TV? "Eu tenho tanto, eles têm tão pouco", pensou mais uma vez com o coração carregado. No entanto, embora pobres, a sua família de alunos não parecia infeliz. Enquanto se despia, perguntou-se o que realmente precisava uma pessoa para ser feliz. Ela sentia-se feliz agora morando com a família Pérez, mas ela seria feliz se não tivesse um lar em Havana ao qual voltar?

Ano da Educação
Caimanera
25 de novembro de 1961
Querida Anita,
Em breve terminará a campanha e voltaremos a Havana. Ir para casa não será fácil para mim. Quero dizer, voltar a uma situação onde se é considerado como uma criança, bom, não exatamente uma criança. É difícil de explicar. Aqui me admiram. Tenho reais responsabilidades. Aprendo algo novo, algo prático quase todos os dias. Não me tratam como a um "garotinho". Espero que, quando eu voltar, os nossos pais entendam que agora sou diferente e que as coisas entre nós terão que ser diferentes também. E você? Como se sente com o retorno?

Tenho muita certeza que o meu grupo de amalucados serão aprovados na terceira e última prova. Eles têm sido extraordinários, trabalhando realmente muito. Até o abuelo Carmelo passará, mesmo que a sua letra seja muito esquisita. Os meninos da Bíblia passarão facilmente. Todos em Caimanera estão tremendamente animados para hastear a bandeira da alfabetização. Contei à minha família de alunos sobre você e eles querem conhecer a minha irmã inteligente e valente. Espero que tudo transcorra bem com o seu ensino. Não acho que vou escrever de novo. Eu lhe vejo em Havana, brigadista Anita.

Com amor,
Mário

Anita ficou sentada por longo tempo com a carta de Mário nas mãos. A carta fazia ela pensar nos milhares de brigadistas que estariam de regresso às suas casas. Alguns estavam desejosos de voltar a sua família e a seus amigos, a vida escolar e suas rotinas familiares. Como Marietta, que estava ansiosa de retornar a Havana, de volta à sua vida na cidade. Outros poderiam se sentir como Mário, inquietos por ter que viver sob as regras da casa depois de ter desfrutado a independência durante tantos meses. Haverá desentendimentos e portas batendo? "E você, Anita?", perguntou-se dobrando a carta de Mário e colocando-a em sua caixa de cartas junto com as demais. "Entenderão, mamãe e papai, que não sou aquela mesma menina de quando parti?". Quando Anita riscava mais um dia no seu calendário, pensou: "Não saberei a resposta a esta pergunta até estar de novo em casa".

A TERCEIRA E ÚLTIMA

Nataniel esteve adoentado durante alguns dias, com vômitos e diarreia, o que dificultou que Clara se concentrasse nas suas lições. Apesar de protestar dizendo que não achava que estava pronta, Anita a convenceu de fazer a terceira e última prova com os demais.

– Pensa nela como se fosse apenas um treinamento – lhe disse. – Ainda faltam uns dias até a data limite.

A bebê Anita foi amamentada e embalada para que dormisse e Nataniel já estava dormindo em sua rede. Ramón acabara de fumar um charuto, algo que fazia ocasionalmente, e cujo forte aroma ainda pairava no ar. Ele havia feito as pontas de seus lápis com o canivete suíço e agora os três alunos sentaram-se em silêncio à espera, abrigados em roupas quentes, já que as noites de dezembro agora eram muito frias. Do lado de fora da porta de folhas de palmeira, tudo estava tranquilo, exceto pelo ruído da respiração e dos roncos que vinham do chiqueiro. A lamparina estava acessa.

– Vamos começar. Abram os seus cadernos numa página em branco e eu explicarei como será a prova – disse Anita.

– Primeiro escreverão o seu nome e endereço completos na parte superior da página. Eu lerei um pequeno parágrafo que vocês devem escutar atentamente porque depois farei perguntas sobre ele. Depois vou ditar o mesmo parágrafo para que o escrevam. Estão prontos? Alguém precisa beber alguma coisa ou fazer algo?

Todos negaram com a cabeça, mas então Ramón disse:

– Por favor, professora. Não vá rápido demais.

– Teremos todo o tempo que precisarem, mas eu não posso ajudar-lhes. Vocês entendem isso, não é verdade? – disse Anita. Os três assentiram com a cabeça. – Então comecemos por escrever seu nome completo, o seu endereço, tal e como temos praticado.

Três cabeças se inclinaram e começaram a escrever. Zenaida escrevia rápido e com firmeza. Ramón e Clara tomavam mais tempo.

– Agora vou ler o parágrafo – disse Anita. Escutem com atenção.

O governo revolucionário deseja fazer de Cuba um país industrializado. Serão desenvolvidas muitas indústrias. Haverá muitos trabalhos disponíveis. Acabará o desemprego.

– Agora, vocês escreverão as respostas para perguntas que farei sobre o parágrafo. Prontos?

– Anita, por favor, pode ler de novo o parágrafo? – pediu Clara com a voz trêmula.

Anita leu o parágrafo de novo, lentamente. – Prontos agora? – Clara assentiu com a cabeça.

– Pergunta número um. O que o governo revolucionário quer fazer?

Eles escreveram, e quando todas as cabeças levantaram para ela, Anita fez a segunda pergunta. – O que será desenvolvido?

As cabeças abaixaram e eles escreveram. Ramón começou a suar como sempre fazia quando ficava tenso. O rosto de

Clara refletia visivelmente a sua tensão. Zenaida mordia os lábios, mas escrevia incessantemente. Anita caminhou até a janela para não ficar os olhando. Para além da clareira, as árvores eram escuras silhuetas contra um céu de cor púrpura intenso. Quando todos terminaram de escrever, Anita voltou à mesa. – Esta é a última pergunta. Qual será o resultado? "Entenderiam a pergunta? E se assim não o fizessem?".

Zenaida começou a escrever, mas Ramón e Clara ficaram olhando para Anita.

– Professora Anita, poderia ler o parágrafo de novo? – pediu Ramón.

Anita não sabia se podia lê-lo de novo, mas de qualquer forma o fez. Aliviados, Ramón e Clara começaram a escrever. A bebê se agitou um pouquinho. Anita se apressou para balançar o berço para que Clara não se distraísse. Felizmente, a bebê continuava dormindo. Quando eles terminaram de escrever, Anita ditou lentamente o mesmo parágrafo que havia lido. Olhava fascinada como as mãos se mexiam através da página, ainda um pouco desajeitadas, mas de forma muito diferente de como se esforçavam por escrever quando começou a ensinar.

Quando ditou a última palavra e disse ponto, pediu para que abaixassem os lápis. – Falta uma parte final para terminar a prova. Querem tomar uns minutos para relaxar?

Ramón saiu à procura de ar. Clara foi ver as crianças e bebeu água. Zenaida ficou na mesa, fazendo desenhos ao longo das bordas da página.

– Como está indo, Zenaida? – perguntou Anita suavemente.

– Está fácil – sussurrou Zenaida. "Devo lhe dizer que não desenhe? Que isso é um papel de exame?". Anita decidiu que isso não importava. Quando se reuniram de novo, Anita explicou a parte final da prova.

– O nosso primeiro ministro, Fidel Castro, pede que cada aluno lhe escreva uma carta dizendo o que significa pessoalmente ter aprendido a ler e escrever. Com cuidado, puxem uma folha de papel em branco do seu caderno e escrevam a Fidel uma carta com as suas próprias palavras. Na parte superior da página, escrevam seus nomes e a data.

Três incrédulos rostos ficaram encarando Anita.

– Escrever a Fidel Castro? – disse Zenaida.

– Sim. Escrever a Fidel Castro com as suas próprias palavras – repetiu Anita. – Digam somente como se sentem agora que sabem ler e escrever – os três rostos continuavam a olhá-la com incredulidade.

"Oh! Oh! Isto os está alarmando de verdade", pensou Anita. Ela utilizou seu tom de voz mais alentador para dizer:

– Escrevam uma carta simples, umas poucas linhas, nada complicado. Não há nenhuma pressa, em absoluto. Tomem todo o tempo que precisem.

Ramón suspirou, arrancou uma página em branco do seu caderno e começou a escrever. Anita viu aparecerem as suas primeiras palavras. Zenaida observou Ramón por um momento, depois tirou uma página do seu caderno e começou a escrever. Clara sentou-se imóvel, depois se levantou de repente.

– Não posso – disse. – Não posso. Não posso escrever uma carta, especialmente ao primeiro ministro. Deixou a mesa antes que Anita pudesse dizer algo e foi correndo ao seu quarto. Ramón e Zenaida pararam de escrever e olharam Anita com expressões de preocupação.

– Não se preocupem – disse Anita suavemente. – Se a parte que Clara fez até agora está bem, ela só terá que escrever a carta. Como eu disse, há tempo. Continuem e terminem as suas cartas. Quando eles retomaram a escrita, Anita foi falar com Clara que estava encolhida na cama, com a cara voltada à parede. Anita sentou-se e lhe tocou o ombro.

– Não posso, Anita. Não posso.

– Talvez não esta noite, Clara, mas eu sei que você pode fazê-lo. Agora relaxa e praticaremos amanhã, está bem?

– Está bem. Talvez amanhã – chegou a apagada resposta.

Anita lançou um suspiro de alívio. Ramón e Zenaida ainda estavam escrevendo quando Anita voltou. Ramón foi o primeiro a abaixar o lápis. Empurrou o caderno e a carta a Anita.

– Quer esperar enquanto olho a sua prova? – perguntou ela.

– Esperarei – disse ele.

– Aqui está a minha – disse Zenaida. – Eu também quero esperar.

– Primeiro vou revisar a prova de Clara – disse Anita, puxando o caderno de Clara. Poucos minutos mais tarde levantou o olhar, aliviada. – Ela fez bem as duas primeiras partes da prova. Tenho certeza que terá mais confiança para escrever a carta quando souber isto. Agora vamos ver a sua prova, Ramón. Como na prova de Clara, havia uns poucos erros sem maior importância, mas as suas respostas mostravam que ele havia entendido tudo. Enquanto ela lia a carta dele para Fidel, teve dificuldades para controlar a emoção.

Bainoa, Cuba
11 de dezembro de 1961
Querido Fidel,
Estas são as minhas palavras para lhe dizer o quão orgulhoso estou de poder ler e escrever. Penso agora que poderia algum dia conseguir um trabalho melhor e ser um melhor esposo e pai. A nossa família está agradecida por você ter nos enviado a brigadista Anita, a jovem pro-

fessora que tem sido tão paciente conosco. Agradecemos ao senhor e à Revolução.

Ramón Pérez

A sua letra era desalinhada e mostrava tensão, e nem todas as palavras tinham a ortografia correta, mas as palavras estavam aí. Dando um pulo, Anita deu a volta em torno da mesa e correu para abraçá-lo. Pegando a bandeirinha da alfabetização de onde estava no teto de palha, a colocou mais próximo à entrada.

– Olhemos a sua prova agora, Zenaida. Exceto por alguns erros ortográficos e gramaticais pouco importantes, era exatamente o que Anita esperava. Abraçou também a Zenaida.

– Pode ler sua carta em voz alta? – pediu Anita.

– Claro – disse Zenaida, e começou a ler.

Bainoa, Cuba
11 de dezembro de 1961
Querido Fidel,
Nunca pensei que eu escreveria uma carta a um primeiro-
-ministro. No começo eu não queria, de jeito nenhum,
aprender a ler e escrever. Não via em que isso poderia
servir a uma simples camponesa. Agora sinto-me diferente: espero ir à nova escola que está sendo construída
em Bainoa, e um dia serei uma pessoa educada. Então
serei capaz de me ajudar, ajudar a minha família e a Cuba.
Muito obrigada por nos enviar a professora Anita. Esta
noite estou mais feliz que nunca.
Zenaida Maria Pérez

Sorrindo com orgulho, Ramón abraçou a Zenaida, algo que Anita nunca o havia visto fazer antes. Neste momento, Anita deslocou de novo a bandeira, fixando-a bem acima da entrada. – Tenho certeza que esta bandeira estará do lado de fora muito em breve, talvez amanhã – disse ela. Anita dobrou as cartas, as colocou dentro dos cadernos e guardou tudo em sua mochila. – As suas cartas serão colocadas junto a todas as cartas que serão enviadas a Fidel. Caramba! Pensem nisso! Milhares e milhares de cartas!

***

Quando Anita saiu do quarto, na manhã seguinte, foi saudada por três caras tristes. Clara estava olhando a bandeira fixada no teto acima da porta. – É minha culpa que essa bandeira não será colocada fora do *bohío*. É minha culpa que esta casa não será território livre do analfabetismo. Sinto-me uma inútil, porque agora o meu esposo e a minha irmã sofrerão a vergonha. Ela começou a soluçar, o que fez Nataniel chorar e agarrar a saia da sua mãe. Depois, a bebê começou a chorar. Ramón tentou consolar a esposa, mas ela se afastou. Anita estava a ponto de argumentar, mas decidiu que faria isso quando não houvesse ninguém por perto. Nesse momento, Clara estava demasiado consternada. A atmosfera no pequeno *bohío* deveria ser alegre, mas, em vez disso, sentia-se amarga, como leite azedo.

"Como posso acabar com esta atmosfera?", perguntou-se Anita. Fez a primeira coisa que passou por sua cabeça.

– Estou com fome – anunciou. – O que aconteceu com o café da manhã? A sua voz soou mandona e grosseira para seus ouvidos. Ramón, Clara e Zenaida a olharam surpresos, como se ela houvesse aparecido de repente, do nada, no meio deles. Enquanto Clara preparava o café, Anita percebeu que ela lhe lançava olhares furtivos de vez em quando. "Clara pensa que estou realmente brava com ela. Bom, talvez isso seja bom, mesmo".

Anita untou geleia de manga a seus pedaços de pão, comeu e tomou o seu café com leite sem dizer uma palavra sequer. Os outros também não falaram. Assim que Ramón terminou, foi cuidar dos animais e trabalhar em alguns consertos. Zenaida levou Nataniel para brincar. Anita e Clara ficaram na mesa.

– Por favor, não fique brava comigo, Anita – suplicou Clara, sem olhá-la, balançando o berço da bebê com o pé.

– O que faz você pensar que estou brava?

– Você deve estar brava. Os outros aprenderam o que você ensinou. Eles passaram na prova final. Eu não tenho aprendido o suficiente e agora... e agora... Com os lábios trêmulos, levantou o olhar para a bandeirinha.

– Eu não estou brava em absoluto, Clara. Eu lhe disse que isto poderia ser um treinamento. A data limite para terminar a prova é dentro de uns poucos dias ainda. Você fez bem a parte da prova que você terminou. Essa é a verdade. Só tem que escrever a carta. Eu *ficarei* brava se você se negar a *tentar* escrever a carta. Não tem que ser perfeita. As cartas de Ramón e Zenaida não foram perfeitas.

– Mas eu não sei como inventar coisas por escrito. Todas as lições até agora foram de coisas repetidas, coisas que ouvimos ou copiamos ou exercícios de preencher espaços em branco. Não sei como inventar. Não posso!

Anita teve uma ideia. Fez um sinal a Clara para que esperasse, saiu e trouxe a sua caixa de cartas.

– Eu estou fora de casa há quase sete meses – disse, mostrando a Clara todas as cartas. – Pode imaginar o que estas cartas da minha mãe, do meu pai, do meu irmão e da minha amiga Marci têm significado para mim. Algum dia o seu filho ou a sua filha podem precisar de uma carta de casa, uma carta sua. Vamos praticar escrevendo uma cartinha breve à bebê Anita – Anita pegou um pedaço de papel e um lápis e os colocou sobre a mesa em frente de Clara.

Clara olhou o papel. – Mas o que vou escrever?

– Diga à bebê Anita dois ou três pensamentos que estão em sua cabeça e em seu coração agora mesmo.

Clara hesitou um pouco, depois segurou o lápis e começou a escrever. O apertava tanto que a ponta do lápis quebrou. Anita fez a ponta com uma faca e o devolveu. Clara reiniciou a escrita com a sobrancelha enrugada pelo esforço. Deslizou para Anita, através da mesa, o papel com umas poucas linhas. Anita o devolveu.

– Leia para mim... Não, a mim não. Leia a sua carta à bebê Anita.

Clara leu com uma voz tão baixa que Anita tinha que fazer um esforço para ouvir.

> Minha querida filhinha,
> Te amo muitíssimo. Penso que você é a bebê mais linda do mundo. Gostaria de poder ler para você *Os Sapatinhos de Rosa*, mas acho que nunca o farei. Desculpe-me.
> Sua mamãe, Clara.

Anita colocou a mão sobre a de Clara. – Viu, Clara? Escrever uma carta é só falar com o lápis, pôr as palavras que já estão na sua cabeça no papel. Agora, vamos fingir que a campanha terminou, que eu estou de volta a Havana e que você e eu trocamos cartas. Vire a folha de papel e escreva uma cartinha para mim.

Desta vez Clara não hesitou. Quando levantou a vista depois de escrever, Anita pediu que lesse a carta em voz alta. Clara leu as suas palavras com voz firme.

> Querida Anita,
> A nossa casa parece vazia sem você. Por favor, volte logo para nos visitar. As crianças estão bem. Nós também. Saudações a sua família.
> Sua amiga,
> Clara

Anita sentiu-se radiante de alegria. – Clara, viu? Você está alfabetizada. Escreveu novas palavras da sua cabeça e as leu. Fazem sentido perfeitamente. Qualquer uma destas cartas seria aceitável para provar que você sabe suficiente gramática e que tem suficiente entendimento para criar algo novo. A carta a Fidel é uma formalidade que todos os alunos têm que fazer. Vou lhe dar um bom pedaço de papel em branco para que você possa escrever a sua própria carta a Fidel. Se essa não nos satisfaz, você pode fazer outra.

Quando Anita leu o que Clara havia escrito, sentiu que nunca, nunca, se sentira mais orgulhosa do que nesse momento.

Bainoa, Cuba
12 de dezembro de 1961
Querido Fidel,
Sou uma simples camponesa que nunca sonhou sequer em aprender a ler e escrever. A revolução nos enviou uma jovem para ensinar a minha família. Eu disse "não posso" mais de uma vez, mas essa jovenzinha me convenceu que eu posso sim. Eu sou teimosa, mas ela é mais teimosa que eu, por isso nunca aceita um não como resposta sobre nada. Ela diz que agora estou alfabetizada, algo que quase não posso acreditar. O meu esposo e a minha irmã mais nova também podem ler e escrever. Quando a bandeira da alfabetização for colocada do lado de fora do nosso *bohío*, o meu coração vai explodir de orgulho. Obrigada pela campanha de alfabetização e por Anita, nossa maravilhosa professora.
Clara Mercedes Pérez

Uma Anita radiante de alegria queria colocar imediatamente a bandeira da alfabetização do lado de fora da porta, mas se conteve. – Tenho que ter a aprovação de uma supervisora – explicou, e ela não queria perder nem um minuto. Sabia onde Marjorie estava ensinando, e pediu a Ramón para que a levasse à cidade de Bainoa. Ramón suspendeu o rifle através do peito antes de sair e quando cavalgavam lembraram-se dos meses de estudos e ensino.

– Se lembra daquelas primeiras lições, Ramón? Eu ficava com medo que você fosse cortar um pedaço da sua língua.

À medida que se aproximavam do povoado, encontraram pessoas a cavalo e a pé e todos cumprimentavam "Um ótimo dia". Anita retribuía a saudação com as mãos, sorrindo francamente. Os camponeses pareciam os mesmos de sempre, pessoas do campo, em simples roupas camponesas, indo e vindo das suas tarefas rurais. No entanto, hoje as coisas eram muito, muito diferentes. Há sete meses, a maioria destes camponeses não podia ler ou escrever o mais elementar. Hoje, a maioria deles podia fazê-lo. Ela desejava perguntar a cada pessoa como se sentia por ser capaz de ler e escrever. Ela desejava poder ler todas as cartas que haviam escrito a Fidel.

Encontraram Marjorie no restaurante onde haviam tomado café da manhã naquele dia chuvoso, meses atrás. O proprietário deixou que o restaurante fosse usado para aulas especiais pela tarde.

– O que a traz por aqui? – perguntou Marjorie, surpresa ao ver Anita.

– Estou tão emocionada! A minha família terminou a prova final. Sei que eles passaram, mas não quis colocar a bandeira na porta até que um supervisor me desse a aprovação. Você poderia olhar as suas provas para confirmar que podemos comemorar hoje?

Conforme Marjorie revisava as três provas, seu rosto refletia satisfação.

– Felicidades, Ramón – disse ela. – Deve se sentir orgulhoso de você mesmo e da sua família.

– Sinto mais orgulho de mim hoje, senhora Marjorie, graças à professora Anita.

– Entendo como você se sente – disse Marjorie. – Ao ver estas provas, posso perceber que ela tem sido uma magnífica professora. Vai vir com a família à cerimônia de hastear a bandeira no dia 16 de dezembro, Ramón? Toda a região de Bainoa comemorará esse triunfo.

– Estaremos aqui, senhora Marjorie. Ramón virou-se para Anita. – Antes de voltarmos, quero comprar algumas coisas – disse ele. Tocando o chapéu com os dedos, disse adeus a Marjorie e foi embora.

– Anita, quero falar com você sobre algo. Por favor, espere aqui. Preciso me ocupar dos estudantes por uns minutos.

Enquanto Anita esperava, passaram vários vizinhos que cuidavam de seus afazeres. Todos sorriram para Anita. Alguns pararam para conversar com ela, perguntando se ela estava emocionada agora que voltaria logo para casa. "Que diferente é tudo daquele dia em que Marietta e eu caminhamos pelo povoado".

Marjorie reapareceu. – Agora mesmo o escritório da campanha recebeu o aviso de que haverá uma enorme concentração em Havana no dia 22 de dezembro. Todos os envolvidos na campanha sairão de Bainoa no dia 19 de dezembro – disse ela. – Os trens virão das províncias orientais e buscarão os brigadistas e o pessoal da campanha nas paradas indicadas ao longo do caminho. Você quer voltar a Havana quando Luis vier me buscar com as meninas ou prefere voltar no trem?

Havana... Era como se lhe falassem de um país diferente.

– Marietta vai com a senhora ou vai no trem?

– Só os supervisores sabem disso – disse Marjorie. – Você é a primeira brigadista a quem eu disse isso. O que você quer fazer? Devo voltar à aula.

– Irei no trem – disse Anita. – Se Ramón voltar antes de mim, por favor, diga a ele que voltarei em uns minutos.

Tenho algo importante por fazer. Nos veremos na cerimônia de hastear a bandeira.

Quando Anita e Ramón se afastaram do povoado cavalgando, o sol estava alto no céu ocidental, mas era um sol de inverno, por isso Anita agradeceu a calidez animal de Bufi. Normalmente ela tagarelava com Ramón enquanto cavalgavam, mas hoje os seus pensamentos estavam voltados para a partida. "Como será feito o trabalho que eu tenho ajudado a fazer todos os dias durante esses meses? Os animais? A lavagem de roupa? Tem tanta coisa a mais para fazer agora com a nova bebê. E agora que Nataniel está engatinhando, tem que vigiá-lo com mais atenção. E Zenaida? Como irá à nova escola? E quando estiver na nova escola, Clara terá mais trabalho ainda por fazer. Como Ramón e Clara continuarão aprendendo? Eles poderão esquecer tudo se não continuarem. Por que não havia pensado em todas essas coisas antes?". Anita queria desesperadamente falar de novo com Marjorie para obter as respostas a essas perguntas.

Quando estavam mais próximos a casa, os seus pensamentos se iluminaram. Ela havia cumprido a sua missão de ensinar e mal podia esperar para comemorar. Estava tão impaciente por desmontar que não esperou que Ramón acabasse de frear a Bufi, deslizou do cavalo que ainda se movia e tomou uma dura queda sob seu traseiro. Sacodindo-se, correu ao *bohío* gritando: – Clara, Zenaida, podemos pôr a nossa bandeira da alfabetização do lado de fora agora mesmo. Conseguiram! Todos conseguiram! Vamos comemorar!

Clara segurou Nataniel e o jogou para cima, o seu rosto estava radiante. Zenaida e Anita dançaram e rodopiaram uma à outra ao redor da pequena habitação. Ramón parou na entrada a olhá-las com um grande sorriso no rosto.

– Será que todo mundo ficou maluco? – disse ele.

Anita tirou a bandeira do teto de palha e a família Pérez a seguiu para fora. Ela havia planejado uma pequena cerimônia, mas agora percebeu que não conseguia falar; a sua garganta estava tão apertada da emoção... Todos juntos abraçados, Ramón carregando Nataniel, Clara aninhando a bebê Anita, Zenaida ao seu lado, a família esperava.

– Esta bandeira é o símbolo da alfabetização em Cuba – começou Anita, quando sentiu que podia. Ela cravou a bandeirinha na palha acima da entrada. – Ao colocar esta bandeira da alfabetização na parte de cima desta entrada, declaro que este lar, que pertence a Ramón, Clara, Zenaida, Nataniel e a minha xará, a bebê Anita, é um território livre de analfabetismo de hoje em diante.

Ninguém falou. Até Nataniel, que usualmente ficava balbuciando, parecia notar que algo especial estava acontecendo e ficou calado nos braços do seu pai. Anita estreitou as mãos de cada um deles de maneira cerimoniosa e depois disse: – Tenho um presente de formatura para cada um de vocês. Anita pegou três pequenos pacotes da sua mochila, presentes que ela havia comprado com a poupança da ajuda de custo que cada brigadista recebia mensalmente.

Ramón, Clara e Zenaida ficaram em pé, embaraçados, segurando os presentes. – Abram. Abram agora – disse Anita, ansiosa por ver as reações deles. Para Ramón, Anita havia comprado uma caixa de papel de cartas, uma caneta, alguns lápis, um apontador e uma borracha. – Acho que você está me dizendo que eu terei que lhe escrever cartas quando você voltar para sua casa – disse Ramón com os olhos brilhantes. – E isto? – disse ele, levantando a borracha.

– Se precisar – disse Anita.

Clara tirou do seu embrulho o clássico infantil *Os sapatinhos de Rosa*. Sem fala, apertou-o contra seu peito, depois o entregou a Nataniel, mas tirou logo quando viu que Nataniel iria levar o livro à boca.

Anita sentia-se ansiosa quando Zenaida desembrulhava o seu pacotinho. "Gostará do presente?".

– Olha, Clara! Olha, Ramón! Um diário! O meu próprio diário! É como o de Anita só que este pode ser fechado com uma chave especial. Zenaida pediu a Anita que escrevesse algo no diário, e as duas sentaram na entrada enquanto Anita escrevia no verso da capa:

12 de dezembro de 1961
Para Zenaida, no Ano da Educação, com o afeto da sua professora e amiga,
Brigadista Anita Fonseca

Zenaida passou os dedos pelas páginas do diário. – Que tipo de coisas você escreve num diário, Anita?

– Coisas que sejam importantes para você; coisas que a fazem feliz, que a preocupam ou que a deixam triste. E segredos, sem dúvida. O diário é uma espécie de amigo em que se pode confiar. Algumas pessoas copiam dos livros que leem coisas especiais que gostariam de lembrar. Você provavelmente desenhará muito no seu diário – Anita mostrou a Zenaida como cada página estava marcada para colocar o dia e o mês.

– Quando é o seu aniversário, Zenaida?

– Logo, em primeiro de janeiro – respondeu Zenaida.

– Isso é especial! Vai escrever no diário as suas primeiras palavras no dia que completar 17 anos, no Ano Novo.

– Venham comer – chamou Clara.

Enquanto Anita e Ramón estavam em Bainoa, Clara e Zenaida haviam preparado uma comida deliciosa. Para alegrar o ambiente, Clara havia coberto a rústica mesa com um lençol passado. Uma jarra de cristal cheia de folhas de cróton e umas flores silvestres decoravam a mesa. Embora os pratos fossem os mesmos de esmalte trincado que usavam todos os dias e os talheres, os mesmos de metal barato, tudo parecia festivo. Anita acendeu a lamparina e Clara serviu com orgulho a comida da comemoração. Quando terminaram de comer, Ramón saiu e voltou à mesa com as mãos nas costas. "Uma surpresa – disse ele – adivinhem o que é".

– Uma garrafa de rum – disse Clara. Ramón negou com a cabeça.

– Algo doce – aventurou-se Zenaida.

– Sim, mas o quê, exatamente? – disse Ramón. – O que você acha, Anita?

– Um bolo? – disse ela. Ramón colocou dois pacotes sobre a mesa.

– Biscoitos de amêndoas! – exclamaram elas. – E chocolate! Era a primeira vez que Nataniel provava chocolate e pedia mais a gritos; as suas lágrimas salgadas se misturavam com o chocolate que cobria a sua cara doce. Eles teriam comido todos os doces se Clara não tivesse insistido em guardar alguns para o dia seguinte. Clara não deixou que Anita a ajudasse a limpar, então Anita sentou-se à mesa para escrever no seu diário.

12 de dezembro de 1961
Querido Diário,
Caramba! Consegui! Meus alunos conseguiram! Realmente ensinei a ler e escrever a três pessoas que eram completamente analfabetas. Lembro de quanto quis me tornar brigadista, de como me imaginei eu sendo a garota que usava a boina no anúncio. Marjorie me disse que 100 mil jovens finalmente se voluntariaram como brigadistas, por isso esta noite estou pensando nas 100 mil histórias diferentes que esses jovens têm para contar.
No entanto, sinto-me triste pelo que aconteceu com Manuel Ascunce Domenech e os outros brigadistas que

morreram. Acho que nunca esquecerei o quanto estava assustada quando me vendaram e me amarraram durante aqueles quatro dias, e o quanto sou sortuda de poder estar aqui, escrevendo isto agora. Sinto-me feliz principalmente por Zenaida. Tenho certeza que ela irá continuar estudando. Sinto-me muito próxima da família Pérez. Quando eu esperava, com impaciência, partir para Varadero, riscava os dias no meu calendário com ansiedade de que chegasse o dia da partida. Agora estou riscando os poucos dias que restam para voltar a Havana. Ainda que sinta falta de mamãe e papai, realmente não espero com ansiedade esse dia. O pensamento de voltar à minha casa em Miramar com todas as extraordinárias comodidades que a minha família de alunos não tem... bom, me incomoda. Espero que mamãe não seja tão ostentadora no Country Club. Isso me incomodaria agora ainda mais do que me incomodava antes. Talvez me sinta melhor quando subir no trem com os outros brigadistas. Será um espetáculo e tanto!

Anita, a brigadista

Nessa noite, Anita balançou a rede de um lado a outro, incapaz de dormir. Sentia-se cheia, cheia de comida, cheia de doces, cheia de orgulho e de satisfação, mas também cheia de pesar de que algo tão especial tivesse chegado ao fim.

COMEMORAÇÃO E DESPEDIDAS

As pessoas chegavam desordenadamente de todas as partes do povoado de Bainoa para a cerimônia de hasteamento da bandeira. Chegavam a cavalo, em mulas e em burros, nas carroças puxadas por bois, amontoados nos bancos dos caminhões e a pé. Chegavam com guirlandas de flores, agitando bandeiras da alfabetização e cantando. O povo, que havia sido tão pouco acolhedor no começo da campanha, estava barulhento, festivo, ansiosos por comemorar. As crianças se misturavam com os adultos, caçando um ao outro, fartando-se de amendoim com caramelo feito no povoado e que era oferecido gratuitamente. Uma banda tocava canções tradicionais na praça do povoado. Haviam construído um palanque numa extremidade da praça e umas pessoas corriam daqui pra lá para instalar microfones, alto-falantes e cadeiras para os oradores e os convidados especiais.

Um caminhão pegou Anita e a família Pérez no meio da tarde. Clara e Zenaida estavam muito animadas, porque iam raras vezes ao povoado. Os milicianos que sentavam na cabina do motorista, como medida de segurança, passaram para a caçamba do caminhão com os outros para que Clara pudesse se sentar na cabina com a bebê Anita. Balançando juntos à medida que o caminhão passava pulando, os brigadistas cantavam o Hino das Brigadas.

Somos as Brigadas Conrado Benítez,
Somos a vanguarda da revolução,
Com o livro ao alto
Cumprimos uma meta
Levar a toda Cuba
A alfabetização.
Por planícies e montanhas
O brigadista vai,
Cumprindo com a pátria
Lutando pela paz
Abaixo o imperialismo
Viva a liberdade
Levamos com as letras
A luz da verdade.
Cuba
Estudo, trabalho e fuzil
Lápis, cartilha e manual
Alfabetizar, alfabetizar
Venceremos!

Havia vários versos e eles os cantavam todos repetidas vezes. Quando chegaram a Bainoa, Anita estava com a voz rouca. Combinou um ponto de encontro para a cerimônia com a sua família de alunos, depois foi à procura de Claudio. Andando entre a multidão, encontrou-se com ele quando ele a procurava.

– Vamos a algum lugar onde possamos conversar, Anita. Temos pouco tempo antes das cerimônias começarem. O único lugar que conseguiram encontrar e que estava meio tranquilo era o lugar reservado para prender os cavalos, as mulas e as carroças de bois. Eles pularam e sentaram-se com as pernas penduradas nas duras tábuas de uma carroça.

304

– Me conte as novidades – disse Claudio – Clara conseguiu? Anita contou sobre a prova final e como ela convenceu Clara de escrever a carta a Fidel.

– E as suas alunas? – perguntou ela. Claudio havia ensinado a um grupo de oito donas de casa de Bainoa.

– Todas foram aprovadas – disse ele –, e quase me derrubaram na pressa por me abraçar e me beijar todas ao mesmo tempo.

– Você vai a Havana para a grande concentração do dia 22, né Claudio?

O rosto de Claudio se entristeceu. – É disso que queria falar com você, Anita. Não posso ir. Ontem recebi um telegrama da minha mãe dizendo que o meu pai está adoentado, ela não disse o que é, e precisa que eu volte para casa logo para ajudar com o armazém. Tenho que ir embora amanhã.

Anita virou a cabeça. Outro final. Claudio colocou o braço ao redor dos ombros dela. – Vamos nos escrever – disse ele.

– Cárdenas não fica no fim do mundo. Irei a Havana para lhe visitar assim que puder. Eu prometo.

Anita queria acreditar que eles se veriam outra vez, que ele iria a Havana, que seus pais gostariam dele, que seus pais não se importariam que ele fosse negro. Ela queria mostrar a Claudio a cidade grande, andar pelas ruas estreitas da antiga parte colonial de Havana, ir ao cinema, sentar-se no muro do *Malecón* balançando as pernas! Não sabia por que, mas não acreditava que isso fosse acontecer.

Ela virou o rosto para ele e se encontrou com seus lindos olhos escuros com cílios mais longos que os dela. Quando se abraçaram, a banda começou a tocar os acordes iniciais do Hino Nacional.

– Melhor irmos – disseram ao mesmo tempo. Correram de volta à praça onde Anita se reuniu com a família Pérez no lugar combinado bem a tempo para entoar junto com eles o verso final. Quando as cerimônias começaram, Anita deixou a sua mente vagar. Em alguns de dias estaria indo embora no trem. Estaria lá o seu irmão a esperá-la? Em poucas semanas ela estaria de volta à escola...

Zenaida deu-lhe uma ligeira cotovelada. – Anita, estão chamando todos os brigadistas para irem à frente.

Anita abriu caminho através da multidão de pessoas sentadas para juntar-se aos brigadistas que se reuniam em frente à plataforma. Quando todos estavam reunidos, o povo da região de Bainoa levantou-se de um pulo e começou a aplaudir e cantar. "Viva aos brigadistas!" Depois começaram os discursos, um orador depois de outro repletos de elogios aos brigadistas. Um dos oradores comparou a campanha de alfabetização à grande abelha mamangava.

– Dizem que a mamangava não é capaz de voar em absoluto, já que a área da superfície de suas pequenas asas, comparada com o peso do seu corpo, tornaria seu voo impossível. Felizmente, a mamangava não está educado nas leis da física, de modo que, de qualquer maneira, ela voa – o riso estendeu-se por toda a multidão. – Como Cuba é um país pobre, com limitados recursos – continuou o orador – alguns disseram que a campanha estava destinada ao fracasso. Felizmente, estes jovens não sabiam disso e fizeram a Campanha voar. Estendendo a sua mão aos brigadistas, disse: – Juntem-se a mim para felicitar estes magníficos jovens. A multidão respondeu com muitos Vivas!, enquanto os brigadistas brincavam e faziam barulho sobre a comparação com as mamangavas.

Depois o prefeito do povoado agradeceu a todos aqueles que haviam coordenado e dirigido a campanha e a todos os grupos locais que haviam proporcionado qualquer tipo de serviço. Exatamente quando a multidão começava a se inquietar, o prefeito anunciou que estava na hora de hastear a bandeira da alfabetização. Ele pediu a Pamela que subisse ao palanque e depois Anita ouviu que chamavam seu nome. Surpresa, abriu caminho para parar entre Pamela e o prefeito.

– Pamela Moore Ríos veio aqui ensinar junto com a sua mãe, a senhora Marjorie Moore Ríos, que é uma estadunidense amiga de Cuba – disse o prefeito com voz ressonante ao microfone. – Pamela é a brigadista mais jovem da região. Completou 11 anos recentemente. Ela sozinha ensinou com sucesso sete adultos a ler e escrever e, por isso, ganhou a honra de hastear a bandeira da alfabetização – os aplausos e assobios foram ensurdecedores.

Virando-se para Anita, o prefeito disse: – Esta jovem, Anita Fonseca, foi sequestrada por um grupo de contrarrevolucionários e mantida prisioneira durante quatro dias antes que a resgatassem. Apesar de sua terrível experiência, Anita negou-se a abandonar a campanha de alfabetização. O funcionário segurou as mãos de Anita e de Pamela e levantou seus braços enquanto a multidão as aplaudia. Depois chamou a senhora Flor Tamayo. Uma mulher idosa, magra, ereta, sorridente e de olhos brilhantes, com o rosto coberto de rugas, chegou ao palanque amparada pelos braços por um jovem.

– A senhora Flor Tamayo é a nossa estudante mais velha – explicou o prefeito. – Ela diz que tem 92 anos de juventude e quer ler a vocês a carta que escreveu a Fidel. Falando com a voz trêmula dos idosos, Flor Tamayo leu sua carta.

> Querido Fidel Castro,
> Ninguém na minha pobre família nunca pôde ler e escrever. Graças ao senhor, graças à Revolução, uma

velha, seus seis filhos e 16 netos são capazes agora de ler e escrever, acabando com gerações de ignorância. Que Deus abençoe o senhor e a todo o povo de Cuba. Se o senhor vier a Bainoa para me visitar, eu serei a mulher mais feliz do mundo.

Flor Tamayo

Quando os aplausos terminaram, Pamela, Anita e a senhora Flor Tamayo foram conduzidas até o mastro. Juntas hastearam a bandeira da alfabetização com as palavras:

BAINOA, TERRITÓRIO LIVRE DE ANALFABETISMO

Os homens lançaram seus chapéus ao ar e as crianças pulavam por todas as partes, enlouquecidos pelos aplausos que iam e vinham. Os brigadistas se abraçavam entre eles e os seus supervisores. Eles até abraçaram o prefeito. Anita o perdoou por não ter estado presente para receber o grupo no dia em que chegaram a Bainoa, aquele dia chuvoso, sete meses antes. Por cima da algazarra, o prefeito pediu que o escutassem, convidando todos para que ficassem para o banquete e a festa na rua.

Anita comeu e dançou até que sentiu que não podia comer outra *tamale,** nem dançar outro *chá-chá-chá*, nem um *danzón*. Os músicos, elegantes com botas brilhantes de vaqueiros, chapéus de aba longa e lenços coloridos amarrados ao pescoço, não mostravam sinais de cansaço. Uma banda de sete músicos tocava em cima de uma longa carroça decorada com palha, flores e centenas de bandeirinhas da alfabetização. Anita estava apoiada em Claudio, num dos lados da carroça. "Esta poderá ser a última vez que estaremos juntos por um longo tempo, talvez até para

---

* Espécie de pamonha salgada, tradicional da culinária da América Central. (N.E)

sempre", pensou ela, enquanto olhava os que comemoravam comer, beber e dançar. Havia milicianos e milicianas armados com rifles ao redor da multidão. Muitos inimigos da revolução haviam sido capturados e presos durante a Campanha em toda Cuba. Não houve nenhuma ameaça na região de Bainoa depois que ela foi sequestrada, mas depois do horrível assassinato de Manuel Ascunce Domenech, a milícia havia continuado de guarda.

– Olha, Claudio. Olha a senhora Flor Tamayo dançando – a anciã passava frente a eles, mexendo os quadris pausadamente ao ritmo de um *danzón* tradicional. – Foi divertido ver Ramón e Clara, né?

– Esse Nataniel parece uma minhoquinha – disse Claudio. Ele havia carregado Nataniel e Anita havia carregado a bebê enquanto Ramón e Clara desfrutavam algumas danças. Quando eles voltaram para pegar os meninos, estavam vermelhos e felizes.

– E olha a Zenaida – disse Anita. – Não parou de dançar desde que a banda começou a tocar. Anita encontrou o olhar de Zenaida e lhe piscou o olho. Zenaida devolveu a piscada. Ela estava dançando com o mesmo jovem camponês por um tempo. – Quem sabe quando Zenaida terá outra oportunidade de dançar e se divertir com gente da sua mesma idade? – disse Anita em voz alta, mas falando para si.

– Olá, vocês dois – disse Marietta, vermelha de tanto dançar. – Sabiam que vou para Havana amanhã, com Marjorie e algumas outras supervisoras? Vamos levar a Fidel as cartas dos estudantes desta região.

– Que sorte! – exclamou Anita. – Onde vai ser isso?

– No estádio de beisebol. Fidel estará lá para receber as cartas.

– Como vão para lá? – perguntou Claudio.

– Numa caminhoneta. Vão nos apanhar às 7 da manhã e voltaremos aqui pela tarde. Então acho que ficarei acordada a noite toda, festejando.

– E por que isso de voltar? Por que não fica em Havana se de qualquer maneira a nossa tarefa já terminou? – disse Claudio.

– Menino! Está louco? Não vou perder a viagem de trem para Havana junto com todos os brigadistas. Isso será histórico.

– E provavelmente *histérico* também – acrescentou Anita.

– Que bom seria se não tivesse que voltar para casa, assim poderia ir de trem também – disse Claudio, ficando tristonho.

– Bom, você não pode, mas pode dançar este essa salsa comigo – disse Anita, puxando Claudio para dentro da multidão de dançarinos.

Dar o beijo de despedida em Claudio foi a primeira de várias despedidas emotivas que faria nos próximos dias. Quando o caminhão saiu da praça do povoado, ela ficou dizendo adeus com a mão até não vê-lo mais, com a esperança que não fosse a última vez. Mexendo no bolso, tocou o pedacinho de papel com o endereço e número de telefone dele. Todos os brigadistas ao seu redor conversavam e cantavam, ainda animados pelas festas do dia. Anita se juntou a eles, mas sem muita vontade. Antes de pular na sua rede, riscou outro dia do seu calendário. Só restavam mais dois dias até a sua partida para Havana.

Jogou-se na rede e começou a se balançar. Havia se obrigado a participar das festividades, a dançar e a se divertir, mas desde a noite da comemoração com a sua família de alunos sentia-se estranha, não ela mesma.

Enquanto a rede balançava, a corda esfregava nos ganchos que a sustentavam. Essa noite, cada movimento ao balançar parecia dizer, a-ca-bou, a-ca-bou, já-a-ca-bou. As lágrimas irromperam, derramavam-se, sulcavam a sua face e caíam em seus ouvidos. A-ca-bou, já-a-ca-bou.

– Anita... está chorando? – sussurrou Zenaida.

– Acho que sim – disse Anita.

– O que foi? Você e Claudio brigaram?

– Não é nada disso, Zenaida.

– Então, é o quê? – insistiu Zenaida.

– Não faz ideia?

– É porque vai embora?

– É isso, mas é mais do que isso – disse Anita com a voz entrecortada. – Durante sete meses tive um objetivo e dediquei cada dia para alcançar esse objetivo. Agora esse objetivo foi atingido e a Campanha termina... e agora o quê? Voltar a Havana e fazer as mesmas coisas que antes? Levantar... ir à escola... fazer o dever da escola... dormir... Levantar... ir à escola... fazer o dever da escola...

– Quem dera eu pudesse fazer isso – disse Zenaida. – Amanhã e o dia seguinte e todos os dias eu estarei aqui fazendo o mesmo, limpando, lavando, cozinhando, cuidando das crianças de Clara...

– Zenaida, você deve tentar entrar na nova escola regional de alguma maneira. Você ouviu o anúncio, não? A campanha da educação não acaba só porque os brigadistas vão embora.

– Eu sei – disse Zenaida –, mas não tenho certeza se poderei ir. Clara e Ramón precisam de mim aqui. E Clara e Ramón? Como continuarão aprendendo?

– Não sei exatamente, mas conversei com Marjorie esta noite e ela me garantiu que a educação de adultos não será interrompida ao terminar a Campanha. A família Pérez poderá continuar estudando, se assim realmente o desejam.

– Gostaria que você pudesse ficar e nos ensinar, Anita – a voz de Zenaida era nostálgica.

– Não falemos mais disso. Vou começar a chorar outra vez. Anita levantou-se da rede pela última vez e vestiu-se rapidamente. Ontem, teve que passar o dia vestida com uma camisa de trabalho de Ramón, porque Clara insistiu em lavar e passar seus dois uniformes e costurar os buracos das meias. Ramón havia limpado suas botas, não só limpado, as fez brilhar. Ele havia lustrado o couro gasto com algum tipo de graxa. "Provavelmente gordura de porco", pensou Anita, sorrindo enquanto as calçava e amarrava. Quando ela colocou um "X" no quadrado com o número 19, na página de dezembro, a sua garganta apertou. Dia da partida.

Sua volumosa bolsa de lona a esperava junto à porta de palha. Ela e Ramón cavalgariam até a escola onde ela e os outros brigadistas que viajavam a Havana seriam apanhados por um caminhão e levados ao lugar onde estava programada a parada do trem. Sabendo o quanto Anita gostava, Zenaida preparou uma tigela cheia de coco, recentemente ralado e adocicado com mel, especialmente para ela.

Exceto pelos balbucios de Nataniel e o tim-tim de copos e talheres, essa última refeição juntos foi um triste acontecimento. Ramón bebeu o último gole de seu café com leite, colocou a bolsa de Anita sobre os ombros e saiu para selar Bufi.

Chegou a hora de dizer adeus. Anita carregou a bebê Anita por um momento, depois abraçou e beijou Nataniel. Ajudado por Zenaida, Nataniel colocou a palma da mão na boca e soprou um beijo a Anita. Fascinada, Anita o beijou de novo.

– Até logo, menininho lindo.

Clara a abraçou fortemente, enquanto murmurava:

– Nunca te esqueceremos.

– Nem eu a vocês – respondeu Anita, lutando para não chorar. Quando se virou para se despedir de Zenaida, lhe disse: – Escuta, se lembra como você me odiava quando eu cheguei? – Me lembro – disse Zenaida. As duas garotas se abraçaram com afeto.

– Lembre-se, Zenaida, temos uma aposta.

– Não esquecerei – disse Zenaida.

– Deixei meu livro sobre Anne Frank para você. Algum dia quando você o tiver lido, falaremos sobre ele. Agora, antes de eu ir embora, quero tirar uma última foto. Todos fiquem perto de Bufi.

A lente da câmera de Anita abriu e fechou sobre a família Pérez que fazia o seu melhor esforço por sorrir.

– Temos que ir, Anita. Hora de partir – disse Ramón com calma.

Ao sair da clareira, Anita olhou para trás, dizendo adeus com a mão ao grupinho que se apinhava frente ao *bohío*. Sentia-se como uma desertora. Ia ao luxo da sua casa em Miramar, enquanto a família Pérez ficava tal e como era no dia em que ela a conheceu, morando ainda num casebre simples com chão de terra, sem eletricidade, sem vaso sanitário, sem chuveiro, sem água corrente, poucas comodidades. Ela se lembrou da lição que havia lhes ensinado. "Nos próximos anos, o povo não morará mais em *bohíos* nem em cortiços". Ela se lembrava da reação cética de Ramón diante dessa afirmação.

"Oh, por favor, que tudo o que lemos e conversamos sentados ao redor da mesa à luz da lamparina se faça realidade!".

Enquanto pronunciava estas palavras em silêncio e fervorosamente, ouviu a voz de Clara gritando: – Anita, Ramón... esperem... esperem... – Ramón freou Bufi.

– Esqueceu a lamparina – disse Clara sem fôlego, correndo pela trilha, a lamparina oscilando em sua mão.

– Não, Clara. Deixei para vocês, para a família.

Justo antes de voltar ao caminho, Anita ouviu Clara e Zenaida gritarem o que iria ouvir muitas vezes mais esse dia: "Não nos abandone! Não se esqueça de nós!". À medida que se aproximavam da escola, Anita viu que o caminhão de transporte já estava lá e podia ouvir o barulho de vozes animadas. Anita desmontou. Ramón ficou na sela. Ela bateu as ancas de Bufi. Depois de um momento, Ramón entregou a bolsa de lona. "Já ouviu o que Clara e Zenaida disseram, professora. Não se esqueça de nós. Agora, vá. Não gosto das despedidas tristes".

– Escreverei, Ramón. Não esqueça de ir ao correio de vez em quando. Ramón assentiu com a cabeça, deu meia volta a Bufi e se afastou trotando com o braço levantado num gesto de despedida.

A VOLTA

Anita ficou encarando as costas de Ramón enquanto se perdiam de vista, depois jogou a bolsa de lona no ombro e encaminhou-se ao barulhento grupo de brigadistas à procura de Marietta. Encontrou-a sentada nos degraus tentando consolar Suzi que chorava desconsoladamente porque tinha que deixar a cabra à qual estava tão apegada.

– Olá, Marietta. Conte como foi entregar as cartas a Fidel.

– Tudo foi tão impressionante! Então, as cartas estavam em milhares de caixas colocadas numa enorme pilha. Marjorie disse que havia mais de 700 mil cartas, talvez mais. Fidel abriu algumas das cartas e as leu ao microfone. Foi fantástico! Dava para ver que Fidel estava realmente emocionado. Disse que o governo vai estabelecer um museu da campanha de alfabetização e que todas as cartas serão guardadas ali.

Nesse momento Marjorie e Pamela desceram os degraus arrastando caixas e bolsas de lona.

– Ok, todo mundo – chamou Marjorie. – Está na hora de ir embora. Todos os que irão no trem, subam ao caminhão.

Suzi começou a chorar de novo.

"Eu sei como você se sente, Suzi", pensou Anita, quando o caminhão se afastava. Ela e Marietta continuaram acenando até que o grupinho que ficou nos degraus da escola desapareceu de vista.

***

Saudações de "Olá, Anita. Olá, Marietta. Como foi a missão de vocês?" receberam as duas garotas no momento que abordaram o trem e começaram a abrir caminho entre a multidão de brigadistas parados no corredor. Os brigadistas já estavam todos apertados nos assentos de madeira, então os que chegavam tinham que colocar suas bolsas de lona onde fosse possível e depois se apertarem nos corredores. Algumas meninas sentavam-se nos colos. O trem era um estridente carnaval de reuniões ruidosas, todos falando, trocando histórias sobre os lugares em que ficaram e o que vivenciaram.

– Marietta, vou procurar Dominga e as gêmeas – disse Anita. Dois vagões adiante, Anita encontrou as gêmeas que quase a estrangularam ao abraçá-la ao mesmo tempo.

– Dominga está nesse trem? – perguntou Anita.

– Não, nós já demos uma olhada. Talvez venha no próximo – respondeu uma das gêmeas. "Vanesa ou Vera?". Anita ficou com muita vergonha de perguntar. Elas conversaram um pouco, depois Anita as deixou para continuar percorrendo o trem para ver se havia outros que ela conhecera em Varadero. Quando passava pelos vagões, captava fragmentos de conversas.

– Você não acreditaria! Os homens da família quase nunca estavam sem um charuto na boca e as mulheres também fumavam!

– Minha missão foi na província de Oriente, num chalé perto do cume do Pico Turquino, a montanha mais alta de Cuba.

– O uniforme ficou pequeno para mim e tive que usar roupa emprestada nos últimos três meses.

"Centenas de histórias diferentes aqui mesmo, neste trem – há tantas histórias quanto há brigadistas", pensou Anita. Movimentando-se de um vagão a outro, Anita parava de vez em quando para cumprimentar os garotos que reconhecia. No meio a todas as estrondosas conversas, ouviu alguns brigadistas dizendo que eles não queriam ir embora; que não queriam que a campanha terminasse. Toda vez que ouvia isso, Anita sentia-se melhor ao saber que ela não era a única que se sentia desse jeito. Também ouviu que muitos deixaram suas lamparinas às suas famílias de alunos.

Alguém puxou o seu uniforme quando passava. Era Betina, a brigadista de 10 anos que havia conhecido em Varadero.

– Olá, Betina. Como foi?

– Foi magnífico! – disse Betina. – Eu estava em Cienfuegos. Ajudei dois brigadistas a ensinar a um grupo de adultos. Todos eles aprenderam. E como eu era a brigadista mais nova, hasteei a bandeira. Estou com 11 anos agora – Anita contou que Pamela também havia hasteado a bandeira.

– Divirta-se no comício, Betina. Talvez a veja por lá.

Quando voltou ao seu vagão, Marietta estava cantando e tocando o violão, rodeada de uma multidão de admiradores, como sempre.

A poeira entrava pelas janelas abertas, mas parecia não importar a ninguém. À medida que o trem comprido avançava através do campo, os camponeses deixavam o que estivessem fazendo para acenar. Eles pareciam saber que eram os trens especiais que levavam os brigadistas a Havana para o comício que comemoraria o fim exitoso da campanha.

O trem fez apenas uma parada depois que Anita subiu. Quando o trem parou, os brigadistas se debruçaram nas janelas agitando as bandeiras da alfabetização e cantando o hino dos brigadistas. Anita observou a cena de despedida que acontecia do lado de fora. Gente de todas as idades abraçava os brigadistas que iam embora. Muitos choravam. As crianças se penduravam nas pernas dos brigadistas como se fossem macaquinhos. Quando os brigadistas subiram, a multidão se estendeu ao longo do trem. Quando este arrancou, eles começaram a gritar o mesmo refrão que ainda ressoava nos ouvidos de Anita.

– Adeus. Adeus. Não nos esqueça, por favor.

Anita sentiu novamente as pontadas de dor ao se separar da família Pérez. Os brigadistas que acabavam de chegar adentraram pelos corredores já lotados, garotas e garotas por igual secando as lágrimas sem constrangimento. No entanto, logo se juntaram à alegria, cantando e trocando histórias, delirantemente felizes apesar da tristeza pelo adeus.

Quando o trem entrou nos arredores de Havana, a emoção a bordo duplicou-se, depois triplicou-se quando atravessou a cidade que era o lar de muitos dos que estavam no trem. Quando o trem começou a desacelerar, todo mundo esticou o pescoço para olhar, pelas janelas, em direção à estação. Quando chegaram, Anita não podia acreditar no que viu: uma multidão de centenas de pessoas enchia completamente a plataforma, todos agitando lenços, flores ou bandeiras.

– Caramba! Que boas-vindas! Como vamos encontrar as nossas famílias nessa multidão, Marietta?

O trem chiou até parar. Assim que abaixaram os degraus, os brigadistas saíram do trem e a multidão os saudou com abraços, palmadinhas nas costas, apertos de mãos, flores e até presentes.

– Meu deus! – exclamou Anita. Estão nos dando boas-vindas de heróis.

– É isso que somos, querida menina, e o merecemos – respondeu Marietta.

Quando estavam a ponto de descer os degraus, Marietta deu um rápido abraço em Anita e a beijou em ambas as bochechas. – Me liga amanhã – disse ela, e segurando o seu violão por cima da cabeça, desceu e começou a abrir passagem por entre a multidão. Surpresa com a súbita partida de Marietta, Anita hesitou sobre os degraus, olhando ao redor, mas logo foi empurrada por trás.

– Anita... Anita... Aqui! – a voz do seu pai. "É surpreendente reconhecer a voz de alguém a quem você ama, mesmo na multidão", admirou-se Anita. Ela foi abrindo caminho através da multidão, seguindo em direção à voz do seu pai.

– Por aqui, Anita. Continue vindo. Por aqui, por aqui... As pessoas lhe davam palmadinhas nas costas enquanto caminhava entre a multidão. Alguém colocou um ramalhete de flores nos seus braços. Finalmente, aspirou o aroma familiar do seu pai quando seus braços a envolviam no meio da multidão que se empurrava.

– Sã e salva – disse ele. – Está em casa, sã e salva.

Anita abraçou a sua mãe que a abraçou, e ela a apertou como se nunca mais a fosse soltar. E então, aí estava o seu irmão a sorrir-lhe, ainda com a barba e o cabelo roçando os ombros. Anita deixou cair a bolsa de lona e pulou, quase o atropelando, seus braços apertados ao redor de seu pescoço, os pés no ar.

– Meu irmão, como senti a sua falta!

**

No dia 22 de dezembro, milhares de brigadistas se reuniram numa enorme massa frente ao palanque levantado na gigantesca Praça da revolução José Martí em Havana. Cantando e gritando, com os uniformes limpos e passados, muitos brigadistas levavam lápis gigantes, o símbolo da alfabetização. Embora estivesse chovendo, isso não deteve milhares e milhares de pessoas que, com ânimo festivo, ocuparam a praça vindos de todas as direções para a concentração de comemoração. Muitos dos que comemoravam tocavam vários instrumentos de percussão conhecidos em Cuba.

Anita, Mário e Marietta estavam juntos, parados e espremidos entre os milhares de brigadistas na aglomeração da jubilosa multidão. À espera que começassem as cerimônias, Anita refletia sobre os dois últimos dias. Estar em casa, comemorar a conquista de Tomasa, Gladis e Fernando com a família, trocar anedotas com Mário, visitar alguns amigos, tudo isso havia sido fantástico. Mas Anita se sentia mal. Tentou ajudar Gladis com a lavagem de roupa, mas Gladis havia sorrido timidamente e disse, – Oh não, senhorita Anita, isso não seria correto. Ela arrumava a cama todas as manhãs, mas quando insistiu em ajudar Tomasa a limpar a mesa depois das refeições, Tomasa ficou nervosa e corou. Verdade seja dita, a mãe não havia dito nada, mas Anita podia dizer que ela não o aprovava. Ela queria ser útil, mas ninguém precisava nem queria que ela fizesse coisa alguma. Ansiosa, havia ligado para Marjorie. – Relaxa – disse Marjorie. – Haverá muitas oportunidades na vida para que você se envolva. Algumas coisas mudam por revolução, Anita; outras por evolução. Anita sentia-se melhor quando desligou o telefone.

A voz de Mário a fez voltar ao momento atual.

– Olhe, Anita.

Ela olhou na direção que a mão de Mário apontava. Um homem magrelo estava subindo um poste de iluminação realmente alto. Anita focou a sua câmera, seguindo-o através do visor até o topo. Quando ele passou uma perna por cima e montou sobre a coberta de metal em forma de disco para contemplar a tremenda multidão, Anita apertou o obturador.

Quando a cerimônia finalmente começou, o ministro de Educação foi o primeiro a falar:

– Estimamos que 1 milhão de pessoas estejam reunidas neste dia para declarar Cuba um território livre de analfabetismo. – As pessoas ovacionavam como se tivessem uma única garganta. O ministro então leu os nomes dos participantes da campanha que haviam morrido, a maioria de coisas tão inocentes como uma alergia a picada de abelha, e uma vítima de um assassinato brutal e calculado nas mãos de contrarrevolucionários. Nome após nome...

Manuel Asunce Domenech...

Alberto Alvarez Serpa...

Rogelio de Armas Ruesca...

Pedro Blanco Gomez...

Jesús Cabrera Fraga...

Catalina Vidal Arjona...

José Antonio Sánchez...

Oscar Zayas Ugarte...

Quando o último da centena de nomes foi lido, a multidão abaixou as cabeças em um momento de silêncio para honrar os mortos. Ao final de seu discurso, o ministro proclamou: "Mais do que qualquer outra coisa, *bravo* aos 300 mil voluntários que ensinaram mais de 707 mil adultos analfabetos a ler e escrever!"

O aplauso foi estrondoso.

– Estamos aplaudindo por você, Clara, por você, Ramón, por você, Zenaida – murmurou Anita.

De mão em mão, o ministro da Educação hasteou uma enorme bandeira num enorme mastro. Hasteada ao alto, o vento bateu no tecido azul e o estendeu, mostrando um brilhante letreiro amarelo:

CUBA: TERRITÓRIO LIVRE DE ANALFABETISMO

A multidão bradou e milhões de mãos aplaudiram ao ritmo de golpes de tambor. Anita sentiu que explodia de orgulho ao saber que ela fizera parte de algo tão grandioso, tão importante.

Alguns brigadistas começaram a cantar o *Hino das Brigadas*, que logo se estendeu entre os demais.

> Somos as Brigadas Conrado Benítez,
> Somos a vanguarda da revolução,
> Com o livro ao alto
> Cumprimos uma meta
> Levar a toda Cuba
> A alfabetização.

Quando Fidel veio ao microfone, os brigadistas se adiantaram o quanto puderam. Fidel chamou um menino de 7 anos de idade à frente na tribuna, apertou a sua mão e o apresentou como o professor voluntário mais jovem da campanha.

– Marietta e eu ouvimos falar sobre ele no trem – disse Anita a Mário. Ele ajudou seu irmão a ensinar.

Depois Fidel apresentou uma mulher negra pequenina. Ele disse que ela tinha 106 anos de idade e que nasceu e cresceu como escrava. Quando Fidel explicou que a senhora era a pessoa mais velha que participara na campanha e agora estava alfabetizada, a multidão enlouqueceu. A anciã mandou beijos à multidão com ambas as mãos.

– Hoje, Cuba saúda todos os voluntários da campanha – disse Fidel. – Mas nós temos que homenagear, especialmente, os mais de 100 mil brigadistas, em sua maioria adolescentes, que deixaram o conforto e a segurança de suas casas por meses a fio para fazer um trabalho tão difícil. – Percorrendo com seu olhar a multidão de brigadistas, disse: – Através de seus esforços combinados, vocês ajudaram a acabar com quatro séculos e meio de ignorância em Cuba.

Nos segundos que se seguiram às palavras de Fidel, algo inesperado aconteceu. Um brigadista próximo à tribuna gritou: "Fidel, diga o que mais temos que fazer". Imediatamente, os brigadistas que estavam por perto do rapaz começaram a repetir\ suas palavras. Essas palavras se propagaram e em poucos minutos milhares de brigadistas as repetiam em coro. Os brigadistas que estavam com os lápis gigantes os subiam e abaixavam ao ritmo da estrofe.

Diga o que mais temos que fazer!
Diga o que mais temos que fazer!
Diga o que mais temos que fazer!
Diga o que mais temos que fazer!

Anita, Marietta e Mário entrelaçaram seus braços com os dos que estavam ao seu redor enquanto cantavam. Os brigadistas tinham feito algo extraordinário por seu país, então, por que parar agora? Como um filme que passava perante seus olhos a toda velocidade, Anita lembrou a sua mãe e o seu pai assinando finalmente a planilha de consentimento, lembrou o treinamento para ser professora em Varadero, lembrou o olhar hostil no rosto de Zenaida quando se conheceram e que se converteu em afeto fraternal com o passar do tempo. Lembrou da lamparina acesa para a primeira aula, como a luz se espalhou para iluminar a mesa e, mais além, o quarto escuro, a tensão da primeira prova, a alegria e o alívio da prova final. Ela lembrou como se sentiu quando a chamaram de "professora", do nascimento da peixinha, o cheiro e o gosto de medo durante aqueles horrorosos dias, sentada amarrada e com os olhos vendados. Mas o melhor de tudo era se lembrar de quando colocou a bandeirinha de papel da alfabetização do lado de fora da porta do *bohío*. Essa bandeira logo desbotará e retorcerá ao sol, mas suas lembranças dos sete meses que colocaram a bandeira ali e que ajudaram hoje a hastear a grande bandeira aqui, nunca os esquecerá. Nunca! Ela apenas teria que continuar fazendo algo significativo.

Sim, Fidel. Diga o que mais temos que fazer.

COM AS SUAS PRÓPRIAS PALAVRAS

1º de janeiro de 1962
Queridos Clara, Ramón e Zenaida,
Acredito que provavelmente sou a primeira pessoa a escrever-lhes uma carta. É maravilhoso estar em casa com a minha família, mas sinto saudades da minha vida com a família Pérez, mais do que eu possa lhes dizer. Outro dia, o meu pai disse algo maravilhoso quando falávamos sobre a campanha. Ele disse que durante a campanha, os camponeses descobriram o mundo das palavras e os brigadistas descobriram o povo esquecido de Cuba. Agora que eu os "descobri", não quero perdê-los, então espero que vocês me respondam e contem sobre vocês. Por favor, não se preocupem com erros.

Havia 1 milhão de pessoas ou mais no comício. Quando as pessoas aplaudiam, eu imaginava que estavam aplaudindo vocês. Espero que possam participar do programa Seguimento, o programa de educação continuada. A minha mãe decidiu continuar ensinando. Estou tão orgulhosa dela! Gladis, a lavadeira a quem a minha mãe alfabetizou, decidiu que quer continuar estudando para trabalhar nos círculos infantis. Tomasa não quer continuar estudando, mas se sente feliz de saber ler e escrever. Esta manhã me mostrou com orgulho a lista de compras que ela mesma escreveu. Ontem ajudei Fernando, o jardineiro, a escrever uma carta a sua família na província de Oriente.

As fotografias ficaram muito boas, não acham? Emoldurei a última que tirei no dia em que fui embora e a coloquei sobre a minha mesa de noite para poder vê-los antes de apagar a luz e assim que acordar de manhã. Não sou mais a fraca garotinha de cidade que era quando os conheci. Cresci muito convivendo com vocês esses sete meses. Sou muito mais forte em todos os sentidos; aprendi o que é trabalhar duro e que sou capaz de fazê-lo. Sei que posso me virar sem todos os privilégios aos quais estava acostumada. Sobretudo, eu mesma vi muitas coisas que é preciso mudar em Cuba para que a vida seja mais justa e melhor para todos. O que aprendi durante a campanha permanecerá comigo a vida inteira. No entanto, preciso de mais aulas de culinária, não é verdade? A escola começa de novo dentro de uns dias, então voltarei a ser aluna. Durante a concentração, nós brigadistas perguntamos a Fidel o que mais deveríamos fazer. Ele disse que devíamos estudar com afinco e nos educar para sermos aquilo que o nosso país precisar – professores, médicos, enfermeiras, agrônomos, engenheiros, pesquisadores, cientistas –, pessoas capacitadas. Tenho certeza que ele diria o mesmo a você, Zenaida. Hoje é o seu aniversário e espero que esteja passando um dia maravilhoso. Começou a escrever o seu diário? E não se preocupe, em breve levarei meu irmão bonitão para lhe conhecer. Espero que todos estejam bem. Beijem as crianças por mim. A minha mãe e meu pai lhes enviam saudações e lhes desejam um Feliz Ano Novo. Eu também lhes desejo um Feliz Ano Novo.

Com muito amor,

Anita

Bainoa

15 de janeiro de 1962

Querida Anita,

Lembra a carta de mentirinha que escrevi a você dizendo que a casa parecia vazia sem você? Bom, isso é verdade. Acho que até a bebê Anita olha ao redor a sua procura. A sua carta é a primeira que recebemos na vida. Espero que hajam muitas mais. Estamos bem e felizes e estaríamos mais felizes se você estivesse por aqui ainda nos ensinando. Em setembro, Zenaida morará com outras pessoas no povoado para poder frequentar as aulas na nova escola. Ramón e eu queremos continuar as aulas. Se acharmos como, estudaremos no programa de educação continuada do qual você falou. Agora eu digo "Sim, eu posso" e não "Não posso". Anita, poder escrever esta carta faz valer a pena todos os problemas e as lágrimas. Você significa o mundo para nós e nunca a esqueceremos. Por favor, dê as minhas lembranças à sua família.

Com amor,
Clara

Bainoa
15 de janeiro de 1962
Querida Anita,
Vou morar no povoado e irei à escola em setembro. É maravilhoso! Parece que você vai ganhar a aposta, apesar de tudo. Pode me enviar uma foto sua na frente da sua casa? E uma de Mário, para ver se ele é um garoto tão bonito como você diz! Queria lhe pedir um favor. Por favor, envie uma carta só para mim. Quero colocá-la no diário. Comecei a escrever nele. Vou lhe confiar o primeiro que escrevi. Disse que eu era uma garota muito difícil, mas que não sou mais, graças a uma pessoa especial chamada Anita. Espero que você goste do desenho que fiz na parte de trás desta carta, de mim mesma acendendo a lamparina.

Com amor,
Zenaida

Bainoa
15 de janeiro de 1962
Querida Anita,
É bom que possamos escrever cartas. Talvez a minha cabeça dura não esquecerá tão rápido o que nos ensinou,

professora. Clara já lhe contou sobre Zenaida. Veremos o que o futuro trará a Clara e a mim. Eu guardo o papel com as palavras "Coordenador de produção agrícola" escritas nele, para manter vivo o meu sonho. Nataniel é um menino sorridente, cheio de alegria e travessuras. A sua xará Anita está crescendo e ficando mais bonita a cada dia. Sentimos a sua falta, mas não da sua cozinha. Acho que os porcos também sentem a tua falta. Desculpa a brincadeira. A minha mão está cansada agora e a minha língua meio mordida. Lembro que uma vez você disse que nós estávamos fazendo história. Vejo o que tenho escrito e me parece um milagre. A família Pérez sabe que o milagre tem um nome: Anita.

Seu sempre amigo,

Ramón